은이의 구두

은이의 구두

2016년 10월 25일 1판 1쇄 인쇄 / 2016년 11월 11일 1판 1쇄 발행

지은이 김은령 / 펴낸이 임은주
펴낸곳 도서출판 청동거울 / 출판등록 1998년 5월 14일 제406-2011-000051호
주소 (10881) 경기도 파주시 문발로 115 (파주출판도시) 세종출판벤처타운 201호
전화 031) 955-1816(관리부) 031) 955-1817(편집부) / 팩스 031) 955-1819
전자우편 cheong1998@hanmail.net / 네이버블로그 청동거울출판사

ISBN 978-89-5749-186-7 (03810)

이 도서의 국립중앙도서관 출판시도서목록(CIP)은 서지정보유통지원시스템 홈페이지
(http://seoji.nl.go.kr)와 국가자료공동목록시스템(http://www.nl.go.kr/kolisnet)에서
이용하실 수 있습니다. (CIP제어번호: CIP2016025406)

은이의 구두

김은령 장편소설

청동거울

차례

4

은이의 구두

현관에 서서 신발장을 연다
어디론가 나설 참이다
구두를 꺼내 놓고 내려다본다
한 켤레 구두의 나란한 두 짝, 똑같은 모습이다
구두를 신고 또 하나의 얼굴과 함께 문을 나선다
두 개의 얼굴이다
분주히 세상을 누비다 문득 곳곳에서 재회하는
참 자아와 페르소나
두 개의 얼굴은 서로를 연민한다
한 켤레의 구두처럼 이별 불가한 짝이면서 다른 지향
서로 나누지 못하는 꿈을 안고
오늘도 사람들은 한 켤레의 구두를 신었다
오늘도 사람들은 두 개의 얼굴로 문을 나선다

낯선 곳, 서울 병원으로 오다

너무 조용하다. 어슴푸레 깨어나면서 묘한 두려움을 느꼈다. 그 두려움은 그녀의 눈꺼풀을 최대한 더디게 움직이게 했다. 팔다리가 움직여지지 않았고 기저귀도 채워져 있었다. 익숙한 과정을 상기하면서 눈을 활짝 떴다. 사방의 흰 벽과 강박 침대에 누워 있는 자신을 인식하게 되자 안도감이 들었다.

물이 마시고 싶었다. 설탕과 크림이 듬뿍 든 진한 커피도 큰 잔에 가득 만들어 마시고 싶었다. 입원하기 전에 집에서 사용하던 하얀 꽃이 그려진 파란색 머그컵이 떠올랐다. 진하고도 달콤한, 그리운 갈색 커피를 마시고 나면 평온한 일상으로 복귀할 수 있을 것만 같았다. 몇 시인지 몹시 궁금했다. 마침 아침 회진 시간이었으면 좋으련만. 의사가 상태를 체크하고 나서 이 침대에서 풀려나면 커피를 마실 수 있을 것이다. 만약 커피를 제한하는 곳이라면 커피의 꿈은 사라질 수도 있다. 새로운 병원의 규정과 의료진을 채 파악하기도 전에 이 방으로 끌려와 버렸다. 강박 침대에서 풀려나기만 하면 모든 것이 제대로 될 수 있을 것이라는 생각을 하며 자신의 뇌가 갑자기 속도감 있게 팽팽 돌아가는 것을 느꼈다. 먼저 이 방의 관찰 카메라를 의식해야 한다는 사실을 떠올렸다. 관찰 카메라는 오른쪽 다리 위의 천장에 있다.

그녀는 자기가 깨어났다는 것을 누군가가 빨리 보아 주기를 바랐다. 눈을 크게 뜨고 머리를 좌우로 조심스럽게 움직여 보았고 최대한 안정된 표정을 지으려 애썼다. 문 밖에서 발소리라도 들릴까 해서 신경을 곤두세워 봤지만 참 조용하다. 답답했다. 소리라도 지르고 싶었지만 절대로 그렇게 해선 안 된다. 정신과 폐쇄 병동에서는 밤에도 불을 끄지 않는다. 그리고 밤에도 활동하는 환자들이 있기에 이렇게 조용한 경우는 드물다고 봐야 한다. 이 새로운 병원은 이상스럽게도 인기척조차 느껴지지 않는다. 아침인지 밤인지도 모르는 채 그렇게 답답하고 간절한 시간이 얼마간 흘렀다.

도무지 시간을 가늠할 수 없는 감금의 방. 그녀에겐 익숙한 감금의 장소인 이 방에만 들어오면 모든 것이 순식간에 사라져 버린다. 허덕대던 시간과 구질구질한 인간 관계들과 돈 걱정과 힘겨운 약속들, 심지어 지긋지긋하던 어깨 결림의 통증까지 모든 것이 일시 정지되는 마법의 방이다. 그렇다고 해서 언제나 모든 힘든 것들이 완전히 사라지는 멋진 공간은 절대 아니다.

강박실이라고 불리는 이 방은 입원 환자들에겐 치욕과 고통의 방이다. 저항으로 몸부림치며 강압적으로 끌려 들어오는 경우가 대부분이다. 병동의 제한 사항을 어겼거나 자살 시도 등 여러 가지 위급

10

상황에서 이곳의 강박 침대로 격리되는데, 의식이 또렷할 땐 너무나도 힘든 고통의 장소이다. 의식이 있는 인간이 강제로 묶여서 통제를 받는 모습과 상황을 상상해 보라.

그녀는 갑작스럽게 서울에 있는 정신과 폐쇄 병동으로 오게 되었다. 남쪽 바다가 고향인 그녀는 가족들을 떠나 왜 이렇게 먼 서울의 정신병원으로 와야만 했는지 온전히 이해를 할 수가 없었다. 요즘 좀 들떠 있기는 했지만 큰 말썽을 일으킨 것도 아니었다. 밤낮이 바뀌는 것은 누구라도 겪을 수 있는 일 아닌가. 며칠 동안 밤을 새우고 시끄럽게 했다고 자신을 또 병원에 넣으려는 가족들이 원망스러웠다.

조울증 진단을 받고 정신병원을 들락거린 지가 7년째. 그동안 수없이 입원과 퇴원을 반복해 왔던 그녀에게 친정 부모님은 새삼스럽게 환경을 좀 바꾸어 서울의 좋은 병원으로 가서 치료를 받자고 했다. 여덟 살인 딸과 열 살인 아들을 떼어놓고 멀리 서울까지 가는 것에 대해 탐탁치가 않았으나 친정 부모님이 간곡히 권했기에 따를 수밖에 없었다.

그녀의 남편은 줄곧 아무런 말이 없었다. 언젠가부터 남편은 표정이 없는 사람이 되어 있었다. 그는 정신병자 여편네가 멀리 간다니 속으론 기뻤을 것이다. 입원에 필요한 모든 서류들을 그토록 완벽하고 순조롭게 처리한 것을 보면 짐작이 되고도 남는다. 남편은 다른 여자와 이미 딴살림을 차리고 자기를 떠나 보내려고 수작을 부리는 것인지도 모른다는 의심도 들었다.

서울에 도착해 병원으로 향하는 택시 안에서 친정 엄마는 계속 울었다. 고향을 떠나 서울이라는 먼 곳의 병원으로 보내니 마음이 많이 아팠을 것이다. 고향의 가까운 병원에 입원시킬 때는 그저 담담하거나, 가끔은 짜증을 숨기려 애쓰기도 했던 엄마는 울었고 아버지는 엄마를 달래지도 않고 딸에게 주의사항만을 계속 말했다. 아이들 걱정은 하지 말고 치료에만 전념하라고 신신당부를 했다. 거리가 멀어서 면회를 자주 올 수 없으니 마음을 강하게 먹어야 한다고도 했다. 서울에 있는 병원은 아무래도 실력이 좋은 선생님들이 많이 있으니까 믿고 잘 따르면 완치가 될 것이라는 희망의 말도 잊어버리지 않고 했다. 필요한 물품이나 요구 사항은 간호사실에 말하면 아버지가 해결할 테니 불편한 것은 참지 말고 언제든 말하라고 하는 아버지에게 미안해서 아무 말도 하지 못했다.

그녀는 남편과 자식보다 친정 부모가 더 소중하고 믿음직했다. 병이 회복되고 나면 친정 부모님을 잘 모실 것이라고 매번 다짐을 했다. 아버지는 언제나 신체에 병이 있어서 약을 먹고 휴식을 하는 것과 정신에 병이 생겨서 약을 먹고 입원하는 것이 다르지 않다고 했다. 그녀가 그나마 잘 버티며 살아온 것은 아버지가 늘 이런 말로 용기를 북돋워 주었기 때문이다.

서울로 오는 기차에서부터 가슴이 몹시 뛰었다. 계속해서 먹고 있던 약을 며칠 전부터 몰래 버렸다. 그녀는 자주 그래 왔다. 그녀만의 약 먹는 방법이 있기에 병원에서 내린 복약 지시는 의미가 없었다. 의사들은 고지식하고 약을 잘 조절해서 줄 줄을 모르기 때문에 스스로 융통성 있게 조절하는 편이 더 낫다고 생각했다. 자신의 방식대로 약을 거르고 나니 기분이 한층 가벼워지고 서울에서도 잘 적응할 자신이 생겼다.

병원은 서울의 중심지, 땅값이 매우 비싸고 교통도 엄청 복잡한 곳에 있었는데 건물은 오래되어 초라했다. 정신과 폐쇄 병동은 좀 높은 층에 있었다. 병원의 내부도 외관과 같이 매우 낡아 보여서 허술하게 느껴졌고 믿음이 가지 않았다. 좋은 병원에 대한 기대 속에는 멋진 건물과 시설도 포함되어 있었기에 몹시 실망스러웠다. 게다가 배정받은 방에서 같이 지내게 될 그 여자는 정말 최악이었다. 오후 4시쯤이었고 6명이 공동으로 쓰는 방이었으나 다들 어느 구석에서 무엇을 하고 있는지 보이지 않았고 한 명의 여자만이 그녀를 노려보듯 쳐다보며 침대에 앉아 있었다.

그 여자와 눈이 마주치는 순간, 참기 힘들 정도의 미운 감정이 울컥 치밀었다. 누가 보아도 미친 사람의 행색이었다. 눈동자는 충혈되고 머리카락은 산발이었다. 얼굴형은 그녀가 좋아하는 달걀형이었으나 뻐드렁니였고, 삐쩍 말랐는데 손가락도 엄청 가늘고 길었다. 저런 미친 여자와 같은 방을 써야 되다니 기가 막혔다. 그 산발녀는 손에 칼만 들면 괴기영화에 출연하는 귀신의 모습 딱 그대로일 듯했다. 울컥 저 여자의 머리채를 끌고 화장실로 데려가서 실컷 두들겨 패주고 싶었다.

저렇게 완전히 미친 여자를 보고 있으면 상태가 더 나빠질 것 같았다. 혹시나 하고 안내하는 간호사에게 방을 바꿀 수 있는지 물어보았다. 간호사는 딱딱한 표정으로 앞으로 성가신 요구 따위는 하지 말라는 듯이 단호하게 안 된다고 했다. 친절함을 기대하지는 않았지만 이건 너무 심하지 않나 싶을 정도로 간호사는 싸늘했다. 이 곳의 입원 생활이 앞으로 험난할 것은 뻔했다. 엄마와 아버지가 어 디쯤 가고 있을까를 생각하니 막막했다. 너무 멀리 떠나왔고 아무 리 급한 일이 생겨도 가족과 접촉이 되는 데는 몇 시간이 걸려야 한 다. 정신병원이란 다 비슷할 것인데 왜 서울까지 오게 되었지? 게다 가 이곳은 병원의 규모도 작으니 도무지 믿음이 가지 않는다. 막막 한 마음에 후회와 강한 의심까지 더해져서 가슴은 더욱 뛰었다. 마 음속에서 소용돌이가 올라오고 있었다. 내내 울고 있던 엄마와 아 버지의 구부정하던 뒷모습이 떠오르며 자신이 미워졌고 이내 화가 났고 불안해졌다. 그녀는 참아야 한다고 되뇌었다. 불안해진 그녀 는 불친절한 간호사와 미친 산발의 여자를 보며 어떻게든 이 병원 에서 빨리 퇴원을 하는 것이 좋겠다는 생각이 들었다.

소지품을 챙겨 넣고 복도로 나오니, 환자들이 제각각 무언가를 열 심히 하고 있다. 복도를 오가는 남자 보호사가 두 명이었고, 간호사 실에 간호사가 세 명 정도 있는 듯했다. 키가 크고 체격도 좋은 남 자 환자가 혼자 열심히 중얼거리며 복도를 반복적으로 왕복하고 있 었다. 고향의 병원에서 보았던, 환청에 시달리는 환자와 비슷해 보 였다. 그녀가 본 대로 그는 정말 환청이 있고 장기 입원중인 E였다. 한쪽에는 텔레비전을 보는 몇 명이 있고 컴퓨터 앞에 앉아 있는 환 자, 바둑과 장기를 두는 환자들, 신문과 책을 열심히 보고 있는 환 자들이 있었다. 여자들보다 남자들이 더 많은 듯했다.

정신병동치고는 차분한 분위기였지만 소파는 너무 낡았고 대체 로 병동의 분위기가 너무 칙칙했다. 화장실과 샤워실을 가 보니 기

가 막혔다. 제대로 청소가 되어 있지 않아서 구역질이 나올 듯했다. 그녀는 화장실의 청결을 중요시했기에 너무 역한 기분을 느꼈다. 앞으로 자신이 사용해야 할 곳이니 청소를 좀 해두어야겠다고 생각하고 청소 도구를 부탁하러 간호사실로 갔다.

보안 창문 너머의 간호사는 그녀의 말을 들은 척도 않은 채 저녁 회진과 식사 시간까지 쉬고 있으라고만 했다. 방을 바꿔줄 수 있냐고 물어 보았을 때 불친절하던 그 간호사는 뒤쪽에서 왜 또 그러냐는 듯 바라보고 있었고, 대답하는 간호사는 아예 쳐다보지도 않고 서류만 뒤적이고 있었다. 더러운 화장실 때문에 기분이 나빠진 데다 사람의 말을 무시하는 간호사의 태도를 보니 참을 수가 없었다.

"무슨 이런 썩을 경우가 다 있노? 사람이 말을 하면 쳐다보기라도 해야 될 꺼 아이가? 화장실 꼬라지가 저리 더러우니 청소를 하겠다 카잖아. 이런 지랄개떡 같은 병원에 올라꼬 부산서 힘들게 왔것나? 과장은 어디 있노? 대답 좀 해라! 귀가 먹었나? 벙어리가? 정신병자라꼬 무시하는기가? 세상에 무슨 병원 꼬라지가 이렇노?"

마구 고함을 치다가 텔레비전 앞으로 가서 시끄럽다며 전기 코드를 뽑았다. 그리고 컴퓨터 앞에 앉아 있던 남자를 밀치고 자리를 뺏은 뒤에 병원의 조직도를 검색해 보겠다고 소리쳤다. 당연히 컴퓨터는 아주 기본적인 게임만 할 수 있을 뿐 인터넷은 연결되어 있지 않았다. 컴퓨터의 이용 제한은 정신병동 입원 환자라면 누구나 알고 있는 사실임에도 거지 같은 병원이라고 억지를 부리며 컴퓨터의 자판을 들어서 바닥에 팽개쳤다. 자판이 바닥에 떨어지며 엄청난 소리가 났지만 깨지지는 않았다. 그러고는 간호사실로 가서 보안 유리창이 깨져라 두드려댔다. 유리창도 컴퓨터 자판처럼 소리만 낼 뿐 꿋꿋이 버텼다.

손과 팔이 아파지자 태권도 발차기를 하듯이 유리창을 발로 찼다. 그녀의 작은 몸에서는 믿기지 않을 정도로 괴력이 나오는 듯했다. 그 모습을 보고 젊은 남자 환자 한 명이 박수를 치며 파이팅이라고 했다. 간호사들은 나오지 않았고 보호사 두 명이 달려와서 그녀를 제압했다. 그녀는 있는 힘을 다해 버둥거렸지만 두 명의 남자를 이길 수는 없었다. 그렇게 도착하자마자 이 강박 침대로 오게 된 것이다. 요란하게 신고식을 치렀으니 요주의 인물이 되어 버렸다.

기억을 되살려 이런 생각들을 하고 있는데, 드디어 찰칵거리는 소리가 침대 머리 쪽에서 들렸다. 너무 반가운 소리였지만 최대한 자신이 안정되어 보여야 한다는 생각에 집중하며 침을 삼키고 귀를 기울였다. 문이 열리고 동그란 얼굴에 키가 크고 체격이 건장한 젊은 여의사가 들어왔다. 의사는 인상이 참 좋았다. 앳되어 보여서 마치 학생 같아 보일 정도였다. 의사는 회진 시간 전에 그녀를 먼저 보러 왔노라고 했다. 의사의 뒤로는 보호사가 서 있었다. 이제까지 지나온 다른 폐쇄 병동들에서 보았던 보호사들과는 달리 체격이 작고 나이도 많아 보였고, 표정이 굳어서 로봇 같아 보이는 남자였다.

"안녕하세요? 제가 몇 시간이나 이 방에 있었나요?"

예의를 갖추어 최대한 낮은 목소리로 그리고 표준말로 천천히 말했다. 의사는 대답하는 대신 차트를 열심히 보고 있었다. 그녀는 속이 탔다. 의사가 체격만큼 느린 곰탱이 같다고 생각됐다. 대답을 빨리 안 해주니 부아가 치밀었지만 풀려나기 위해서는 침착하고 평온한 표정으로 기다려야 한다고 자신에게 다짐을 했다.

"어제 입원을 하셨네요 이름과 나이, 주소지, 가족 관계를 말씀해 주세요."

시간이 좀 지난 뒤에야 의사가 딱딱하게 말했다. 좋아 보이는 인상과는 다른 이미지의 말투와 태도가 실망스러웠다.

"이름은 김은이, 나이는 마흔두 살, 부산시 ○○동 ○○번지, 가족은 남편과 열 살 된 아들과 여덟 살 된 딸이 있습니다."

갸름하고 핼쑥한 얼굴에 마른 몸매의 그녀, 은이는 울컥하는 기분을 누르고 침착하게 말했다.

"남편이 보호자이시고, 이전에 입원했던 병원이 부산의 ○○병원 맞나요? ○○병원에서 퇴원하셨던 때가 언제이죠?"

차트에 이미 모든 것이 기록되어 있을 것인데도 의사는 확인을 한다. 은이는 또다시 공손하고 느려 보이는 말투로 그리고 애써 표준말로 대답을 했다.

"3개월 전에 ○○병원에서 퇴원을 했고, 의사 선생님 지시대로 약을 잘 챙겨 먹었어요. 어제는 아마 제가 먼 길을 오느라 피곤했고, 낯선 곳이라 신경이 예민해졌던 것 같아요. 전 원래 말썽쟁이가 아닙니다."

"네, 조금 뒤에 과장님이랑 회진이 있을 것이고 아침식사 후에 뇌파와 여러 가지 기본 검사를 하시게 될 겁니다."

다시 철커덩 문을 닫고 의사와 보호사는 나갔다. 작은 창살이 있는 쇠문을 자물쇠로 잠그는 소리가 들렸다. 아마도 이른 아침 시간인 듯했다. 회진과 아침식사 시간 전이라면 어제 오후에 이곳에 도착했으니 길어 봤자 열다섯 시간 동안 묶여 있던 셈이었다. 은이는 조용히 다짐했다. 제발 흥분하지 말고 참고 지내자. 그래야 애들을 빨리 만날 수 있다. 애들 생각을 하니 가슴에 울컥 더운 것이 올라왔다. 정신과 폐쇄 병동 강박실의 침대에 묶여 누운 채, 어미로서 죄스러움과 미안함에 은이는 참지 못하고 어깨를 들썩이고 있었다. 하얀 벽으로 둘러싸인, 아무것도 없는 오로지 하얀 벽뿐인, 슬픈 흰색의 방에서 은이는 울었다. 눈물은 얼굴을 타고 흘러 침대 시트를 적시고 또 적셨다. 강박실의 침대에는 베개가 없었다. 손발이 강박 침대에 묶인 은이의 귓속으로 눈물이 흘러들어 왔고 기저귀도 젖었다. 기저귀의 치욕을 느낄 틈도 없이 몰려오는 노곤함에 아득해졌다. 세상이 온통 하얗게 소실점을 향하여 가는 듯함을 느끼며 다시 잠으로 빠져 들었다.

미술 치료사를 만나다

입원해서 며칠 동안 이곳 병동에서 관찰해 본 환자들은 같은 방의 산발녀만 제외하고는 대체로 외모와 행동이 정상적인 듯해 보였다. 서울이라서 그런가 하고 생각하다 혼자 피식 웃었다. 그래 봤자 다들 또라이들이다. 은이는 지나온 병원들에서 소식통이랄 만큼 정보가 빨랐고, 자기가 환자들을 분석하는 능력이 있다고 나름 믿었다. 여기에서도 마찬가지일 것이다.

아침식사 후 간호사실 앞에서 줄을 서서 약을 받아먹는 시간이 되었다. 그후에는 자유 시간이다. 며칠간은 약을 잘 먹어야겠다고 생각하고 약을 제대로 삼켰다. 좀 지나서 약이 필요 없다고 생각될 땐 그녀만의 방법이 있다. 간호사 앞에서 약을 삼키는 시늉을 하고 화장실에 가서 뱉거나 아예 마술을 하듯이 손가락 사이로 약을 감추는 방법이 있다. 실수를 해 들키게 되면 퇴원 일정에 지장이 있으므로 아주 잘해내야 한다.

은이가 약을 거부하는 이유는 의사들의 자연과학에 대한 맹신이 못마땅했기 때문이다. 그들은 오로지 약물만이 최선이라고 생각했다. 뇌의 병과 마음의 문제를 모두 과학의 틀에 맞춰 일률적으로 취급하는 듯했다. 때때로 약보다 심리치료가 더 절실해 보이는 환자에게도 과하게 약을 복용하게 해서 바보로 만들었다. 은이는 자신이 그런 환자들과 대화를 해주어서 치유가 되게 해 준 적이 꽤 많았다고 생각했다. 입원 경력이 많아지면서 그녀는 자기의 능력을 거의 확신했고 정신과 의사가 되었어야 했다는 생각을 끊임없이 하게 되었다.

병동에서의 생활은 참으로 단조롭다. 이것저것 프로그램들이 있긴 하지만, 별로 참여하고 싶은 것이 없었다. 은이는 기계공학을 전공했다. 수학을 잘했고 멋진 여자 엔지니어가 되고 싶어서 공대에 진학을 했다. 어릴 때부터 총명했던 그녀는 대학 4년 동안 장학생이었다. 재주가 많아서 피아노도 잘 쳤고 그림도 잘 그렸다. 은이는 성장기 내내 부모와 집안의 자랑거리였다. 그녀는 남자들과 공대에서 학창시절을 보내며 여성다움을 잃어 갈까 봐 염려가 되기도 했다. 그래서 언제나 옷차림과 행동을 여성스럽게 해야 한다는 생각에 사로잡혀 있었다. 그런 노력의 결과로 남학생들에게 인기가 있었고 완벽한 여자라는 칭찬도 많이 들었다.

남편은 같은 과의 동기였다. 그는 가난한 집안의 장손이었으나 훤칠하고 귀티가 나는 외모로 어딜 가나 사람들의 눈길을 끌었다. 은이는 입학식 날부터 그에게 끌렸고 그녀가 부지런히 자신을 가꾸고 공부를 열심히 했던 것도 그가 있었기 때문이었다. 졸업과 동시에 두 사람은 결혼을 했다. 남편은 바로 군대에 갔고 그녀는 취업을 했다. 그녀는 시부모와 시누이 두 명과 한집에서 살아가는 것이 몹시 힘들었다. 직장생활도 서투른데 남편도 없는 집에서 시집살이까지 하려니 너무 힘겹고 서러워서 눈물로 지샌 날이 많았다.

자신의 인생이 한심하게 느껴지는 날에는 밤새워 그림을 그렸다. 작은 스케치북에 삽화 같은 그림들을 그리며 마음을 달랬다. 빗소리를 들을 땐 스케치북은 빗물 같은 슬픔으로 가득 채워지고, 바람에 낙엽이 구르는 소리가 들릴 땐 낙엽의 쓸쓸함으로 가득 채워졌다. 그렇게 시간이 흐르며 그녀의 작은 스케치북에는 많은 작품이 쌓였다. 그림의 사이즈는 작았지만 일기처럼 그녀의 내면이 그대로 투영된 소중하고 진솔한 작품들이었다. 남편이 제대를 하기 전에 아들을 출산하면서 생활은 더욱 힘들어졌고 그와 동시에 그림 그리기도 중단되었다. 남편이 제대를 하고 나면 모든 것이 나아질 것이라고 기대를 했으나 남편이 돌아온 후에도 심신은 더욱 지쳐갔다. 넉넉지 못한 벌이로 시댁까지 책임을 져야 하는 사정이라 직장을 그만둘 엄두는 낼 수도 없었다.

둘째아이를 임신하면서 은이는 변해 갔다. 주변과의 싸움이 잦아지고, 화를 참을 수가 없게 되었다. 때때로 자살 충동까지 일었다. 화가 가라앉고 차분해지면, 자신의 인생에 한없는 연민이 생겨났다. 그렇게 변덕스러워지고 사나워진 그녀를 보고 시어머니는 애가 보고 뭘 배우겠느냐며 손자를 은이에게서 떼어 놓으려고 했다. 남편조차도 그녀를 피하려고 했다. 그즈음 직장에서도 점점 어려운 처지가 되어 가고 있었다. 첫아이를 임신했을 때는 우수사원상까지 받았던 은이였으나, 지금은 종잡을 수 없는 난폭한 언행으로 모두의 눈총을 받는 처지였고 업무도 실수의 연속이었다. 결국 권고사직으로 사표를 내던 날 조기 출산의 기미가 보여 병원으로 갔고 그날 미숙아를 출산했다. 두 달이나 먼저 태어난 아기는 앞으로 감당해내야 할 엄청난 일들과 함께 은이의 삶에 무게를 더했다. 우선 병원비의 부담도 컸다.

출산 다음 날에 그녀는 입원실에 누워서 면회를 온 시어머니와 세 살 난 아들을 바라보다가 옆 테이블에 있던 유리컵과 병을 바닥에 집어던졌다. 그것들은 마치 살아 있는 생물의 비명처럼 소리를 지르며, 갖가지 크기와 모양의 파편이 되어 바닥에 자리를 잡았다. 이어서 침대 위에 있던 시어머니의 지갑을 홱 집어 들고 몇 푼 되지도 않는 지폐와 동전을 털어서 쏟아내고 그것들에게 저주를 퍼붓다가 정신을 잃었다. 어린 아들은 할머니에게 매달려 차마 울지도 못하고 무서워서 꺽꺽하는 소리를 내며 나가자고 했다.

그렇게 그녀의 병력은 시작되었고 수많은 입원과 퇴원으로 그녀의 역사가 쌓여 가는 동안 아이들은 친가와 외가를 오가며 자랐다. 남편은 직장에서 책임 있는 자리를 맡게 되었고, 시아버님이 돌아가시고, 시누이도 둘 다 결혼을 했다.

세상의 일들이 흐르는 물같이 시간을 따라 흘러가고 있었지만 은이의 시간은 달랐다. 그녀의 시계는 방향성을 잃었다. 그녀는 마흔두 살이나 되었어도 보호자가 필요했다. 이미 정신병자의 낙인이 있기에 어린애 취급을 받았고 정상적인 대화의 대상에서 제외되었다. 점점 자율성을 박탈당해 가고 있음에 대해 그녀는 분노했다.

그녀의 저항 도구는 오로지 발작뿐이었다. 자신의 지난 병력에 대한 주변의 편견을 만회할 방법이 없기 때문에 분노가 쌓여서 한계에 달하면, 익숙한 방법인 발작으로 호소했다. 언제나 억울했고 실수로 그녀의 삶은 정신병동에 저당 잡힌 것이라고 생각했다. 심지어 주변 가족들의 평화를 유지하기 위해 자신은 희생양이 되었다는 신념마저 생겼다. 여러 병원을 전전하며 바뀐 환자복을 걸칠 때마다 총명하고 의지가 강했던 은이는 점점 사라지고 있었다. 자존심으로 버티며 살아가고자 했던 지난날들이 어리석게 느껴질 정도로 그녀는 변해 갔다. 의사와의 면담 방법과 병원에서 적응하는 법을 터득하면서 퇴원의 주기도 어느 정도 조절할 수가 있었다.

새로운 서울 병원에서도 시작은 순조롭지 못했으나 잘 해나갈 수 있을 것이라고 생각했다. 우선 그동안 익숙해진 욕설들을 쓰지 않도록 조심하고 사투리를 쓰지 않도록 해야겠다고 다짐을 했다.

오늘은 미술치료 시간이 있다고 한다. 다른 작업들은 재미가 없어서 관심도 없어졌지만 미술에 대한 열정은 아직도 남아 있다. 일찌감치 작업실에 들어가 혼자 앉아 있으려니 은근히 기대가 되었다. 식당이면서 미술작업실이기도 한 이곳은 창문으로 하늘도 볼 수가 있었다. 가로 20센티미터와 세로 50센티미터 정도밖에 되지 않는 작은 크기였지만 병동에서 유일하게 바깥세상의 빛이 들어오는 곳이었다.

미술 선생이 들어오는 순간 은이는 설레었다. 미술 선생은 40대로 보였고 세련된 분위기에 단정해 보이는 여자였다. 며칠 만에 바깥세상 사람, 환자복이나 병원 유니폼을 입지 않은 사람을 보노라니 숨통이 트이는 듯했다. 미술 선생은 지금 이 답답한 병동생활에 마치 신선한 공기를 몰고 온 것 같았다.

여덟 명의 환자들이 작업에 참여를 했고 질이 좋고 다양한 색상의 한지가 창작 욕구를 불러일으켰다. 주제가 없이 그냥 콜라주를 하듯이 풀을 사용해서 종이에 자유롭게 표현을 해보라고 했다. 환자들이 선생을 참 편안하게 대하고 좋아하는 듯해 보였다.

미술 선생의 외모는 까칠해 보였지만 환자들을 대하는 태도와 말씨가 따뜻했고 새로 온 환자인 은이에게 관심을 가져주는 것도 좋았다. 게다가 은이에게는 익숙한 남쪽 경상도 사투리 억양을 편안하게 거리낌 없이 사용했다. 은이는 사투리를 쓰지 않으려던 노력을 포기하고 말았다.

"선생님은 몇 살이라예?"

"마흔아홉 살인데요."

"옴마야, 저보다 한참 언니네예."

"아, 네……."

"저는 고향이 부산입니다. 지난주에 이 병원에 왔어예. 샘도 경상도 사람인갑네예. 저는 공학을 전공했는데, 샘은 미술 전공했지예? 패션이 참 멋있습니다. 성함은 우찌 됩니꺼?"

"네. 미술 전공이지요. 경상도 남쪽 바다가 고향 맞아요."

"서울서 공부했지예? 맞지예? 우째 싱글 같은 분위기인데 결혼은

하셨어예? 이런 병원에 오실 분이 아닌 것 같아 보이거마는…… 월급은 충분히 받아예?"

쉬지 않고 미술 선생에게 질문을 해댔다. 관심이 가는 만큼 궁금한 것이 너무 많았기 때문이다.

"결혼은 좀 일찍 했지요. 이 병원에는 자원봉사를 하러 오는 거예요."

"자녀들은 있습니꺼?"

"네, 딸이 두 명 있어요."

미술 선생은 신상에 관해 꼬치꼬치 캐묻는데도 귀찮아하거나 경계를 하지 않고 대답을 선선히 해주었다. 오랜만에 정상인 대접을 받는 것 같아서 좋았다. 왠지 이 미술 선생과의 만남은 운명적인 것 같은 느낌마저 들었다. 매주 금요일은 즐거운 날이 되리라는 예감이 들었다. 그리고 들뜬 기분으로 한지와 풀과 물을 마구 섞어서 온갖 시도를 하며 작업했다. 자신이 미술 선생에게 전형적인 환자의 모습으로 보이고 있다는 것도 의식하지 못한 채 여러 가지의 표현 방법을 동원하느라 분주히 움직였다.

미술치료사 영이

영이는 병원에 너무 일찍 도착했다. 복잡한 도심에 자리 잡은 병원 건물은 오래되어 초라하기 그지없었다. 3월 말인데도 아직 쌀쌀한 날씨에다 이곳은 화사한 햇살을 한 조각도 볼 수 없는 우중충한 풍경이다. 손바닥만한 녹지들이 군데군데 있지만, 키 큰 나무들과 작은 식물들은 도심의 매연 공해 탓인지 모두 검정 땟국에 절은 듯 칙칙해 보인다.

작업 시간에 맞추어 병동에 들어가려고 잠깐 차 안에서 머물기로 했다. 링거와 휠체어나 보호자를 동반한 환자들이 오가고 가운을 입은 의사들이 뛰어다니고 있는 풍경을 바라보며, 인간의 삶이란 게 참 별게 아니라는 생각이 들었다. 병원 밖의 세상에선 그렇게도 처절하고 심각하던 인생의 사건들도 병원의 침상 위에선 하찮은 근심거리에 지나지 않는다. 몸만 성하면 못 견딜 일이 어디 있겠냐는 의지와 다짐도 생겨나고, 원수에게조차도 무한한 용서를 할 수 있을 듯싶다. 건강을 잃으면 모든 것을 다 잃는 것이란 말을 다시 새겨보는 이곳, 병원이란 공간은 인간을 겸허하게 만드는 성소 같기도 하다. 한편으론 남아 있는 생명을 연장시켜 보고자 말년의 소중한 시간을 덧없이 병원에서 보냈던 수많은 친지들과 지인들이 떠올라 씁쓸하기도 했다.

영이는 미술심리치료사 자격증을 따기 위한 과정으로 이 병동에서 실습을 하고 있다. 이곳에서 실습을 한 지는 반년쯤 되었다. 병원이라는 공간은 유쾌한 장소가 아니고, 더구나 정신과 폐쇄 병동에서 실습을 하는 것은 쉽게 시작할 수 있는 일은 아니었다. 곧 50대에 접어들 그녀는 여유롭고 안락하게 살 수도 있었지만, 지금 자신의 인생의 주기에서 평범하지 않은 특별한 경험을 하고 있는 중이다.

그녀는 40대 후반에 서울로 이주를 해왔다. 삶의 특별한 사건이 없어도 40대 후반의 여자들은 심리적으로나 육체적으로 어려움을 겪는 시기이다. 영이도 40대에 진입하면서 지난 삶에 대하여 억울함과 분노가 커져 갔다. 그럴 즈음에 하필 때맞춰 20여 년 동안 쌓아 왔던 생활의 기반과 인맥을 버려 두고 이주를 하게 된 것이다. 그녀는 새로운 터전인 서울에서의 삶이 무척이나 힘겨웠다. 옛 친구들을 만나도 오랜 기간의 공백을 메울 수가 없어서 공허했다. 이것저것 배우러 다니기도 하고 여러 가지 공연과 전시회도 부지런히 다녀 보았지만 그다지 위안이 되지 못했다. 지방과는 좀 다른 서울의 낯선 시스템도 버겁고 혼돈스럽기만 했다.

그녀는 행복을 잃어버렸다. 그리고 외로움이 주는 뼈저린 아픔과 슬픔을 알게 되었다. 그 외로움은 대인 관계에서뿐만이 아니라 자신과도 진정한 소통이 되지 못하는 처절한 외로움이었다.

그녀는 힘든 상황을 벗어나고 싶었고 고통의 근원적인 이유를 알고 싶었다. 두려움 없이 가식 없이 자신과 진정한 대면을 해보기 위해 미술심리치료를 경험하게 되었다.

미술심리치료라는 것은 사람의 심상이 미술이라는 창작도구로 표현되어지고, 그 창작물을 통하여 자신의 내면과 대면하면서 깨달음과 치유를 경험하게 되는 과정이었다. 영이는 자신의 창작물에 드러난 옛 상처와 속마음을 보며 많은 시간 울었다. 유년시절을 지나 청소년기까지의 성장기를 기억해내며 어떤 날은 통곡을 하였고 때로는 위로와 격려를 해가며 자신을 다독였다.

영이는 그다지 행복하지 못한 어린 시절을 보냈다. 법학을 공부했지만 법관이 되지 못한 아버지는 어린 딸에게 과도한 기대를 했고 자신의 꿈마저 이루어 주길 원했다. 1등이 아닌 성적표를 받은 날엔 두려움에 떨며 해질녘까지 집에 들어가지도 못한 채 골목길을 헤매던 아이가 자신이었다. 그 아이가 수십 년의 세월이 흐른 후 미술심리치료를 받으며 아버지를 이해하게 될 줄이야. 공포 속에서 자랐기 때문에 소심하게 살 수밖에 없었다는 원망과 피해의식을 비로소 씻을 수 있었다.

유년기를 포함한 성장기의 기억들은 그 사람의 평생의 정서를 결정짓는 지대한 영향력이 있다. 영이의 정서의 기조는 불안과 우울이었다. 그녀는 행복하고 편안할 수 있는 상황에서 오히려 안절부절 못했다. 그녀는 불안하고 긴장된 상태가 자기답게 여겨졌고 언제나 날선 검같이 아슬아슬하게 스스로를 몰아붙이며 살았다. 매사에 지나치다 싶을 정도로 최선을 다했고 느슨한 상태를 몹시 죄스러워했다.

어느 집단에서나 힘의 균형이라는 것이 있다. 가족의 경우도 예외는 아니다. 영이가 어렸을 때 그녀의 가족은 가장 여리고 소심한 그녀를 쉽게 공격해 가족의 평화와 안정을 유지하려는 성향이 있었다. 예민해서 전전긍긍하는 그녀에게 까다롭고 성격이 좋지 않다는 핀잔을 해댔다. 그녀는 점점 더 주변 사람들에게 자신을 차분하게 설명해서 이해시키기보다는 짜증과 신경질로 응대를 하게 되었다. 그리고 자기가 정말 문제라도 있는 것이 아닐까 하고 종종 염려도 되었다. 그녀는 사람들 속에서 부대끼는 것보다는 혼자 있는 시간이 좋았다. 집안이 아무리 떠들썩하여도 혼자 방에 갇혀서 책을 보거나 음악을 들으며 낙서를 했다. 사람들과 함께하는 것이 피곤하고 힘들었기에 차라리 외로움을 선택했다.

그녀가 혼자인 것을 벗어나게 되고 세상과 어울려 살 수 있게 된 전환점은 남편을 만나게 된 후였다. 결혼 후의 삶은 어쩔 수 없이 세상과 어울리지 않으면 살 수 없었기 때문이기도 했다.

남편은 영이를 무척 아꼈다. 그는 가족의 의미가 인생에서 최우선인 사람이었다. 유머가 많고 활동적이며 긍정적인 사람이라 영이의 많은 부분을 보완해 주었다. 보호자같이 든든한 울타리가 되어 주는 남편을 만나면서 그녀는 안락한 삶을 살 수 있었다. 그녀에겐 단 한 사람만이라도 자신을 위해 주고 인정해 주는 사람이 있는 것으로 충분했다. 육아기를 포함한 젊은 시간 동안은 갈등의 여지없이 행복했다.

영이와 남편은 모두 성실하고 책임감이 강해서 가정을 잘 꾸리고 자녀 교육에도 최선을 다했기에 집안의 모든 일들이 잘되어 가고 있었지만, 영이는 시간이 지날수록 점차 결혼생활에서 벗어나고 싶었다. 누군가를 위해 희생을 하며 살아갈 도량이 적은 여자가 버겁게 인내를 해온 것이었다. 가족 사랑이라는 명분보다 자기애가 더 강했던 영이는 아내와 엄마와 며느리라는 굴레를 던지고 자신만을 생각하며 살고 싶었다. 집을 떠나서 혼자이고 싶었다. 끊임없이 탈출의 욕구가 일었지만 현실적으로는 불가능한 일임을 그녀는 잘 알고 있었다. 그녀에게는 독립을 할 수 있는 기반이 전혀 없었다. 결혼 전엔 엄격했던 부모의 지배, 결혼 후엔 남편의 과보호와 간섭이 그녀의 분노의 근원이 되었다. 그녀의 이야기를 타인들은 감정의 사치 정도로 치부할 수도 있다. 남편의 경제력 덕을 보고 사는 여편네의 쓸데없는 넋두리 취급을 당할 수도 있을 것이다. 영이의 갈등은 점점 커져만 갔다.

그녀는 서울로 오게 된 후에 체중이 엄청나게 늘어났다. 혼자 있을 때면 쉬지 않고 고열량의 음식들과 간식을 먹어댔다. 한 번도 비만을 경험해 보지 못했던 그녀는 식이에 대한 개념이 없었고 작은 체구가 풍선처럼 부풀고 있었으나 심각하게 의식을 하지 못한 채 나이가 들어가니 자연스런 현상이려니 생각했다. 그러나 건강 상태는 몹시 나빠지고 있었다. 계단 한 개를 오를 수 없을 지경으로 빈

혈이 심해졌고 가쁜 숨을 몰아쉬며 겨우 활동을 할 수 있게 되었다. 병원에서 부인과 관리를 받게 되었고 식사 조절과 운동을 권유받고 서야 심신에 문제가 있음을 깨닫게 되었다.

그녀의 에너지는 어떤 성취를 위해 쓰이지 못하고 스트레스가 되어 식욕으로 분출되었고 몸을 망가뜨리고 있었던 것이다. 새로운 도전과 경험이 필요했다. 그녀는 무엇이든 성취를 할 수 있는 일이 필요했다. 영이는 미술심리치료를 통해 상처의 치유를 경험했고, 타인에 대한 관심과 사람의 이면을 헤아려 보려는 노력이 생기게 되면서 심리학 공부가 해보고 싶었다. 그러나 학력 인플레가 심한 대한민국에서 또 한 명의 아줌마가 대학원에 진학하는 것은 쉬운 일이 아니었다. 준비 과정으로 자원봉사와 소소한 자격증 등을 취득해야 했다. 몇몇 만만치 않은 임상실습지를 부지런히 다녔고 드디어 정신병원 폐쇄 병동까지 오게 된 것이다.

주변의 만류와 경고가 있었지만, 그녀는 오히려 정신병동이 많은 케이스를 경험할 수 있는 좋은 실습지로 여겨졌다. 그녀는 나날이 의욕으로 충만하여 어떻게 하면 자기가 가지고 있는 자산을 총동원하여 그들을 도울 수 있을지를 고민했다. 그들과의 만남이 많아질 수록 정상인과 정신이상자를 너무나 달리 구분짓는 것에 대해 비판적인 시각이 생겼고 세상의 편견에 대해 안타까워했다.

갈수록 정신병동이 편하게 느껴지는 이면에는 약자들에 대한 연민이 곧 스스로에 대한 연민과도 같았기 때문인지도 몰랐다. 세상의 소란스럽고 강하며 무리를 짓는 사람들보다 정신병동의 환자들에게 더 애정이 갔다. 영이는 이 병동에서 삶에 대한 또 다른 시각을 가지게 되었고 특별한 경험을 하면서 성장을 하고 있는 중이다. 인간의 성장은 죽음의 날까지 끝나지 않기에.

차 안에서 대기하는 20분은 참으로 긴 시간인 듯했다. 영이는 오늘도 아득한 어지럼을 느끼며 차에서 내려 병동으로 향했다. 엘리베이터 앞의 줄이 길었다. 환자들의 링거와 체액이 담긴 봉지를 마주치는 것이 싫어서 자신의 몸 상태를 고려하지 않고 계단을 선택했다. 숨을 몰아쉬며 벽을 짚고 쉬어가며 계단을 올라갔다. 미술치료사 영이, 그녀의 정신력은 심각해진 몸의 상태마저도 이기고 있었다.

연락선의 뱃사람처럼

병동에 도착하여 인터폰을 누르면 영이를 확인하고 보호사가 철커덩 쇠문을 열어 준다. 그 문으로 들어가서 간호사실문 2개를 통과한 다음에야 환자들이 있는 병동으로 갈 수가 있다. 폐쇄 병동에 격리된 환자들은 환자복을 입고 있기는 하지만, 신체를 자유로이 움직일 수 있기 때문에 이 병동에는 의료 기구는 거의 없다. 안전장치는 매우 철저해서 모든 창문은 폐쇄되어 있고 외부와 통하는 출입문도 여러 과정을 거치게 되어 있다. 언제라도 환자를 제압할 수 있는 남자 보호사들이 환자들을 관찰하며 오가고 있다.

미술 치료를 하는 작업실은 다목적실이라고 부를 만했다. 환자들이 식사와 간식을 먹는 장소이며 동시에 여러 가지 프로그램이 진행되는 곳이었다. 20명 정도의 사람이 앉을 수 있는 테이블이 있고 간이 싱크대가 있었다. 한쪽 벽면에 자리 잡은 벽장에는 미술도구를 넣어 두는 여러 개의 큰 서랍이 있었는데 모두 자물쇠를 채워 두었다. 언제나 커다란 열쇠 꾸러미를 가지고 들어가서 일일이 번호를 맞추어 필요한 물품을 꺼낸 다음 곧바로 다시 자물쇠를 채워야 했다. 병동 안에서는 모든 도구가 흉기가 될 수도 있기에 조심해야만 한다.

영이는 그즈음 노안이 급속히 진행되고 있어서 희미한 번호의 열쇠를 찾아서 서랍을 여닫는 과정이 꽤 힘겨웠다. 게다가 무겁고 큰 사이즈의 서랍들이 매끄럽지 못하고 삐걱대어 번번이 애를 먹이기까지 했다.

재료를 꺼내고 테이블 세팅이 끝날 즈음 보호사가 복도에서 미술 작업 시간임을 알리면 프로그램에 참여할 환자들이 모이기 시작한다. 대체로 미술 표현에 관심이 있거나 소질이 있는 환자들이 주로 참여를 하는 편이지만, 그냥 지루함을 달래려고 들락날락하는 사람들도 있고, 미술 선생을 통해 자신의 메시지를 전달하고 싶어 들어오는 사람들도 있다.

영이는 전문적인 공부를 하지 않았으므로 환자들의 병명이 무엇인지 어떤 특성이 있는지를 잘 구분할 수가 없었다. 단지 정상인과 비정상인이라는 두 개의 큰 카테고리, 또는 조현병과 조우울증 정도의 어렴풋한 구분으로 그들을 대하는 것이 답답했다.

미국의 정신병 진단 기준으로 DSM(정신장애진단통계편람)이라는 것이 있다. 예를 들어 우울증의 진단은 '일정 기간 동안에 어떠한 증세를 몇 번, 어느 정도와 강도로 보일 때 그것을 우울증으로 진단을 내린다.'는 식으로 정신장애들을 세부 기준까지 분류하고 약물도 그 기준에 맞추어 처방한다고 한다. 그러나 이 기준은 진단을 위한 중요한 지침이기는 하겠지만 얼마나 정확성을 가질 수 있을까 의심스럽다. 판별 시에 관찰자의 편견이나 의사의 주관이 개입될 수도 있고 환자 자신이 증세를 조작할 수도 있지 않겠는가? 인간의 정신세계를 판별한다는 것은 참으로 많은 어려움이 있을 듯하다.

맨 처음 전임자에게 인수인계를 받던 날은 긴장과 막연한 공포로 제정신이 아닐 지경이었고 실습지를 잘못 선택한 것 같은 후회도 슬며시 들었지만, 영이는 몇 번의 작업 시간을 지나며 차츰 적응을 해갔다. 복도를 오가는 보호사들이 든든했고 큰 위안이 되었다. 환자들이 작업을 하며 영이와 허물없는 얘기를 하거나 앞일에 대한 걱정들을 말할 때면 병동 밖의 여느 정상인들과 별반 다를 바가 없다. 환자들과의 관계보다는 오히려 병동의 불편한 시설들과 제한적인 작업 환경이 더 부담스러웠고 마음을 무겁게 했다.

미술작업에 참여하는 환자들에게 가장 중요하고 공통된 관심사는 빨리 퇴원을 하는 것이었다. 작업을 마치고 나면 그들은 뒷정리를 도와주었고 테이블도 닦아 주는 등 표면적으론 아무런 문제가 없는 사람들마냥 서로 잘 소통하며 지냈지만, 영이는 언제나 긴장의 끈을 놓으면 안 되었다. 혹시라도 예기치 못한 사건들이 발생하는 경우에 기민하게 대처할 수가 있으려면 방심하지 않아야 했다.

처음 이 병동에 다닌 지 얼마 되지 않았을 때에 실수가 있었다. 영이는 자신의 가방을 어디에 보관해 두어야 할지 몰라서 작업실에 가지고 들어갔다. 전임자가 그렇게 하는 것을 보고 찜찜한 생각은 들었지만, 뭔가 다른 요청을 하면 유별나 보일 것 같아서 그냥 전임자를 따라서 하기로 했다. 실수가 있었던 그날은, 젊은 남자 환자가 백을 들고 들어오는 영이를 유심히 보고 있다가 작업실에 따라 들어왔고, 밖에서 보호사의 눈에 띄지 않는 벽장 앞으로 영이를 몰아붙였다.

"휴대폰 잠시만 빌려 주세요. 삼촌과 잠깐 통화만 하면 돼요."

처음엔 너무 놀랍고 무서워서 소리를 지를 뻔했다. 그러나 그 젊은이의 간절하고 불안한 눈동자를 보는 순간, 연민이 일었다. 휴대폰을 꺼내 주었고, 그 청년은 구석에 몸을 웅크리고 앉아 삼촌과 통화를 했다. 이곳은 사람이 머물 곳이 못 되니까 자기를 좀 꺼내 달라고 삼촌에게 애원했다. 부산의 주치의한테 가서 통원 치료를 받는다고 약속하겠으니 제발 좀 자기를 구해 달라고 하며 여기에 계속 있으면 자살을 하게 될지도 모른다고 했다.

"고맙습니다. 전화 요금은 제가 다음에 드릴게요."

통화를 마친 뒤에 영이에게 고맙다는 인사를 남기고 청년은 나갔다. 그때서야 잘못했다는 것을 깨달았다. 병원의 중요한 규정을 어긴 것이 틀림없다는 것을 깨달았고 이 실수가 몰고 올 파장이 염려되었다. 자기의 전화번호가 그 삼촌의 전화기에 남아서 자신의 입장이 곤란해질 수도 있을 것이라는 상상까지 하니 불안했다. 결국 수간호사에게 사실을 알렸고 그 뒤로 별일이 없어서 마음의 짐은 벗었다.

그날 이후로 철문을 통과할 때마다 주의를 다짐하게 되었다. 그 젊은이는 20대 후반이었다. 한창 활동적일 나이에 감금과 다를 바 없는 정신과 폐쇄 병동에 입원을 하게 되었으니 그 고통은 충분히 짐작되었다. 부산에서 이곳 서울로 이동하여 입원한 지 이틀째였고 입원이 장기화되기 전에 누군가에게 도움을 요청하고 싶었던 차에 가방을 들고 들어오는 미술치료사를 보고 전화 통화의 가능성을 보았던 것이다. 그후에 그는 미술작업에 참여했는데, 자신의 분함과 억울함에 대해 호소하고 싶은 욕구로 가득 차 있었다.

영이는 전화기를 빌려줄 때도 그랬지만, 이 청년이 마치 아들이나 친척 같아 낯설지가 않았다. 그 청년의 불안하고 간절한 눈빛이 무섭기보다는 가슴이 아렸고 먼 기억 속의 누군가와 닮은 듯했다.

영이가 어린 시절을 보낸 1960년대엔 힘겨운 청춘시절을 보내는 친척과 이웃이 많았다. 6·25전쟁이 끝나고 재건 무드 속에서 다들 가난을 이기고자 열심히 살았던 이들이 대부분이었지만, 골목마다 패잔병 같은 모습으로 떠돌던 사람도 흔히 볼 수 있었다. 상이용사들도 있었고, 전쟁의 후유증으로 정신질환을 앓으며 떠도는 사람들도 있었다.

그 청년은 영이의 기억 속에 각인된 불안하고 두려운 눈빛의 불쌍한 이웃 아저씨를 떠올리게 했다. 정신이 온전할 땐 어린 아이들에게 친절하고 온화하게 대하던, 약간 모자란 듯했지만 마음씨가 좋던 그 아저씨가 발작이 나면 다른 사람이 되어서 어린 아이들에게 공포의 대상이 되어 버렸다. 그 아저씨가 처마 밑에 웅크리고 앉아 공포에 질린 눈빛으로 땅을 긁기도 하고 눈을 들어 하늘을 보며 혼잣말을 하는 모습을 보며 아이들은 무서워서 도망을 갔지만, 영이는 아저씨의 곁에 머무를 수밖에 없었다. 무섭기도 했지만 이웃인 그 아저씨가 어디론가 가버려서 집을 잃어버릴까 걱정이 되었기 때문이다.

아저씨네 집은 가난했고 그 가족들은 밤이 되어야 돌아오는 것을 영이는 알고 있었다. 그 아저씨의 불안정하면서도 처연하던 눈빛을 어린 영이는 읽었다. 아저씨가 너무 불쌍해서 열 살 전후의 어린 가슴이 몹시 아팠다. 요즘엔 정신질환자를 수용할 수 있는 기관과 시설들이 많아져서 거리를 떠도는 환자들을 잘 볼 수 없지만, 그 시절엔 시설도 부족했고 정신질환에 대한 인식 수준도 낮아서 방치된 채로 부랑아처럼 떠도는 '미친 사람'들을 어디에서나 흔히 볼 수 있었다.

"아저씨, 아저씨 엄마가 집에 돌아오실 때까지 다른 곳에 가면 안 됩니더. 여기에 그대로 있어야 됩니더. 알았으예?"

"부릉부릉 쏴아쏴아…… 엄마! 엄마!"

"아저씨, 내말 들었으예?"

"부르릉 부릉…….."

아저씨는 대화가 되지 않았다. 어린 영이는 애가 탔다.

전화기 사건의 그 청년은 한 장의 종이로는 모자라서 대여섯 장의 종이를 벽에 이어붙이고 매직펜으로 마치 설계도면을 그리듯이 자신의 상황을 시간과 사건별로 잘 배치하고 연결해 가며 설명했다. 중요한 부분에는 빨간색으로 표시까지 했다. 놀라웠다. 마치 강의를 하고 있는 선생 같았다. 그는 머리가 명석해 보였다. 그리고 그는 말할 곳이 없어서 정말 답답했는데, 들어주셔서 너무 감사하다는 인사까지 했다. 전화기를 빌린 후에도 그랬고 예의를 갖추는 태도가 몸에 배어 있었다.

그의 아버지는 목사였다. 어머니와는 사실상 이혼이나 다를 바 없고 자녀들과도 별거 상태였지만, 남들은 전혀 모르게 처신했다. 재산 분쟁에 관해 많은 얘기를 했는데, 부모와 친척의 이름까지 정확하게 쓰고 자동차의 종류와 소유자, 돈의 정확한 액수, 아파트의 크기와 지역 등을 구체적으로 얘기했다. 그에게 지켜야 할 비밀은 세상에 아무것도 없는 듯했다. 그는 가족들의 갈등과 재산 분쟁을 보면서 많은 스트레스를 받았던 모양이다.

아버지가 목사이지만 그는 종교적 강박이 없어 보여서 오히려 무신론자 같았다. 정신병동의 환자들은 종교적 상징물이나 성경 구절을 인용하거나 표현하는 경우가 많은데 그는 그렇지 않았다. 지극히 종교적으로 경건해 보여야 했던 환경이 그에게는 벗어나고 싶은 고통이었을까. 아직 젊은 그가 정신병자라는 낙인을 달고 세상을 살아가려면, 가장 큰 장애물은 바로 목사의 아들이라는 사실일 수도 있을 것이다. 목사인 아버지의 삶에도 가장 큰 십자가는 바로 정신질환이 있는 아들일지도 모른다.

영이는 요즈음 환자들 중에서 은이에게 많은 관심이 생겼다. 은이는 이지적인 분위기를 가진 데다 미술에 대한 감각도 있어 보였다. 은이를 처음 만나던 날, 한지 콜라주를 하던 날은 그녀의 독특한 표현 기법과 분주한 동작에서 전형적인 정신질환자의 모습을 볼 수 있었다. 그러나 시간이 흐르면서 안정을 되찾고 진지한 얘기를

할 때에는 참 놀라울 정도였다.

영이는 병원 내의 사건들과 다른 환자들에 대한 정보들을 들려주기도 하는 은이가 정겨웠다. 정신과 입원 병동의 환자들은 대인 관계를 하지 않는 편이다. 대부분의 환자들은 그림 속에 사람도 잘 그리지 않는다. 그것은 인간관계에서 배척당하고 핍박받아 온 그들 삶의 반영일 수도 있었다. 그러나 은이는 타인에 대한 관심이 많고 가족에 대한 애착도 남달랐다. 은이의 따뜻한 마음이 엿보일 때마다 안쓰러웠고 미술작업을 통해 은이를 도와줄 방법을 연구했다.

요즘 영이는 일상 속에서도 자주 그녀를 생각하고 있었다. 오늘은 작업 시간이 지났는데도 은이가 보이질 않았다. 퇴원에 대한 예고도 없었던지라 내내 허전하고 궁금한 마음으로 작업을 마치고 나오는 길에 간호사실에 물어 보려고 했으나, 뭔가 사건이 생겼는지 매우 어수선한 분위기여서 그냥 나왔다.

오늘 따라 환자들은 마치 배웅이라도 하듯 간호사실의 문 앞까지 영이의 뒤를 따랐다. 어쩌면 미술작업 시간 바로 전에 병동에서 무슨 사건이 생겼는지도 모를 일이다.

영이는 금요일의 오전 한때를 환자들과 보내기 위해 통과하는 세 개의 문과는 비교도 되지 않을 수많은 장벽을 이곳 병동에서 언제나 느꼈다. 영이는 자신이 허물어질 수 없는 벽의 작은 구멍을 들락거리는 생쥐 같기도 했다. 때로는 마치 고립된 섬을 드나드는 연락선의 뱃사람과 같다는 생각도 들었다. 은이는 매주 빠짐없이 참석을 해왔던 터라 마음이 영 좋질 않았다. 은이가 빨리 퇴원을 해서 가족들에게 가야 하겠지만, 그녀가 인사도 없이 퇴원을 해버린 것은 아닐까 하는 생각을 하니 한편으로는 서운했다. 은이와의 지난 일들을 생각하며 아쉬운 마음과 그녀의 평온을 바라는 복잡한 마음으로 집에 돌아와 은이의 작품들을 정리하고 프린트하여 묶음을 만들었다. 언젠가 전해 줄 날이 있을 것만 같았다.

다른 모습으로 돌아온 은이

비가 내렸다. 병원으로 향하는 차 속에서 듣는 라디오에서는 비오는 날의 무드를 전하는 멘트와 음악이 계속되었다. 영이는 비오는 날의 서정을 왜 낭만으로만 몰아가는 것일까 하고 못마땅한 생각이 들었다.

영이는 비가 싫었다. 우산이 번거로웠고 지저분한 바닥의 물이 튀는 것이 짜증스러워서 비오는 날이면 외출도 꺼려졌다. 30대에 잠깐 비를 싫어하지 않았던 때가 있었지만 그 이유가 좀 유치했다. 마음에 쏙 드는 멋진 우산을 마련하게 되었는데, 그 우산의 색상과 디자인이 너무 마음에 들어서 한동안 비오는 날의 외출의 고통도 잊을 정도였다.

연한 핑크색 원단에 아주 흐린 체크무늬와 작은 꽃무늬가 어우러져 있었고, 손잡이와 우산 꼭대기는 가늘고 긴 까만색 금속이었다. 끝단에 섬세한 프릴이 있어 우아해 보이기까지 했다. 전체적으로 매우 날씬하고 세련되어 보였지만, 그다지 편안하거나 실용적이지는 않았다. 그래도 외양이 너무 좋아서 모든 것이 상쇄될 수 있었다.

그 멋진 우산이 고장 나고 망가졌을 때의 상실감은 아직도 가슴에 남아 있을 정도였다. 이후에 그만큼 마음에 드는 우산을 찾을 수 없었다. 그래서 가버린 지난 우산에 대한 아쉬움과 미련이 더욱 진하게 남았다.

영이는 가끔 자신이 사람에 대한 애정보다 상황의 설정이라든지 물질에 더 집착하고 그것들을 우선시하는 경향이 있는 것 같아서 막연한 죄스러움을 느꼈다. 어쩌면 미술을 전공한 사람의 감각적 예민함이 삶의 방향을 지배하기 때문일 수도 있을 것이다. 대체적으로 영이의 삶은 시각적 감각이 우선되고 있었다.

젖은 우산과 질퍽대는 바닥의 느낌과 병원 특유의 냄새에 습도까지 더해져서 불쾌감이 높았다. 불쾌감을 이기려 마음을 다잡고 철문을 통과하여 병동에 들어서니, 유명한 명품 여행 가방을 들고 있는 젊은 남자가 있었다. 키도 크고 잘생긴 얼굴과 멋진 차림에 비싼 가방까지 들고 있는 모습이 마치 영화배우 같았다. 흔히 마주칠 수 있는 외모의 사람이 아니었고 마치 광채를 발하는 듯 눈부셨다.

그 남자를 보며 '저런 모습으로 입원을 하다니'라고 생각하는 순간, 입원실에서 또 한 명의 눈부신 귀부인이 나왔다. 큰 키에 멋진 반백의 머리카락을 올림머리하고, 트렌치코트에 스카프를 두른 모습이 마치 서양 인형 같았다. 선글라스를 백에서 꺼내 머리에 얹으면서, 영이에게 인사를 했다.

"미술 선생, 잘 있어요."

영이는 깜짝 놀랐다. 작업에 두 번인가 참여했던 범상치 않았던 그녀였다. 그녀는 자기가 대학 때 캠퍼스 퀸이었고, 남편은 고위 공무원이며 세 명의 자녀는 모두 해외유학파로 성공한 전문직들이라고 소개한 적이 있다. 그리고 대한민국의 유명한 정신과 의료진의 이름을 줄줄 얘기하면서 그들과 모두 상담해 보았노라고 했다. 이 병원에 잠깐 오게 된 것은 어떤 의사를 만나기 위해서라고 했다. 그런데 이 병동에선 밤에 불을 끄지 않고 너무 많은 인원이 한방을 쓰는 게 참을 수가 없어서 곧 나갈 거라고 했던 그녀였다.

영이는 작업을 하면서 60살의 나이에도 멋진 모습을 한 그녀가 너무 놀라웠지만, 그녀의 얘기들을 온전히 다 믿을 수는 없었다. 그녀가 과대망상이라고 짐작했다. 환자복을 입고도 빼어난 자태를 지닌 그녀가 인상 깊었는데, 오늘의 모습을 보니 그녀의 배경 설명이 진실인 듯도 싶었다. 그녀는 멋진 아들과 함께 그렇게, 밖에는 비가 오지만 선글라스를 머리 위에 얹고 멋이 뚝뚝 떨어지는 모습으로 퇴원을 했다.

그녀로 인해 긴 여운이 남은 채로 작업 준비를 하고 있으려니 은이가 넋이 나간 여자처럼 휘적휘적 들어왔다. 영혼이 빠져버린 듯 시선의 중심을 찾을 수가 없었고, 세워 놓은 대형 칠판 뒤에 가서 서 있기도 하고 벽을 마주 보고 서서 중얼거리며 손바닥으로 쓰다듬기도 했다. 지난주와는 너무 달라진 모습이 낯설어서 두려움마저 일었다.

은이는 종이 위에 흐릿한 물체를 낙서하듯이 그렸다. 평소의 그녀와 달리 필압이 약했다. 그림의 아래쪽에는 '공룡유적지'라고 썼다. 은이는 가족들과 공룡유적지에 갔었는데 행복했다고 힘없이 말하며 멍한 눈빛으로 벽을 바라보았다. '행복'이라는 단어는 지금 그녀의 모습과는 어울리지 않았다. 정신병동의 환자들은 시제가 불분명한 경우가 많다. 은이도 아마 오래전 가족 나들이의 기억을 말하고 있는 듯해 보였다. 은이에게 무슨 일이 생긴 것일까 하는 염려와 함께 이곳은 정신병동이라는 사실을 상기하게 되었다. 체념 같기도한 무엇이 가슴을 쿵 때리는 것만 같았다.

오늘은 여섯 명의 환자가 참석했는데, 다행히도 말썽 없이 조용한 가운데 작업 시간이 무사히 끝났다. 병동을 나서며 혼란스럽고 회의가 느껴졌다. 영이는 삶의 근원적인 문제에 대한 생각은 될수록 하지 않기로 오래전에 결심했다. 명쾌한 답도 얻을 수 없고, 머릿속만 복잡해지느니 차라리 현실의 사소한 일들에 집중하는 것이 훨씬 겸허한 삶의 자세라고 생각했기 때문이다. 그러나 오늘은 삶의 의미와 가치에 대해 덮어 두었던 의문들이 그녀 속에서 마구 날뛰었다.

집으로 돌아와 한강을 걸었다. 오전에 내린 비로 얼굴을 씻은 듯이 한강변은 청정함이 느껴졌다. 시간의 흐름을 따라 변해 가는 물색과 하늘색의 조화를 무념의 상태에서 오롯이 느끼며 지칠 때까지 걸었다. 빈 마음으로 한강걷기는 오랜 습관이 되었고 언제나 큰 위안이 되었다. 처음엔 이어폰으로 음악을 들으며 두어 시간을 걸었지만, 시간이 지날수록 자연의 소리를 그대로 느끼며 걷는 것이 좋왔다. 여름 소나기를 만나 흠뻑 젖기도 했고, 한겨울 칼날 같은 바람을 견디며 걷기도 했다. 남쪽 고향에 두고 온 그리운 사람들이 떠오르면 어느 샌가 울면서 걷고 있기도 했다.

영이는 외로움과 그리움으로 가슴이 아픈 만큼 자연의 변화를 더 가까이, 깊이 느낄 수 있었다. 그리고 외로움과 그리움은 타인에 대한 이해와 배려심을 자라게 만들었고 겸손을 알게 하였다. 외로움과 그리움은 그렇게 영이의 정신적 자산이 되었다.

그날 밤에 은이의 상황이 너무 궁금하고 염려가 되어서 수간호사와 이메일을 주고받았다. 은이는 지난주에 남편이 죽어서 부산에 다녀왔다고 했다. 수간호사의 대답이 뭔가 석연치 않게 느껴지고 찜찜했다. 그 의심스러운 느낌은 먼 옛날 친척의 기억과 은이의 사정이 겹쳐져서 생각에 빠지게 만들었다.

영이의 어린 시절 기억 속에 조현병이었던 친척 아줌마가 있었다. 그 아줌마의 친정은 지방에서 명문가였고 영이는 어린 시절 그 집에 놀러가는 것을 좋아했다. 훌륭한 가구들과 집기들, 연못이 있는 넓은 정원의 갖가지 꽃들, 그리고 언제나 예쁜 그릇에 잘 갖추어져서 담겨 나오던 고급스런 식사와 간식들이 영이에겐 선망의 궁궐이었다. 게다가 그 집의 주인 할아버지는 어린 영이를 영리하고 남다른 감수성을 가진 아이라고 예뻐하시며 자라서 시인이나 화가가 되라고 하셨다. 영이는 자신에게서 예술적 감흥이 느껴질 때면 그 할아버지의 말씀이 떠오르곤 했다.

집의 구조는 옛날 일본식 가옥이었는데 뭔가 숨겨진 공간들이 있었고, 대체로 채광이 좋지 않았다. 이층으로 가는 계단 아래에는 자물쇠로 채워진 방이 있었고 가끔 피아노 소리와 여자의 노랫소리가 들렸다. 그 장소가 매우 궁금해서 집으로 돌아와 엄마한테 물어보면, 쓸데없는 관심이 많다고 억울한 야단만 들었다. 영이는 비밀을 지켜야만 하는 이유가 있다는 것을 어렴풋이 알게 되었다.

영이는 그 집의 멋져 보이는 풍경들처럼 자신의 미래의 삶도 멋있을 것이라는 꿈을 꾸며 성장했다. 점점 고학년이 되어 가면서 그 집을 방문할 틈이 없어졌고 세월이 한참 지나서야 계단 아랫방의 비밀을 알게 되었다.

비밀의 방에 갇혀 살던 아줌마는 그 집의 장녀였다. 그 아줌마는 몇 번인가 본 적은 있지만 얼굴은 정확히 기억나지 않았고 순한 인상이라는 이미지만 남아 있었다. 그 아줌마는 20대 초반에 약한 정신질환 증세가 있었으나 그후에 병세가 좋아져서 결혼을 했다. 두 남매를 낳고 한동안 잘 살았으나 다시 정신질환 증세가 심해져서 주부의 역할을 제대로 못해낼 지경이 되자 친정으로 오게 되었다.

아줌마의 친정 부모는 사위와 손자들의 미래를 위해 거짓말을 하게 되었다. 손자들에게는 엄마가 죽었다고 했다. 딸에게는 사위가 죽었고 손자들은 친가에서 데려갔으니 포기하라고 했다. 그 아줌마는 자신의 자식들이 그리워서 찾는다고 집을 뛰쳐나갔다가 교통 사고를 당하기도 했다. 그후에 아줌마의 친정 부모는 안전을 위한다는 명목으로 딸을 집 안에 격리 보호했다. 이는 물론 주변의 이목을 의식해 내린 조치이기도 했다. 결국 딸은 세상과 단절된 상태로 살아갈 수밖에 없었다.

그 아줌마 가족의 생이별을 생각만 해도 슬펐는데, 은이의 사연을 듣고 나자 왠지 그 친척 아줌마의 일이 떠올랐다. 은이가 서울까지 오게 된 것도 의도적인 사건같이 느껴졌고, 친척 아줌마처럼 은이의 남편도 이별의 수단으로 죽은 사람이 되어 버린 것은 아닐까 하는 의심도 들었다.

은이는 앞으로 어떤 삶을 살게 될까. 작업 시간에 보았던 그녀의 넋 나간 모습이 떠오르자 가슴이 먹먹했다. 영이의 친척 아줌마는 부모님이 살아계실 때는 집 안에서 돌봐주면서 지냈으나, 부모님이 돌아가시고 형제들만 남게 되자 가족들에겐 큰 짐이 되었다. 결국 시내의 정신병원으로 보내졌고, 몇몇 병원을 전전하다가 노후엔 산속의 기도원으로 가게 되었다.

정신질환자가 있는 집안의 가족들은 평생의 짐을 안고 힘들게 살게 되는 경우가 많다. 일반적으로 알고 있듯이 정신질환은 관리가 잘되지 않으면 완치가 어렵고 병세의 주기를 따라 입원과 퇴원이 반복되는 동안에 가족들은 지치게 된다. 처음 발병을 하게 되면 좋은 의료시설을 갖춘 대형 병원을 찾았다가 세월이 흐를수록 점점 비용이 적게 들고 장기간 가족들이 찾지 않아도 되는 시설을 찾게 마련이다. 성인이 되어서도 독립적으로 살 수 없다는 것은 주변 사람들에겐 큰 짐이 되는 것이다. 세상살이의 낙오자가 되어 가족에게까지 버림받는 경우도 있다.

영이는 오늘의 은이 모습을 보며 그동안 가지고 있었던 희망적인 생각들이 참 부질없게 느껴졌다. 지난주까지 정상인과 거의 다를 바 없던 그녀가 한순간에 정상적인 소통이 불가능한 상태가 되어

버린 것을 어떻게 받아들여야 할지 혼란스러웠고 다시 이전의 상태가 될 수 있을까 염려가 되었다. 은이가 마치 살붙이라도 되는 양 마음이 쓰였다.

은이의 외출, 그리고 다시 아프다

지난주에 은이는 2박 3일 동안 고향인 부산에 다녀왔다. 가까운 친척 남동생이 은이를 데리러 서울 병원으로 왔고, 대충 가방을 꾸려 외출 수속을 밟고 고속버스를 탔다. 터미널의 많은 사람들과 분주한 풍경을 보면서 은이는 병원에서 퇴원을 한 것마냥 설레기까지 했다. 버스 안에서 동생이 준 힌트로는 남편에게 뭔가 일이 생긴 듯했지만, 남편 걱정보다는 아이들을 만나게 될 일이 오히려 기대되고 설레었다. 한숨 잘 요량으로 눈을 감았으나, 온갖 생각들이 끊임없이 떠올라 좀처럼 잠을 이룰 수가 없었다. 전날 밤 병동에서도 거의 뜬눈이다시피 했다.

은이는 예전에 일주일 동안 한숨도 자지 않고 버텼던 적도 많다. 밤을 새워 집안 청소와 옷장 정리, 이불 세탁, 지나간 앨범들과 책장 정리들을 하며 쉬지 않고 일을 해도 지치지가 않았던 적이 한두 번이 아니다. 언젠가는 요리책을 사서 첫 페이지부터 마지막 페이지까지 모든 요리들을 며칠 밤을 새워 실습해 보고, 결국 양식조리사 자격증까지 땄다. 학원엔 시험 합격을 위해 딱 1주일만 다녔다. 가족들에겐 밤도 없이 소란을 피우는 말썽쟁이였지만, 자신의 능력 발휘를 위한 시간이 턱없이 부족해서 속상했다. 세상에는 성취할 수 있는 일들이 너무나도 많은데 자신의 환경이 허용되지 못함에 대해 분노했다. 게다가 자신은 타인의 마음을 읽는 신비한 능력까지 있어서, 정신병동의 환자들의 치유를 도울 수도 있다고 굳게 믿고 있었다.

요즈음 은이는 새로 입원한 젊은 남자 환자를 열심히 관찰 중이었다. 며칠 전 미국에서 온 젊은 남자 환자는 삼십대 초반으로 보였고 교포 2세인지, 어릴 때 미국으로 갔는지는 모르겠지만 한국말이 서툴렀다. 입원할 때의 모습이 뭔가 심상찮아 보였다. 그와 그의 보호자를 대하는 간호사들과 그를 따라온 몇 명의 사람들의 태도로 미루어 볼 때 뭔가 수상쩍은 분위기가 느껴졌다. 그는 키도 작고 뚱뚱한 몸매에 잘생긴 외모는 아니지만 부잣집 아들 티가 역력히 났다.

은이는 몹시 궁금증이 발동해서 그를 열심히 관찰했다. 그는 병동에서 신는 고무 슬리퍼가 마음에 들지 않았는지 보호자에게 두 번이나 연락을 취했고 새로 사오는 슬리퍼마다 트집을 잡았다. 앞부분이 맘에 들지 않아서 잘라야겠다며 간호사실에 칼과 가위를 요청하기도 했다. 칼과 가위는 정신과 폐쇄 병동에선 상상도 할 수 없는, 절대로 허용되지 않는 도구이다. 미술작업 시간에 불가피하게 필요할 때도 어린이용 안전 가위를 사용하고 될수록 손으로 해결되는 작업으로 대체한다.

그는 식사도 거의 하지 않았다. 도저히 한식이 맞지 않는 듯해 보였다. 환자용 병원식이 맛있을 리가 없고 다른 환자들도 입원을 하면 식사 때문에 받는 고통이 꽤 크다. 정신병동 환자들은 몸이 불편한 것이 아니기 때문에 병원에서 공급되는 환자용 식사가 불편한 경우가 많고 보호자들로부터 반입되는 간식과 밑반찬은 오아시스와도 같다. 하와이에서 왔다는 젊은이는 매일 빵과 커피를 외부에서 반입했다. 그는 마치 특별보호를 받고 있는 귀한 신분인 양 보일 정도였다.

미국 젊은이가 입원한 지 이틀째 되는 날엔 형사 같은 남자들이 몇 명 와서 그와 한참 얘기를 하고 갔다. 눈치 빠른 은이는 그가 범죄를 저지르고 도피하는 것으로 짐작이 되었다. 게다가 미술 시간에 그 남자가 그린 그림을 보자 더욱 확신이 들었다. 미술 시간의 주제와는 상관없이 그는 흰 종이에 만화풍의 그림을 그렸는데 머리카락과 입을 빨간색 두건으로 가린 남자가 하와이의 해변에서 총을 들고 있었다. 그림 속의 눈빛을 아주 매섭게 표현해 뭔가 해적 같기도 하고 범죄 용의자 같기도 했다. 몇 번 참석을 한 미술 시간마다 똑같은 그림을 그렸다. 야자수의 개수만 조금씩 달라질 뿐 빨간 두건의 남자를 똑같이 그렸다. 미술 선생 영이에게도 반말을 하면서 그림 속의 사람이 자기라고 설명했다.

은이는 점점 자신의 짐작에 확신이 생기기 시작했다. 그 다음날 또 다른 남자들이 그를 만나러 왔을 때 애써 엿듣고 관찰했다. 하와이에서 아마도 살인 사건이나 그와 유사한 총기 사건이 있었던 것

같았다. 총을 쏜 것에 대해서 얘기가 오갔고, 미국 젊은이는 '모르 겠다'고 계속 말하다가 엄청 흥분해서 영어로 떠들어대자 형사들이 제지했다. 그후로 미국 젊은이가 범죄자라는 확신이 들었고 정신병 동에서 도피를 할 것이 아니라 죄 값을 치러야 남은 인생을 제대로 살 수 있을 것이라고 생각했다.

은이의 눈에는 병동에 또 한 명의 의심스러운 인물이 있었다. 50 대 중반의 점잖게 생긴 남자 환자이다. 그도 얼마 전 미국에서 왔다 고 하는데, 성경책을 비롯해 온갖 책들과 신문을 열심히 읽었다. 그 는 피부도 깨끗하고 체격도 알맞게 균형이 잡혀 있었고 얼굴도 썩 잘생긴 데다 지적인 분위기까지 갖추고 있었다. 텔레비전에서 뉴스 를 보고 나면 마치 사회의 지도자 계층 같은 자세로 논평을 하곤 했 다. 그렇다고 심하게 지적 허세를 보이는 편은 아니었다.

은이는 그가 매우 의심스럽게 보였다. 도무지 정신질환자의 면모 를 찾을 수가 없었기 때문이다. 그는 병동 밖의 정상인들 중에서도 매우 균형 잡힌 정신세계를 가진 축에 속해 있을 정도였다. 가벼운 신경성 질환이라면 통원 치료를 해도 될 텐데 이곳 폐쇄 병동에 입 원을 하게 된 이유가 무엇일까 궁금했다. 그가 도피를 하고 있는 것 은 아닐까 하고 상상하게 되었다. 그러던 차에 미술작업에 참여한 차에 미술 선생에게 하는 말들로 미뤄 볼 때, 사업에 실패하고 피신 을 위하여 이곳 병동으로 오게 된 것이라고 거의 확신을 하게 되었 다. 그는 언제나 사장님다운 행동이 몸에 밴 듯해 보였다. 은이는 정 신병원을 은신처로 삼고 있는 것 같은 두 남자에게 화가 났다. 자신 의 짐작이 맞는다면 세상은 썩었고 두 남자는 몹쓸 인간들이다.

병동의 의심스러운 두 남자들을 비롯해 다른 환자들의 생각에 골몰해 있는 동안에 버스는 어느새 부산에 도착했다. 고속버스에서 내리자 은이는 버스를 타고 싶었지만 친척 동생은 집까지 택시를 타자고 했다. 오랜만에 병동 밖에 나오니 마치 세상 구경을 처음 하는 듯한 기분이 들었고, 다시 병원에 돌아가야 할 처지이니 나온 김에 실컷 바깥세상을 누리고 싶었다. 그러나 친척 동생은 불안을 감추지 못하고 버스는 안 되니 택시를 타자고 주장했다. 화가 나려고 했지만 집에 빨리 가면 아이들을 빨리 볼 수 있을 것이라는 생각에 동생의 말을 듣기로 했다.

은이의 집은 택시로 20분쯤 걸리는 거리였다. 택시기사 아저씨의 익숙한 경상도 사투리를 듣는 순간 고향에 왔다는 실감에 감격했고 집에 도착하는 순간까지 기사 아저씨와 열심히 수다를 떨었다. 은이의 집은 부산 앞바다가 보이는 언덕배기에 있었다. 뜰이 제법 넓고 튼튼하게 지어진 이층집이었다. 아파트 단지처럼 정리가 잘 되어 있거나 편의시설들이 주변에 즐비하진 않지만 오랜 세월 함께한 이웃들과 정을 나누며 사는 동네였다.

은이의 집은 이층을 세 놓고 아래층의 방 세 개를 은이네 가족이 사용했다. 은이는 병원에 들락거리면서도 뜰을 열심히 가꾸었기에 철따라 피는 꽃들과 과실수들이 있었고 현관 앞에도 온갖 화분들이 셀 수도 없이 많았다. 식물 키우기를 좋아하는 시어머니와 은이의 취향이 일치했기 때문이다. 식물을 키우는 것은 두 사람의 모든 것 중에서 일치하는 오직 한 가지였다.

대문을 열고 들어가니, 집이 조용했다. 마치 아무도 없는 듯했다. 애들의 이름을 부르며 현관문을 열자 시어머님이 아닌 친정 부모님이 앉아 있었다. 엄마는 울음을 애써 감추며 배고프니 밥부터 먹자고 했다. 아버지는 고생했다는 한마디만 하고 친척 동생을 데리고 나갔다. 이상한 낌새를 느끼며 애들 방으로 들어섰다. 그러나 애들이 없었다. 소리를 지르며 애들 방에서 달려 나오는데 친정엄마가 통곡을 하기 시작했다.

사위가 일주일 전에 심장마비로 죽었고, 장례를 마치고 나서 시어머님이 애들을 데리고 다른 지방으로 갔다고 했다. 애들이 성인이 될 때까지 잘 키울 테니 은이더러 애들을 찾으려 애쓰지 말고 병이나 완치하라고 했다 한다. 믿을 수가 없었다. 그 자리에 털썩 주저앉았는데, 바라다보이는 벽에는 걸려 있던 가족 사진이 없어졌고, 걸렸던 자국만 선명했다. 이것은 꿈일까? 지금 이 공간은 왜 낯설게 느껴지는 것일까?

은이는 서울 병동의 침대가 떠올랐다. 차라리 거기에 누워서 편한 잠을 자고 싶었다. 강박 침대에 묶여서 한동안 푹 자고 나면 모든 것이 원래대로 되어 있을 것만 같았다.

"엄마, 나는 왜 이렇게 팔자가 사나워?"

은이가 이 말을 뱉자 친정엄마가 와락 은이를 끌어안으며 큰 소리로 울었다. 은이는 엄마의 울음소리를 들으며 아득히 빨려 들어가듯 잠이 들어 버렸다.

하루가 지나고 또 반나절을 깨지 않고 잤다. 네 명의 가족이 공릉 유적지에서 즐거운 나들이를 하는 꿈을 꾸었다. 그날의 추억은 결혼생활에서 유일하게 행복한 기억이었다. 잠에서 깨어나 부모님과 함께 다시 서울 병원으로 올 때까지 은이는 마치 실어증에 걸린 듯 아무 말도 하지 않았다. 머릿속엔 잠자리가 한 마리가 날고 있었다. 죽은 사람이 잠자리가 되어 온다고 했다. 그 잠자리는 은이의 곁에서 영원히 은이와 아이들을 지켜줄 것만 같았다.

잠자리와 여덟 색깔 무지개

영이는 지난 시간에 심각해 보이던 은이의 상태가 몹시 궁금하고 염려되었다. 주차장에서 병동까지 짧은 시간을 걸으면서도 은이가 호전되었기를 바랐다. 쇠문이 열리고 두 개의 문을 통과하여 작업실에 들어서니, 은이는 보이지 않고 은이와 같은 방을 쓰는, 은이가 몹시 싫어하는 산발녀와 슬픈 상처를 가진 여자 환자가 기다리고 있었다.

산발녀는 그다지 덥지도 않은 날씨건만 커다란 플라스틱 물병에 냉커피를 가득 타서 테이블 위에 올려놓고 있었다. 영이가 들어가자 매우 반갑게 기다렸다는 듯이 커피를 나눠 주려고 했다. 깨끗한지도 의심스러운 컵에다 커피를 따르고는 미술 선생님 드시라고 하는 것이다. 너무나 난감했다. 컵의 위생 상태도 확인되지 않았고 그녀가 어떻게 커피를 제조했는지도 모르는데 선뜻 마실 수가 없었다. 거절의 구실을 떠올리기 위해 잠깐 고민했다. 그리고 자신의 위선을 느끼며 스스로에게 부끄러웠지만 안전을 위한 방어라고 생각하고 그녀에게 커피를 마시지 않는다고 거짓말을 했다. 그리고 커피를 마시면 가슴이 뛰어서 다른 일을 할 수 없다는 거짓말까지 확실하게 덧붙였다.

가끔 병동의 환자들은 자기들이 갖고 있던 간식을 영이에게 나눠 주곤 했다. 캔디, 캐러멜, 사과, 쿠키 등을 들고 와서 건네 주며 고마움의 표시를 하거나, 가족이 간식을 가지고 면회 왔음을 자랑하기도 했다. 영이는 환자들에게 몇 번이나 작업실에 먹을 것을 갖고 오지 말라고 당부를 했지만 소용이 없었다.

영이는 그들에게 번번이 죄스러움을 느꼈다. 그들이 주는 간식을 고맙게 받아들이지 못하는 자신의 가증스러운 행동과 편견 때문이었다. 그들을 언제나 진심으로 정성스럽게 대하고 싶지만, 자신의 건강에 위협이 될지도 모를 음식물 앞에선 의심을 하게 되었다. 오늘도 산발녀의 냉커피 때문에 죄스럽고 찜찜한 기분을 느끼며, 대신 더욱 작업 시간에 정성을 쏟아야겠다고 생각을 하며 작업의 시작을 알렸다.

영이의 옆에는 슬픈 상처를 가진 여자가 불안한 눈빛으로 앉아 있었다. 그녀가 지난주의 작업과 자신의 눈물에 대한 기억을 하고 있는지 알 수는 없었지만, 의심과 불안이 가득한 행동을 보이면서도 영이와 최대한 가까이 접촉하려 했다. 지난 시간에는 명상음악을 들으며 눈을 감고 흰 크레파스로 밑그림을 그린 다음, 수채 물감으로 덧칠하는 작업을 했다. 작업을 하면서 그녀는 몹시 울었다. 그 모습이 너무 애처로워서 그녀를 안아 주었다. 영이의 품속에서 그녀는 흐느끼며 지난날의 기억들을 말하기 시작했다.

"홍수가 나서 집이 물에 잠겼어요. 남편은 출장을 갔고요. 전화도 안 되고요. 무서웠어요. 낯선 아저씨들이 도와주러 왔는데……."

그녀는 몸을 떨면서 소리를 죽여 가며 한없이 울었다.

"그 아저씨들이…… 그 아저씨들이……."

여자가 무슨 일을 당했는지는 충분히 짐작이 되었다.

"처음 보는 아저씨들이……."

계속되는 그녀의 흐느끼는 목소리와 울음이 영이의 눈시울도 적셨다. 영이에게 안겨서 한참을 울고 난 뒤 그녀는 먼저 나갔다. 그런 일을 겪고 꿋꿋이 살아갈 수 있으려면 강한 정신력도 필요하겠지만, 가족의 따뜻한 위로와 보살핌이 있어야 할 것이다.

그녀의 발병 연도를 알고 싶어 병력기록을 살펴보았다. 그녀는 41세이고 3년 전에 발병이 된 것으로 보아 젊은 시절부터 있었던 증세가 아니고 사건을 겪은 후에 병세가 시작되었던 것으로 짐작되었다. 기록에는 그녀가 겪은 사건은 없고 남편과의 불화 기록이 있었다. 그녀는 모든 것을 덮어 버리고 지워 버리고 부인하고 싶었을 것이다. 지난 시간의 명상음악이 그녀의 가슴 밑바닥에 자리하고 있던 슬픈 기억들을 끌어 올렸던 듯했다. 그녀는 정신과 폐쇄 병동보다는 차라리 과거의 상처를 치유할 수 있는 심리치료를 받는 것이 훨씬 나을 것 같아 보였다. 이 병동을 선택하게 된 배경에는 그녀의 가족들의 무성의와 무지, 그리고 경제적 궁핍 등이 있으리라.

그녀는 작업 후엔 마치 집안 살림을 하듯이 정리를 하며 주부의

면모를 보였다. 애들 걱정이 되어서 빨리 퇴원을 해야 한다고 말하는 그녀는 세상의 여느 어미들과 다를 바가 없었다. 영이는 이 여자의 아픔과 슬픔의 치유를 돕고 싶었다. 자신의 능력이 닿는 한 그림 작업을 통해 고통스런 과거와 대면하게 해주고 스스로 이길 수 있는 힘을 찾을 수 있게 돕고 싶었다.

지난 시간 이후 그녀는 지금 영이의 곁에서 가까운 거리를 유지하고 있다. 영이에게 마음을 열 수 있을 듯 틈이 보이고 있지만 그녀를 개인적으로 돕는다는 것은 영이의 영역 밖의 일이다. 영이가 할 수 있는 일이란 환자들과 미술 작업을 무사히 수행해 가는 것일 뿐 어떤 권한도 없다. 나름대로 정성을 다해 이곳에서 작업을 하고 있으며, 체계를 세우기 위해 매달 프로그램을 공지하는 알림도 게시판에 붙였다. 미술치료가 무엇인지 간략한 설명도 하고 한 달 단위의 작업 내용도 공지를 했다. 정신병동의 환자들이라고 지적 수준까지 떨어진 사람들은 아니기 때문에 스스로의 선택권을 최소한이나마 부여해 주고 싶었고 될수록 좋은 재료로 다양한 경험을 할 수 있도록 배려를 했다.

영이는 자신이 할 수 있는 범위 내에서 최선을 다할 뿐 더 이상의 용기를 내지는 못했다. 그녀는 유난히 고립되어 보였고 작업을 할 때도 주위의 환자들이 그녀를 꺼려 했다. 불안과 의심에 찬 눈빛으로 타인을 경계하는 행동을 하기 때문인 듯했다. 정신병동에서도 이럴진대 바깥세상에서는 오죽했을까 싶었다. 그녀가 참 안타깝게 느껴졌지만 영이는 특별히 어떻게 할 수는 없다고 체념을 하고 스스로 위안을 했다.

냉커피를 권하던 산발녀가 작업을 대충 끝내고 인사도 없이 휙 나갔다. 잠시 후에 은이가 한결 좋아진 모습으로 들어왔다. 은이는 산발녀가 너무 싫어서 그녀와 마주치는 시간을 최소화하기 위해 피해 다닐 정도였다. 오늘도 산발녀가 미술작업을 위해 들어가는 것을 보고, 미술 시간을 포기하고 있었는데, 산발녀가 의외로 빨리 나오는 것을 보고는 좀 늦었지만 작업실에 들어온 것이다. 다행스럽게도 은이는 매우 안정적으로 보였다. 미술 선생 영이가 슬픈 상처의 여자를 세심히 챙기는 것을 은이가 눈치채고 말했다.

"저 여자는 남편이 잘 챙겨야 병이 나을 거라예. 세상의 반은 남자이고, 이 병동에도 남자가 더 많은데 저렇게 남자를 무서워해서 어떻게 살겠노. 무슨 일을 당했는지 참 불쌍한 여자라예. 구석에 처박혀서 혼자 중얼거리는 꼴이 참…… 마음이 강해야 세상을 살아갈 수 있지예. 약해지면 살아갈 수가 없어예. 저 여자도 애들이 너무 걱정 되는갑네. 쯧쯧……."

은이는 지난주와는 영 다른 모습이었다. 아마 약을 잘 챙겨먹고 자신의 삶에 대해 생각을 정리해 본 듯해 보였다. 은이는 종이 위에 크레파스로 잠자리를 그렸다. 그리고 여덟 색깔 무지개도 그렸다.

"죽은 사람이 잠자리가 되어 온다카네예. 남편이 죽었어예. 애들도 아직 어리고 여편네는 정신병원에 있는데, 그 인간도 참 책임감이 없지예. 지만 편할라꼬 먼저 간 거지예. 내가 퇴원을 해서 돈을 좀 벌어야 모든 것이 정상으로 돌아 갈낀데…… 애들은 찾아와야지예. 아빠도 없는데 엄마까지 못 보고 살면 고아나 다름없잖아예. 내가 미친년 취급받고 애들까지 뺏기고 사니까 우리 친정엄마가 너무 슬퍼합니더. 내가 한번 실수를 해서 이렇게 조울증 진단을 받고 자꾸 입원을 하게 되갖꼬……."

지난주와는 다르게 안정된 은이의 모습에 안심이 되기도 했지만 자신에게 일어난 일을 마치 남의 얘기하듯 담담하게 말하는 그녀에게 어떻게 위로의 말을 해야 할지 몰라 영이는 당황스러웠다.

"큰일을 치르셨네요. 어떻게 위로를 해야 할지 모르겠어요. 힘을 내셔야죠. 살아남은 사람은 열심히 살 수밖에 없잖아요."

영이는 보편적이고 일상적인 위로의 말밖에 할 것이 없었다. 영이는 은이에게 왜 여덟 색깔 무지개를 그렸냐고 물어보았다. 전에도 어떤 남자 환자가 무지개가 여덟 색이라고 했던 것이 기억났기 때문이다. 그 남자 환자는 무지개를 일곱 색으로 누가 정했는지 못마땅하다며 파란색과 남색 사이에 한 가지색이 더 있어야 한다고 했다. 자연과학 현상에는 수없이 많은 오해가 있지만 한번 진리로 굳어지면 고치기가 어렵다고 했다. 정신질환자도 한번 낙인이 찍히면 다시는 정상인의 대열에 합류할 수가 없다고 체념조로 말하던 그가 생각났다. 대체로 영이가 보아온 정신병동의 환자들은 퇴원을 상징하고 싶을 때 무지개를 그렸다. 은이도 무지개는 희망을 상징하기 때문에 자주 그리고 싶다고 했다. 하늘에 걸려 있는 일곱 색깔 무지개를 떠올리면 희망이 솟는 것 같은데, 여덟 색깔을 그린 것은 남편의 색깔을 하나 더 추가하고 싶어서라고 했다. 죽은 사람이 어디로 가는지 알 수는 없지만, 저 하늘에서 무지개로 보이거나 잠자리가 되어 자기 옆에 날아올 것 같다고 했다.

차분하고 쓸쓸하게 말하는 그녀가 몹시 왜소해 보였다. 오늘 가까이서 자세히 보니 무척 수척해졌고, 안경 속의 눈매는 예뻤지만 슬픔이 어린 듯해 보였다. 그녀의 안경 쓴 모습을 본 것이 처음이라 원래 안경을 쓰느냐고 물었다. 그녀는 학교 다닐 때부터 안경을 썼지만 부모님이 병원에서는 안경을 쓰지 말라고 해서 안 썼다고 했다. 그런데 요즘 몸이 쇠약해지니까 시력이 너무 나빠져서 어쩔 수 없다고 했다. 영이는 식사는 잘하느냐고 물었다. 은이는 살기 위해서 밥도 챙겨 먹고 약도 잘 받아먹는다고 했다. 은이에게 무엇이라고 해 줄 말이 없어서 미안했다. 많은 시간 동안 그녀 걱정을 해왔건만, 정작 위안이 될 만한 어떤 것도 해 줄 것이 없었다. 곧 퇴원하게 될 거라는 의례적인 말만을 남기고 정리를 한 후 병동을 나섰다.

오늘도 변함없이 병원 마당에는 휠체어와 링거, 흰색 가운과 짐보따리를 든 방문객들과 칙칙한 나무들과 들락거리는 택시들이 병원 풍경을 만들어 내고 있었다. 병원 마당을 걸으며 영이는 울적해졌다. 집에 도착해서 밥을 엄청 많이 먹은 후 과자와 떡과 과일 등도 마구 먹었다. 배가 너무 불러 숨을 쉴 수 없을 것 같은데도 뭔가를 더 먹으려고 하는 자신을 깨닫고 한심한 생각이 들었다. 자신의 무력함에 대한 좌절감이 식욕으로 분출되는 것 같았다.

그녀는 마음을 다스리기 위해 한강으로 나갔다. 비가 올 듯 잔뜩 찌푸린 하늘이었지만 손에 뭔가를 드는 것이 귀찮아서 우산 없이 그냥 나섰다. 집에서 출발해 네 개의 한강다리를 지나서 걸었다. 흐린 날 한강의 물색은 오묘했다. 흐린 하늘빛을 받은 강물은 짙고 깊은 색이었다. 비가 오려는 징조로 강변에는 물비린내가 나고 있었다. 다섯 번째 다리에서 돌아서서 집을 향하기 시작하자 빗방울이 떨어졌다. 영이는 비를 참 싫어해서 비를 맞는 것을 거의 공포로 느끼며 살아왔다. 지금 이 순간, 우산을 가져오지 않은 것에 대한 후회는 전혀 들지 않았고, 오늘은 내리는 빗속을 실컷 걸어 보리라 생각했다.

천둥과 번개를 동반한 세찬 소나기가 쏟아졌다. 우산을 준비한 사람들도 빗줄기를 감당할 수 없을 정도였다. 마치 한여름의 소나기 같았다. 군데군데 편의점에는 사람들이 몰려들었다. 짙푸른 강물은 쏟아지는 빗줄기를 흔적도 없이 마구 섞으며 삼키고 또 삼켰다. 시원함과 통쾌함마저 느꼈다. 한 번도 해본 적 없는 일에 당당히 맞서 도전하는 것 같은 느낌이 들었다. 무엇이 두려운가. 비는 그칠 테고, 집에 가서 씻고 옷 갈아입으면 되는 것 아닌가. 마치 영화나 드라마에서 주인공이 폭우 속을 걸으며 전환점을 맞는 장면과 흡사하다는 생각을 하며 영이는 쉬지 않고 걸었다. 온몸이 젖고 옷이 젖는 것은 아무런 문제가 없었는데, 발이 문제였다. 운동화에 가득히 들어온 물과 함께 질퍽거리는 느낌이 불쾌했고 평소에 더러워 보였던 땅의 온갖 이물질들이 젖은 발과 구분이 없이 섞이고 있다는 사실이 견디기 힘들었다. 더럽다는 생각을 떨치려 애쓰며 부지런히 빠른 속도로 걸었지만, 빗속을 가르며 걷는 것은 평소보다 몇 배나 힘들었다. 어쩌면 이 길은 끝이 없이 이어질지도 모르겠다는 막연한 불안감마저 들었다.

사방이 어두워지니 가로등이 켜졌고 영이는 내리는 빗줄기를 그대로 느끼며 급히 걸었다. 집 근처에 와서야 시간이 꽤 되었음을 확

인했고 고른 숨을 쉴 수가 있었다. 젖은 몸은 한기로 몹시 떨리고 있었다. 긴장 속에서 빗속을 걷느라 몹시 피곤했던 터라 오랜만에 일찍 침대에 누웠다.

영이의 머릿속에는 여덟 색깔 무지개가 떠올랐다. '빨주노초파남보'에 은이의 '분홍색'이 더해진 여덟 색깔의 무지개. 은이는 잠자리도 연한 분홍색으로 그렸다. 오전에 본 은이의 그림 속에는 '연분홍치마가 봄바람에……'라는 노래가 있는 것 같았다. 은이는 남편에 대한 그리움을 분홍색으로 표현했을 것이다.

은이가 지난주와 달리 안정되어서 다행이지만, 은이의 회복에 자신이 어떤 도움도 주지 못한 것에 대해 마음이 편하지 않았다. 슬픈 상처의 여자에게도 마찬가지의 기분이 들었다. 나는 무엇 때문에 이 일을 하고 있는 걸까? 은이가 정신과 의사가 되지 못해 한스러워하듯 영이도 자신의 입장과 역량의 부족함이 한스러웠다. 실습을 위한 도구로 이 병동에 다니고 있는 것이라고 생각하니 죄스러웠다. 실습자의 신분이 아닌 전문가가 되는 길은 대학원에 진학해 공부를 마치는 것이다. 그러나 대학원에 진학하기 위해서는 이 병동에서 실습을 해야 한다. 어느 동기가 먼저였든지 간에 대학원에 진학하는 것은 분명한 목표가 되었다. 지금은 여러 가지 불편한 상황들이 있지만 견디어내자고 마음을 다부지게 먹었다.

그날 밤, 영이는 세차게 내리던 빗줄기와 은이의 잠자리와 무지개, 슬픈 상처를 가진 여자의 울음을 오래도록 생각하다 잠들었다.

72

명수의 죽음

은이는 새벽에 이상한 기운을 느끼며 잠에서 깼다. 방안의 환자들은 모두 잠들어 있었다. 은이가 싫어하는 산발녀는 언제나 그렇듯이 오늘도 이상한 자세를 하고 자고 있었다. 쯧쯧, 저 인간은 처음부터 끝까지 도대체 단 한 가지도 마음에 들지가 않는다. 어쩌면 잠자는 꼬락서니도 미친년 같다.

이곳 서울의 병원에는 밤에 돌아다니거나 말썽을 피우는 환자가 거의 없어서 언제나 조용한 편이다. 이제껏 지내 왔던 병원들과는 너무 다른 밤 풍경에 혹시 단체로 수면제를 처방하는 것은 아닐까 하고 엉뚱한 상상을 해보았을 정도였다.

화장실로 가기 위해 침대에서 내려오려는데 복도 끝 화장실 쪽에서 뭔가 부산스러우면서도 은폐를 하려는 듯 속닥대는 소리가 들렸다. 침대에서 내려와 바닥에 낮게 쪼그린 채로 걸어가서 밖의 동정을 살폈다. 속닥대는 소리가 끊이지 않았다.

잠시 후 화장실에서 보호사 두 명과 간호사 두 명에게 끌려 나오는 환자를 보았다. 그는 축 처져서 끌려나오고 있었다. 아! 그는 바로 명수였다. 간호사실로 명수를 데리고 들어가고 나서 몇 분 뒤에 철문이 열리는 듯했다. 응급실 직원들이 와서 명수를 데리고 가는 것을 짐작할 수 있었다. 모두들 최대한 조용히 움직이고 있으니 나설 수가 없었다. 숨소리마저 죽이며 쪼그리고 앉아 엿보고 살피던 은이는 화장실에 가는 것을 포기하고 다시 침대로 와서 누웠다.

명수 씨는 아마도 죽은 것이리라. 쇼크나 다른 증세로 쓰러졌다면 사람들이 그렇게 은밀히 움직였을까? 간호사실 쪽에서는 전화를 하는지 계속해서 소근대는 소리가 들렸다. 명수는 금요일 미술 시간에 은이와 함께 가장 많이 참석하는 편이라서 은근히 정이 갔고 파킨슨병 증세로 덜덜 떨면서도 선한 웃음을 짓던 그가 측은했다. 명수 씨는 자살을 한 것이겠지? 은이는 명수가 과거에 자살 시도를 여러 번 했으리라 짐작하고 있었고, 명수가 언젠가는 일을 저지를 것 같은 예감을 하고 있어서인지 이내 평정심을 찾을 수 있었다. 그동안 정신병동에서 수많은 자살 시도를 보았다. 아침이 되면 병원 측 사람 중에 누군가에게라도 명수의 일은 꼭 물어보아야겠다고 생각했다. 마침 금요일이므로 미술 시간에 명수가 보이지 않는다는 구실로 간호사에게 물어보면 될 것 같았다. 밤에 훔쳐보게 된 것에 대해서는 모른 척하고 추이를 보아야 할 것 같았다.

아침 회진이 끝나고 식사 시간도 지났지만 병동은 평소와 다를 바 없이 모든 것이 진행되고 있었다. 오늘따라 간호사와 보호사들은

더욱 차분해 보였다. 은이는 시간이 너무 더디게 가는 것 같아 좀이 쑤셨다. 미술 시간을 기다리며 복도를 오가다가 미술 선생이 붙여 놓은 안내장과 지난주의 협동화 작품을 자세히 들여다보았다. 자신이 그린 부분을 살펴보다가 명수의 그림 부분도 보게 되자 명수가 더욱 궁금해졌다. 그냥 지금 명수에 대해 물어볼까 싶기도 했지만 명수가 자살을 했다는 확신이 들었기 때문에 섣불리 행동하면 안 된다고 다짐을 했다.

복도를 서성이다가 벽에 붙어 있는 게시판을 바라보노라니 미술 선생의 정성이 새삼 느껴졌다. 미술 선생은 환자들에게 친절했고 다양한 프로그램을 정성껏 준비하고 작업 후에는 게시판에 작품을 붙이기까지 했다. 무엇보다도 정신질환자를 대한다는 편견이 없어 보였다.

은이는 미술 선생이 편안하고 정겨워서 마치 언니 같았다. 10시 5분 전인데도 미술 선생이 나타나지 않고 있다. 은이는 간호사실 문 앞에서 계속 서성거렸다. 간호사 한 명이 나오면서 은이를 보더니, 김은이 씨, 오늘 기분이 어떠신지요? 하고 평소와 다르게 친절히 안부를 묻는다. 좋습니다라고 퉁명스럽게 대답하면서 철문 쪽을 바라보는 순간 인터폰이 울렸다.

드디어 미술 선생이 왔다. 보호사가 확인을 하고 철문이 덜커덩 열리면서 흰색 블라우스에 회색 가디건을 입은 미술 선생이 들어왔다. 바지는 청바지였다. 자신의 취향에 딱 맞는 미술 선생의 패션에 잠깐 맘을 뺏겼다가 명수 생각으로 돌아오자 마음이 급해져서 미술 선생의 작업 준비를 열심히 도왔다.

작업이 시작되고 조금 시간이 흘렀을 때 은이는 간호사실에 가서 명수가 어디 갔냐고 물었다. 그러자 명수는 어제 저녁에 퇴원을 했는데 모르고 있었냐고 되묻는 것이었다. 간호사의 능청스런 대답에 기가 막히면서도 명수의 죽음이 확실하다는 것을 깨달았다. 왠지 억울한 감정이 치밀었지만 더 이상 묻지 않기로 했다.

작업실로 다시 들어오는 은이를 보고 영이가 명수는 어디 갔냐고 물었다. 은이는 힘없이 읊조리며 말했다.

"멀리 갔어예. 사람은 누구나 왔다가 가는 거 아닙니꺼. 그 사람도 편할라꼬 멀리 멀리 갔어예."

영이는 은이의 뜬금없는 대답의 의미를 알고 싶었다.

"명수 씨가 퇴원을 했나 보네요. 지난주에 아무 말도 없었는데."

"선생님, 명수 씨가 매주 미술 시간 들어오기 전에 경련을 가라앉힐라꼬 시간에 맞춰서 약 먹었던 거 아시지예? 그 사람도 참 불쌍했어예. 인자 편해야 할낀데."

마치 명수가 죽기라도 한 듯이 말하는 것을 영이는 이상스럽게 여기며 지난주의 명수를 떠올렸다.

명수는 아주 왜소한 남자였다. 하얗다 못해 창백한 얼굴이었고 손가락마저도 가늘고 길었다. 명수의 그림 내용이 예사롭지 않았고 어휘 사용이 고급스러워서 아마도 고학력일 거라고 처음부터 짐작했다. 미술 시간에 참여하는 횟수가 많아지면서 명수는 영이에게 속내를 많이 터놓고 얘기를 했다. 명수는 30대 초반부터 파킨슨병 증세가 있었다. 지금 42세니까 10년 가까이 병을 앓고 있는 것이다. 아들이 둘 있고, 아내와는 이혼을 했다. 오랜 투병 생활과 명수의 우울증으로 가족 관계도 제대로 유지될 수 없었다. 명수는 자신의 삶이 주변 사람들에게 짐이 되는 것에 대해 괴로워했다.

영이는 명수가 지난날에 자살 시도를 여러 번 했었던 것으로 짐작했고 그의 가족들이 명수의 안전을 위해 정신병원으로 보냈을 것 같았다. 명수는 몇 주 전부터 젊은 시절에 좀 더 성실히 살지 못한 것이 아쉽고 후회스럽다는 말을 많이 했다. 지난주에는 술을 실컷 마시고 취해서 근심 없이 춤추고 노래나 불러보았으면 좋겠다고 했다. 자신은 인생에서 진심으로 근심 없이 즐겁고 편한 시간이 없었던 것 같다고 했다. 요즘 미술 시간에 선생님과 얘기하는 것이 참 좋다고 하며 혼자 따로 미술치료 시간을 가지고 자신을 돌아보고 싶다고 말하며 울기 시작했다. 영이는 명수를 안고 어깨를 토닥여 주었다. 명수는 남자인데, 마치 조그만 남자 아이를 품에 안은 듯했다. 뼈만 남아서 앙상한 그의 어깨가 한참을 들썩였다. 콧물과 눈물을 닦으며 명수는 미안하다고 했다. 명수는 폐쇄 병동이란 제한된 공간에서 자신의 삶의 가치에 대해 괴로웠고 외로웠던 것이다. 영이는 명수가 아마 가족들에게 요청을 해서 외출을 했거나, 갑자기 퇴원을 하게 되었으리라 짐작했다.

다음날 수간호사의 메일을 받았다. 명수가 밤에 화장실에서 자신의 환자복으로 끈을 만들어 목을 매고 자살을 했다고 했다. 영이는 컴퓨터 앞에 앉은 채 울었다. 가슴이 아파서 소리를 내어 엉엉 울었다. 지난 시간에 영이에게 안겨서 울던 명수가 눈에 선했다. 자책감이 들었다. 명수에게 좀 더 힘이 되는 메시지를 전해 주지도 못했는데……

영이는 저녁식사 시간에 가족들에게 명수의 사연을 얘기했다. 식구들은 모두 가슴 아파하며 그의 명복과 명수의 두 아들이 훌륭한 젊은이들로 잘 자라 주기를 기도했다. '선생님, 미술 시간 되기 30분 전에 시간을 맞추어서 경련을 완화시키는 약을 먹어요. 저한테는 병원 생활 중에서 이 시간이 제일 소중해요.' 덜덜 떨리는 몸을 약으로 진정시키고 들어와서 미술 작업을 하던 그 남자, 마치고 정리를 할 때면 조금이라도 도와주려고 불편한 몸놀림으로 애쓰던 선한 표정의 남자, 명수가 죽었다고 한다. 떨리는 몸을 가누며 선한 웃음을 짓던 명수가 보고 싶었다.

자살은 죽어야 완성이다

잠을 또 깼다. 새벽 3시인 걸 보니 겨우 한 시간쯤 잤나 보다. 갱년기 증후까지 겹쳐 수면의 질이 나빠진 지 오래되었다. 차라리 아침에 잠들고 낮에 일어난다면 삶이 훨씬 행복해질 것이라고 젊은 날부터 생각해 왔다. 세상의 맞춰진 리듬에 따라 살아야 한다는 것은 고역이다. 습관을 바꾸면 된다는 것은 거짓말인 것 같다. 사람에게는 고유의 생체리듬이 있을진대 밤낮이 바뀌어 태어난 사람은 평생을 고생하며 살 수밖에 없을 듯해서 영이는 언제나 억울했다. 젊은 날에는 그럭저럭 맞추며 살아 왔지만, 나이가 들어갈수록 수면의 패턴 때문에 점점 더 힘들어지고 있었다. 한번 깬 잠을 다시 이어붙이기 하는 것은 어리석은 노력이므로 차라리 일어나 주방으로 가서 그날 아침에 병동에서 쓸 밀가루풀이나 준비하기로 했다.

달그락거리는 소리에 가족들이 깰까 봐 숨소리마저 죽여 가며 큰 냄비에 가득 밀가루 풀을 쑤었다. 재깍거리는 시곗소리와 풀이 냄

비에서 푹푹거리는 소리를 들으며 주걱으로 냄비 밑바닥을 긁으면서 젓고 또 저었다. 풀에다 물감을 섞어서 협동으로 벽화 그리기를 할 것이다. 될수록 벽화 작업의 횟수를 늘리려고 한다. 준비 과정이 번거롭긴 했지만 환자들이 능동적으로 작업하는 것을 볼 때마다 흐뭇했다. 훗날 정신병동의 환자들을 위한 미술작업실을 만들어 보고 싶었다. 사방의 벽에 제한 없이 맘껏 에너지를 분출할 수 있게 하고, 음악을 활용해 의식의 근저에 있는 심상들을 표현해낼 수 있는 그런 작업 환경을 상상해 보았다.

영이는 정신병동 환자들의 그림을 보며 색감과 형태의 특이함에 매료될 때도 있었고 추상적 표현의 무한한 깊이를 느낄 때도 많았다. 좀 더 자유로운 창작의 분위기를 제공할 수 없는 제한적인 작업 환경이 언제나 안타까웠다.

풀을 쑤어서 용기에 담아 놓고, 콜라주 작업의 재료가 될 만한 잡동사니를 모아 놓은 통을 열어서 이것저것 궁리도 해보다가 일지를 펼쳐 보았다. 출석이 가장 많았던 은이의 작품이 단연 제일 많았고 표현 기법이 남달라서 눈에 띄었다. 은이는 미술적 감각을 타고 난 듯 했다. 벌써 일 년이라는 시간이 흘렀는데도 환자들의 작품을 보니, 모든 기억들이 신기할 만큼 생생했다. 그들과 나누던 대화, 그들의 증상과 태도, 그날의 분위기 등이 기억이 났다. 영이가 그만큼 몰입하고 있었기 때문이기도 했지만, 그림이라는 고유의 창작물이 기억을 돕기 때문이었다. 그림 없이 그들의 프로필만 일지에 있었다면 이렇게 기억이 되살아나기는 어려웠을 것이다. 일지를 넘기며 제법 많은 시간을 정신병동에서 보냈음을 새삼 느꼈다.

명수, 명수의 작품이 있었다.

명수는 지난달에 자살을 했다.

명수의 그림을 자세히 보았다. 그때 보지 못하고 놓친 단서라도 있을까 하고 세밀하게 훑어 보기도 하고 멀리서 전체적인 이미지를 느껴 보기도 했다. 사후에 꿰맞추기를 하는 일일 수도 있을 것 같았지만, 자살 징후의 예시 자료를 발견한다면 다른 경우에 도움이 될 수도 있을 것이라고 생각되어 주의 깊게 살펴보았다. '분노의 폭발', '술 마시고 취해서 즐겁게 춤추고 노래 부르기', '세상의 아름다운 것들'이란 제목들과 파스텔 톤의 색감이 주를 이룬 그의 그림을 보고 있자니 그의 모습이 너무 선했다.

영이는 그의 죽음 이후에 소망 같은 믿음이 하나 생겼다. 명수가 영이의 수호자가 되어 줄 것 같았다. 사람이 서로 만나서 영혼이 통하는 것 같은 순간이 있다면, 영이는 울고 있는 명수를 안았을 때의 그 느낌이라고 생각했다. 영이가 선한 의지로 무언가를 행할 때면 언제나 명수가 도와주고 지켜 줄 것 같았다. 영이의 마음속에서 명수는 아름다운 수호천사가 되었다.

명수는 주로 노년층에서 발생하는 파킨슨병이 30대 초반에 조기 발현되었다. 박사학위를 취득하고 일본 유학에서 돌아온 직후였다. 젊은 나이였으므로 더욱 좌절감이 컸고 우울증으로 힘든 세월을 살았다. 가족들의 사랑과 따뜻한 배려는 삶을 지탱하는데 큰 힘이 되어 주었지만, 인간의 삶에 대한 희망은 그것만으로는 충족되지 않는다. 끝이 보이지 않는 투병 생활에 지쳐 갔다. 끊임없는 재활치료와 약을 복용하며 의지를 굳건히 하려 애썼지만 어느새 보람도 없이 우울의 나락에 빠지게 되는 것이었다.

명수의 가족은 유별날 정도로 서로에 대한 배려가 극진했다. 도로를 사이에 두고 마주 보는 신촌의 두 대학교에서는 수많은 커플의 탄생 역사가 있는데 명수의 부모도 아름다운 신촌 커플이었다. 두 사람 모두 생물학자였고, 대학 교수가 되었다. 명수 또한 생물학도였고 자신의 부모처럼 신촌 커플로 아내를 만났다.

명수의 아내는 미모가 빼어난 바이올리니스트였다. 명수의 누나도 신촌 커플이었는데, 누나는 생물학과 교수이고, 자형은 의대 교수였다. 명수의 여동생도 신촌을 지켰고, 생물학과 교수가 되었다. 가족이 모두 같은 학자의 길을 간다 하여도 이렇게 삶의 많은 부분에서 일치점을 가지는 경우는 드물 것이다. 그래서인지 명수 가족의 결속력과 연대감은 남달랐다.

명수는 일본 유학에서 귀국하여 발병 초기에 대학에 강의를 한 학기 나갔으나 종강이 되기 전에 쓰러졌고 입원을 했다. 그 이후로 그의 일과는 주로 자신의 서재에서 논문을 검색하고 자료 수집을 하는 것과 음악을 듣고 여러 장르의 책을 읽는 것으로 채워졌다. 이 모든 일과들의 사이에 약을 복용해야 했고 재활운동을 빠지지 않고 해야만 했다. 발병이 된 지 3년째 되던 해에 아내와 이혼을 했다.

아내는 예술을 전공했고 자기 인정 욕구가 매우 강한 사람이었다. 명수는 고생을 겪어 보지 못한 아내에게 자신이 짐이 되어 희생을 요구하는 것은 도리가 아니라고 생각했다. 자기로 인해 아내의 삶이 피폐해지는 것을 차마 볼 수가 없었다. 명수가 이혼을 하게 되자 명수의 여동생은 오빠의 투병 생활을 도우면서 독신을 결심했다. 오빠 대신 부모님을 돌보고 조카들을 키우기로 했다. 명수는 여동생에게 너무 미안했고 자괴감을 견딜 수가 없었다. 부모님의 경제력 덕에 자신이 경제 활동을 하지 않아도 살 수는 있었지만, 두 아들에게 면목이 없었고 여동생에게는 큰 죄를 짓는 것 같았다.

가을비가 천둥 번개까지 동반해 몹시 내리던 밤에, 명수는 자살을 결심했다. 줄곧 생각을 해온 터라 실행에 옮기는 것이 크게 어렵지는 않았다. 창틀 보의 튼튼한 못에 보자기 두 장을 이어서 묶었고, 방문을 잠갔다. 헤드셋을 쓰고 음악의 볼륨을 높였다. 헤드셋은 묘한 매력의 기기이다. 시각을 비롯한 다른 감각들은 현실에 남겨 두고, 청각만은 다른 세계로 간 듯해서 어떤 일탈을 느끼게도 한다. 명수는 피아졸라의 '망각'을 들으며, 비 내리는 창밖을 내다보았다.

세찬 빗줄기가 화단의 여린 식물들 위로 가차 없이, 끊임없이 떨어지는 모습이 어둠 속이지만 밤빛들 사이로 어슴푸레 보였다. 유서를 준비하지 않았다. 죽음을 스스로 선택하는 자는 살아남는 자들에게 이미 엄청난 빚을 지게 되는데, 무엇을 덧붙여서 고통을 더해 주랴 싶었다. 명수의 분석으로는, 자살이라는 것은 자신이 몹시도 이기적이라서 선택하는 것이므로 무슨 말을 남겨도 변명이 되고 폐가 되는 것이었다. 바이올린 선율에 빠져들며 명수는 슬프지 않았고 망각되는 것이 두렵지 않았다. 심지어 행복한 삶이었다는 생각이 들었다. 명수는 자신의 목을 보자기 끈에 잘 묶었다.

자살이 실패해서,

타의에 의해,

새로운 삶이 다시 또 시작되어 버렸다는 것을 인식하는 순간을 어떻게 받아들이고 표현할 수 있을까?

병원 침대 위에서 눈을 뜨는 순간, 세상에게, 주변 사람들에게 미안했다. 명수는 어릴 적부터 자신보다도 타인에 대한 배려가 많았다. 자살의 실패를 망각하고 싶었다. 이것이 현실이 아니고 꿈이었으면 싶었다. '꿈이었으면……' 하는 생각은 은이 역시 강박 침대에서 깨어날 때마다 하던 생각이기도 했다. 꿈은 어떤 고통이라도 잊을 수 있고, 모르는 척 덮어 둘 수 있는 안전한 공간이기에.

명수는 가족들에게 더 큰 짐 덩어리가 된 것이 괴로워서 한동안 식사를 거부했다. 탈진 상태가 되자 수액 주삿바늘이 그의 팔에 꽂혔다. 그는 누구를 위해 이 주사를 맞고 있어야 하는지에 대해 혼란스러웠다. 가족들이 번갈아 교대를 섰고 주변의 목사님들이 그를 설득하기 위해 끊임없이 병문안을 왔다.

명수는 깨달았다.

다른 무엇에도 마음이 움직이지 않고 실패에 대한 자책만이 가득했지만 아이들, 자신의 분신들이 매우 보고 싶다는 것을.

명수는 울었다.

미안했다.

이기적인 아빠를 용서하지 말라고 속으로 말하고 또 말했다.

파킨슨병은 낫는 병이 아니다. 환자의 노력으로 병의 진행을 지연시킬 뿐이고 발병 후에 생존 기간도 그리 길지 않은 편이다. 파킨슨병은 뇌의 병이다. 학자인 명수는 자신의 병에 대해 많은 탐구를 했고 파킨슨병에 대해서는 거의 의사 수준의 지식을 쌓았다.

명수는 20대 때 술을 아주 많이 마셨다. 사춘기가 없이 조용히 고교시절을 보냈던 명수는 대학 입학 후에 방황을 하게 되었다. 기독교인이기는 했지만 담배와 더불어 알코올로 혼란스러운 청춘을 다스렸다. 하루에 두 갑 이상의 줄담배를 피웠고 거의 밤마다 술을 마셨다. 때때로 친구들과 도박장에서 포커를 하며 밤을 지새우기도 했다. 주변 사람들에겐 도무지 믿기지 않는 명수의 모습으로 2년여의 세월을 보낸 후, 아내를 만나게 되면서 방황이 끝났다. 명수는 자신의 파킨슨병은 그때의 방탕한 생활이 원인이라고 생각했다. 그 시절에 대한 벌로 생각되었고, 뼈저리게 후회가 되었다. 파킨슨병이 원인 불명의 병이라고 하지만 명수는 그렇게 생각이 되었다.

사람은 자신에게 닥친 일에 대한 분노를 다른 곳으로 쏟게 되면 더 많은 에너지가 필요하지만 자신의 탓으로 돌리면 자기 연민으로 용서와 체념이 쉬울 수가 있다. 명수는 그렇게 자신의 불행한 병을 운명으로 받아들였고 가장 바람직한 해결책으로 자살을 선택했던 것이다. 그러나 자살의 실패는 주변 사람들과 명수의 고통을 심화시키는 결과가 되고 말았다.

명수의 첫 자살 시도 이후에 명수의 누나가 명수의 두 아들을 책임지기로 했다. 교육열이 높고 자상한 성격의 누님 부부가 자신들의 아이들과 똑같이 해외연수와 여러 가지 캠프를 보내기도 하는 등 정성을 다해 아이들을 돌보았다. 여동생과 노부모님은 간호를 잘해내고 있었지만 명수의 상태는 점점 나빠지고 있었다. 떨리는

몸을 추슬러 가며 의지를 다해 삶을 버텨 보아도 죽음만이 해결책이라는 생각은 변함이 없었다.

이후에 명수는 3번의 자살 시도를 하게 되었다. 성치 못한 몸이었지만 나름대로 치밀하게 준비를 했으나 번번이 실패였다. 자살의 실패 뒤에는 이전보다 더한 우울증이 왔고 판단력과 참을성이 떨어졌다. 보다 못한 가족들은 명수를 정신병원에 입원시키기로 했다고 한다.

영이가 명수를 처음 보았을 때 명수는 선한 표정을 가진 지적인 사람으로 보였다. 그림도 의미의 전달이 되는 표현을 하였기에 정신적 결함이 있어 보이지가 않았다.

명수는 병원에 입원을 한 뒤에 대화 상대가 없어서 너무나 외로웠다고 했다. 영이를 만난 후부터 미술 시간을 무척 소중히 했고 자신의 삶에 대해 많은 얘기를 했다. 지속적으로 지난날에 대한 후회를 표현하고 있는 점에 대해 영이가 물어 보았던 날, 명수는 울었다.

영이는 남자가 우는 것을 본 적이 별로 없었는데, 게다가 명수는 너무나도 슬프게 펑펑 울었다. 영이는 자기도 모르게 명수를 안았다. 그의 어깨는 뼈만 남아서 앙상했고 약기운이 떨어져 가는지 온몸도 엄청나게 경련을 일으키고 있었다. 명수를 안고 있는 영이는 명수의 슬픔을 온몸으로 느낄 수 있었다. 타인의 슬픔을 온전히 이해할 수 있다는 것이 무엇인지 알 것 같았다. 불쌍한 명수, 그날이 영이가 그를 마지막 본 날이 되었다.

수간호사의 메일을 통해 명수가 목을 매어 자살을 했다는 것을 알고 영이는 한동안 힘들었다. 선한 웃음과 떨리는 몸을 가누며 미술 시간을 매우 소중히 하던 명수가 보고 싶었다. 좀 더 예민하게 자살의 징후를 알아채지 못한 것에 대한 자책감도 들었다.

명수는 그렇게 자신의 의지대로 삶을 마감했다. 주위의 관심 끌기와 어떤 목적을 위한 도구로 벌이는 '자살 쇼'나 한때의 어리석음으로 자살 시도를 하는 것과 달리 정말 죽고자 하는 사람은 조용히 결연한 의지로 세상과 이별한다.

자살이 실패하여,

타의에 의해,

새로운 삶이 시작되어 버렸다는 것을 인식하는 순간의 그 감정이란……

자살은 죽음으로 완성되는 것이다.

북한에서 온 여자 민희

민희를 처음 만나던 그날은 미술작업실의 분위기가 매우 소란스럽고 어수선했다. 그날따라 영이에게 힘이 되어 줄 은이를 비롯한 몇몇 낯익은 환자들이 불참했다. 영이는 자신의 친구와 이름이 똑같은 여자 환자 K가 작업실의 분위기를 주도하고 있는 것이 매우 위태롭게 느껴졌다. 그녀는 여자치고는 체격이 우람했고 목소리도 몹시 컸다. 전지 두 장을 이어 붙인 대형 화면에 공동으로 협동화를 그리기로 했는데, K가 너무 많은 면적을 자신의 영역으로 차지하는 바람에 나머지 사람들은 제한되고 좁은 공간을 사용할 수밖에 없게 되었다.

K는 '아픔이 파도친다'며 화면의 가운데에 파도를 크게 그렸다. 자기가 땅을 너무 많이 차지해서 미안하다면서 'I am sorry!!!'라고 쓰고 다시 옆에는 'I can do it!!!'이라고 썼다. 성경 구절도 빽빽이 적어 넣고 끊임없이 큰 소리로 말을 하며 자기는 조울증이라고 했다.

영이는 누구나 상상할 수 있는 조증 환자의 모습을 그녀의 행동에서 보았다. 그녀는 통제가 잘 되지 않는 들뜬 상태였다. 강하고 거친 에너지를 발산하던 K는 몇 주 뒤에 축 처지고 가라앉은 모습으로 다시 작업실에서 만나게 되었고, 그후에 퇴원을 했지만 몇 달 뒤에 다시 만나게 되었다. 몇 달 뒤에 만나게 되었을 때는 힘이 빠지고 멍한 모습으로 전혀 다른 사람 같았고 자신의 딸에 대해 몹시 걱정을 하는 엄마의 모습이었다.

폐쇄 병동에 입원을 하고 있으면서 자신의 문제보다도 먼저 끊임없이 자식을 염려하는 대부분의 여자 환자들을 볼 때 엄마라는 책임의식은 참으로 강렬한 인간의 본성임이 틀림없구나 싶다. K도 열심히 공부하며 꿈을 키우던 소녀 시절이 있었을 것이고, 사랑하는 사람과 결혼을 해 소중한 딸도 출산했을 터이다. 지금 30대 중반의 그녀는 정신병원에 입원과 퇴원을 반복하는 삶을 살고 있는 것이다.

K는 자신의 병의 특성과 주기에 대해 알고는 있었지만, 주기를 놓치고 잘 관리하지 못해서 입원까지 하게 된 것이다. 일반적으로 생각하듯이 정신질환자는 그냥 '미친 사람'이 아니다. 마치 지능이 떨어진 사람이나 세상의 낙오자 취급을 하는 것은 오해이다. 정신질환의 종류에 따라 차이가 있긴 하지만 감기를 앓듯이 증세가 나타날 때 약을 제때에 처방 받고 관리를 잘하면 큰 문제없이 살아갈 수가 있는 경우가 대부분이다. 정신질환자들에겐 주변의 편견과 차별이 이겨내야 할 병세보다도 더 심각한 장애이다.

K의 맞은편에는 뒤죽박죽녀가 있었다. 그녀는 K와는 정반대의 스타일이었다. 외모는 흔히 이웃에서 마주칠 수 있는 친근감이 가는

인상 좋은 아줌마의 모습이었는데 뭔가에 잔뜩 위축되어 있었다. 매사에 자신 없어 하면서 "정신을 똑바로 차려야 뒤죽박죽이 안 된다"고 반복해서 나지막이 말했다. 좁게 주어진 자신의 영역에서 성실하고 꼼꼼하게 작업하는 모습을 보니 끊임없이 훈련이 되어 있는 듯해 보였다. 뒤죽박죽이 되지 않아야 한다는 그녀는 자율성이 완전히 사라지고 타율에 의해 사는 덩치 큰 어린 아이 같았다. 아마도 그녀는 주변의 끊임없는 질책 속에서 살아가고 있을 터였다.

뒤죽박죽녀의 옆에는 머리에 이상스럽게 핀을 꽂은 젊은 여자가 있었다. 그녀는 쉴새없이 싱글싱글 웃었다. 연필을 수직으로 세우고 상하로 줄을 그어 댔다. 나이는 스무살을 갓 지난 듯해 보였다. 그녀의 머리에 꽂은 핀은 우리가 흔히 말하는 '머리에 꽃 꽂은 여자'를 연상케 했다.

영이의 맞은편에는 나이가 많은 조현병의 남자 환자 G가 매우 능글맞은 표정으로 영이를 바라보고 있었다. G는 보호자가 없는 행려자로 이곳 병동에서 장기 입원 상태다. 그는 50대 중반인데 "연애를 하고 싶다"란 말을 몹시 자주 한다. 미술 작업을 하러 들어오는 것이 목적이 아니고 영이를 보고 음담패설이 하고 싶어서 들어오지만, 혹시 자기의 행동을 간호사실에 이르면 자기가 강박실에 가게 될까 봐 나름대로 주의를 하고 있는 듯해 보였다. G는 얼마 전에 영이의 엉덩이를 손으로 툭 쳐서 경고를 받은 적이 있다. 영이와 신체 접촉이 하고 싶어서 '어부바'를 해달라고 하기도 했다. G의 그림은 색감과 구도가 좋고 환상적인 분위기가 있었다.

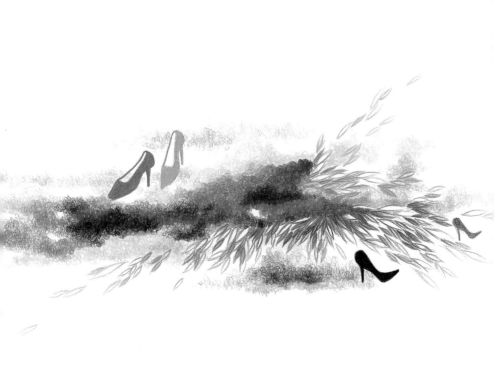

그날은 작업실에 증세가 심각한 환자들이 많아 긴장되었고 무사히 잘 마칠 수 있을지 약간 걱정이 되었다. 뒤죽박죽녀의 옆에는 자그마한 체구를 가진 예쁜 용모의 젊은 여자가 차분한 모습으로 구성원들의 행동을 지켜보며 앉아 있었다. 그녀는 영이도 매우 유심히 관찰하고 있었다. 그날 처음으로 미술작업 시간에 참석을 했는데 영이를 바라보는 그녀의 눈빛은 매우 영리해 보였고 따뜻해 보이면서도 부담스러울 정도로 간절해 보였다.

"언제 입원하셨어요?"

"입원한 지 한 열흘 됐어요."

"작업할 공간이 너무 좁아 보이네요. 괜찮으시겠어요? 필요하면 다른 종이를 따로 드릴게요."

"괜찮습니다. 참아야지요, 뭐. 성질을 못 참아서 이렇게 정신병원에 끌려왔는데 또 한마디 하면 좋은 꼴 못 봅니다."

그녀의 용모와는 어울리지 않는 경직되고 어색한 운율이 느껴지는 말투였다. 그녀는 북한에서 온 민희였다.

영이가 말을 건네자 기다렸다는 듯이 이야기를 쏟아내기 시작했다. 민희의 역사를 한꺼번에 너무 많이 들어서 당황스러울 정도였다. 그녀는 표준말을 쓰기 위해 노력하고 있었지만, 낯선 어휘가 많았고 말투도 텔레비전에서 보던 북한의 아나운서와 비슷한 느낌이었다. 자신의 험난했던 여정을 마치 남의 얘기하듯 감정의 동요도 없이 말했다.

그녀는 지금 서울 소재 명문 Y대학의 영문과 학생 신분이라고 했다. 탈북 과정에서 출산을 했으나 아이는 어디로 갔는지 모르겠고 자신은 얼마 전에 이웃과 싸움질을 하게 되었는데 이렇게 정신병동으로 오게 되었다고 했다. 퇴원을 하면 다시 학교에서 공부를 마치고 취업을 할 수 있을 것이며 자기는 영어와 중국어를 잘하므로 취업하기가 유리할 것이라고 했다. 혹시 취업이 되지 않아도 여자는 남자들보다 살 수 있는 방법이 많다고 말하는 그녀의 말에서 좋지 못한 직업의 뉘앙스가 느껴졌다.

총명해 보이는 그녀의 눈빛 너머로 삶에 대한 결연한 의지가 보였다. 혈혈단신으로 낯선 땅에서 살아가는 것은 보통 일이 아닐 것이고 게다가 과거의 상처들과 정신병자라는 낙인까지 안고 살아가야 할 그녀의 삶이 힘들 것임은 너무나 뻔했다. 세상살이는 개인의 의지처럼 결코 쉬운 것이 아닐 테지만 그녀는 작은 체구와는 달리 야무진 생각을 가지고 있었다.

영이는 민희가 들려주는 얘기를 그대로 듣기만 했을 뿐 그 어떤 질문도 하지 않았다. 질문을 할 틈도 주지 않았지만, 꼬치꼬치 캐묻게 된다면 그것은 그녀의 삶을 살살이 엿보고 싶은 호기심 때문일 것이다. 그녀의 탈북 과정과 출산 과정이 몹시 궁금했지만 민희는 자신이 감당할 수 있는 한도 내에서 이야기를 하고 있을 것이므로 더 캐묻는 것은 그녀의 상처를 건드리고 고통을 주는 일일 수도 있다. 그녀는 어느 정도 과거의 상처와 대면하고 스스로 잘 치유하려고 애쓰는 중인 것이다. 민희가 미술 선생이 냉담하다고 느낄 수도 있을 것 같았지만 그냥 그녀의 이야기를 듣기만 했다.

이후에 민희는 금요일마다 미술 시간에 빠지지 않고 참석을 했다. 영이의 옷차림에 지나치게 많은 관심을 보였고, 작품의 성향은 여성스럽고 사치스러운 생각들이 계속 반영되고 있었다. 작품의 한쪽에는 '금요일의 freedom'이라고 써넣기도 했다. 한번은 영이의 얼굴을 한쪽에 그려 넣기도 했다. 그녀는 25세였고 어찌 보면 다른 무엇보다도 외모에 대한 관심이 우선할 수도 있는 나이였다. 게다가 폐쇄 병동에서 단조롭고 지루한 생활을 하고 있으니 외부에서 출입을 하는 미술 선생 영이가 민희에게는 숨통이 트이는 시간일 수 있다. 그녀가 힘겹게 탈북을 했고 출산과 동시에 아이를 잃어버리는 일을 겪었지만, 그로 인해 남은 삶을 포기할 수는 없는 것이다.

영이의 관점으로는 민희가 과거지향적이 아니고 미래지향적인 성향이 강해 보이니 그나마 다행이다 싶기도 했지만, 세상의 뭇사람들에게는 자신의 처지를 망각한 한심스러운 모습, 정신이상자의 증세로 보일 수도 있을 것이다. 민희는 마칠 때는 항상 끝까지 뒷정리를 열심히 도와주었고 언제나 영이의 점심식사를 걱정해 주었다.

"이렇게 봉사를 해주시는데 변변히 보답을 해 드릴 게 없어서 송구합니다."

인사말도 빠지지 않고 했다. 영이는 그녀의 과도한 관심과 친절에 대해 무심하게 대하려고 마음을 다졌다. 불쌍하고 안쓰러웠지만 그녀로 인해 무언가 부담스럽고 복잡해지는 상황이 되는 것을 피하기 위해 방어를 하게 되었다. 은연중에 탈북자라는 사실에 대한 뿌리 깊은 편견도 한몫을 했다.

민희는 몇 달 간 병동에 머물렀고 미술작업 시간에도 빠지지 않고 참석을 했다. 입원 기간 동안 병세의 호전과 퇴행주기를 보이는 다른 환자들과 달리 안정되고 차분한 모습을 변함없이 보이고 있었다. 가끔 신경이 거슬리는 상황이 있어도 그녀는 짜증을 감추고 참는 기색이 역력했다. 퇴원하는 날까지 모든 상황을 참고 견딜 것이라고 결심을 한 듯했다.

민희는 대나무를 자주 그렸다. 아마도 그녀가 지내던 북한의 고향이나 거쳐 왔던 중국에서 많이 보았던 대나무 숲의 기억을 그리는 것 같았다. 그림을 그리고 나면 꼭 한쪽 공간에 메시지를 적어 넣었는데, 굳은 의지를 다지는 글귀들이었다. '메말라서 가루가 되지 않는 희망을 간직한다' '곧고 바르며 꺾이지 않는다' '현재가 있어' '사랑을 그리는 소녀의 마음' '따뜻한 남쪽 나라' 등등의 메시지들로 자신에게 스스로 꺾이지 않는 의지와 용기를 북돋우고 있었다.

민희가 퇴원을 2주일 앞두고 영이에게 자신의 퇴원에 대해 귀띔을 했다. 미술 시간에 참여를 하던 환자들은 대부분 자신의 퇴원 시기가 되면 미리 알려 주고 인사를 했다. 영이는 그때마다 자신이 환자의 상태를 파악하고 예측했던 퇴원 시기가 거의 맞아떨어져 신기했다. 퀴즈의 정답을 맞히는 것과 비슷한 기분이었다.

"혹시 미술 선생님의 전화번호를 가르쳐 달라고 하면 실례가 되겠지요? 제가 아무 곳에도 마음 붙일 만한 믿을 곳이 없어서요…….
죄송해요."

영이는 그날 작업 시간 내내 갈등을 하다가 마칠 즈음 대답을 했다.

"규칙을 어기면 안 되겠지요."

민희가 느꼈을 섭섭함에 대해 마음이 무거웠지만, 그녀와 연결되면 앞으로 힘들어질 수도 있으니 차단을 하는 것이 현명하다고 되뇌었다.

일주일 후, 민희와 마지막 만나는 날에 건네줄 요량으로 현금을 넣은 봉투를 준비했다. 그녀에게 현금은 간절히 필요할 것이므로 돈으로나마 그녀에게 미안한 마음을 덜고 싶었다. 운전을 하면서도 자신의 생각이 옳은 것인지에 대해 계속 생각해 보니 돈을 전하는 것도 그다지 옳은 방법은 아닐 것 같았다. 전화번호를 알려주는 것도 규칙을 빌미로 거절했는데, 현금을 건넨다면 자존심이 강하고 예의를 아는 민희의 마음을 상하게 할 수도 있었다. 상대가 어려운 처지에 있다고 자신의 마음이 편하고 싶어서 현금이라는 쉬운 방법을 선택하는 것은 비겁한 행동 같았다. 좀 더 솔직히 말하자면, 민희와 끈이 만들어지는 것이 꺼려졌다.

결국 준비한 봉투를 민희에게 건네지 않았고 아주 간단하고 의례적인 인사말만을 그녀에게 마지막으로 했다. 그후에 민희는 다시 입원하지 않았다.

영이는 가끔 전철을 탔을 때, 111과 113이라는 숫자와 간첩신고라는 글자와 함께 대나무가 그려진 포스터를 보았다. 그때마다 북에서 온 민희가 생각났다. 그녀는 어디서 무엇을 하며 살고 있을까?

그즈음 텔레비전에서 탈북 여성들이 출연하는 프로가 있었다. 모르고 있었던 그들의 실상에 대한 내용을 보면서, 민희 또래의 젊은 여자 출연자들을 보며 민희가 생각났다. 그녀에게 마음을 열지 못하고 보낸 것이 내내 마음에 걸렸고 자신이 참 모질다고 생각되었다.

영이가 민희의 속마음과 사정을 읽어내고도 이럴진대 민희를 제대로 모르는 세상 사람들의 편견은 오죽할까? 그렇게 내내 민희에게 미안했다.

화가가 되고 싶은 알코올 중독의 진호

은이는 퇴원이 늦어져서 애가 탔다. 지금쯤 의사와의 면담이 있어야 퇴원을 할 텐데 영 기미가 보이지 않아서 초조해졌다. 이러다 입원 기한의 한도를 결국 다 채우게 되는 것은 아닌가 싶기도 했다. 애들도 데려와야 하고 일자리도 찾아야 할 생각에 혼자서 마음이 바쁘기만 했다. 오늘 따라 어수선하고 착잡한 마음으로 작업실에 자리를 잡고 앉아서 미술 선생 영이를 기다렸다.

은이의 맞은편에는 얼마 전 알코올중독자 보호시설에서 이 병동으로 옮겨온 진호도 무언가 편치 못한 모습으로 미술 선생을 간절히 기다리고 있었다. 46세의 진호는 남쪽 바다가 고향이고 IMF사태의 희생자이다. 진호는 미적 감각을 타고났고 자신의 적성에 맞는 실내 인테리어 사업을 했다. IMF사태 후 많은 사람들이 그러했듯 진호도 파산을 하고 서울로 일자리를 찾아왔으나 사정이 잘 풀리지 않아 고통을 받다가 원래 즐기던 술에 정복당하고 말았다. 술에 취해

거리에 쓰러져 부랑자가 되었고, 알코올 중독자 보호기관으로 갔다가 어느 복지사의 도움으로 자립의 기회가 있었으나 다시 술을 마시고 보호기관으로 가게 되었다. 이런 과정을 여러 번 거치다 보니 중독자 보호기관으로는 더 이상 못갈 형편이 되어, 이 병원에서 당분간 있어야 하는 처지가 되었다. 그를 안쓰러워하던 복지사와 주변 사람들이 도와주어서 임시로 이곳으로라도 올 수 있었다고 했다.

진호의 외모는 신뢰가 가는 좋은 인상이었고 잘생긴 편이었다. 그가 주변의 적극적인 도움을 받게 된 것도 그의 인상이 좋았기 때문이기도 했다.

"나를 죽지 않게 도와준 사람들한테 보답하려면, 내가 사람 구실을 하고 살아야 합니다. 세상은 살 만한 곳이라서 많은 사람들이 나를 도와주었지요. 내가 분노를 못 이겨서 너무 많이 인생을 낭비했어요. 돈은 없어도 고향에 가서 속편하게 살고 싶은데, 지금은 너무 거지꼴이라서 시간이 좀 걸리겠어요."

그는 지금은 이 정신병동에 당분간 머물고 있지만, 곧 다른 기관으로 가게 될 것이라고 했다. 영이가 보기에 진호는 이곳에서 탐탁치 못한 대접을 받는 듯해 보였다. 임시로 머무르는 처지이면서도 진호는 다른 환자들과는 달리 요구 사항도 많고, 자기 입장을 논리를 세워 가며 따지기도 하니 밉상으로 보일 수도 있었다.

오늘도 진호는 병원 측에 불만이 생겨 화가 나 있었다. 지난주에 영이가 진호에게 스케치에 필요한 종이와 연필, 지우개 등을 넉넉히 주고 간 것이 화근이었다.

진호는 그림을 썩 잘 그렸다. 그림을 제대로 배운 적이 없다고 하는데도 스케치 실력이 수준급이었다. 진호는 그림 그리기에 타고난 소질이 있었다.

"이 병원에서 딱 한 가지 마음에 드는 것은 미술 시간이 있는 거예요. 나는 그림 그리는 거 정말로 좋아합니다. 남의 그림을 보고 베껴 그리는 것도 참 재미있어요. 근데 말입니다. 손을 그리는 것은 참 어렵더라구요. 아무리 제대로 그리려고 해봐도 손은 참 잘 안 그려지데요. 이번 기회에 샘한테 제대로 한번 배워 볼랍니다. 그런데 혼자 있을 때도 그림을 그리고 싶은데 종이도 없고 연필도 없어 가지고……."

"잘 할 수 있을 거예요. 연습이 더 필요하지요. 이 시간에는 진호 씨 레슨만 할 수 없으니 연습을 충분히 해보시고 제가 틈날 때 봐 드릴게요."

영이는 진호의 간절함이 안쓰러워 그림 재료를 주고 갔었다. 진호가 그림을 열심히 그리고 있는 모습을 보고 간호사들과 보호사들이 재료를 어디서 꺼냈느냐고 물어보았다. 진호가 미술 선생이 주고 갔다고 했으나, 개인적으로 병원의 물품을 쓰는 것은 규칙 위반이라며 압수를 하겠다고 했다.

"무슨 망할 놈의 병원이 종이 몇 장 가지고 이 지랄이야? 국민들 세금으로 운영하는 병원에서 이러면 돼?"

진호가 소리를 지르며 종이를 바닥에 내팽개치고 소란이 일었다고 한다.

"국민들 세금으로 이렇게 병원에 계시면서 말썽 부리시면 안 되잖아요!"

간호사도 참지 못하고 한마디 했다. 진호가 주먹질이라도 할 듯이 간호사에게 달려들려 하자 은이가 막아서며 말했다.

"다들 우째 이럽니꺼? 지금 여기에 불쌍하지 않은 사람이 어디 있어예? 서로 사정을 헤아려 주고 도와주어야지예. 진호 씨도 너무 예의가 없었고, 간호사님도 조금 봐줘도 되는 상황 아닙니꺼? 그럼 좋아하는 사람이 할 일을 찾아서 너무 행복해 하는데 그렇게 인정 없이 합니꺼? 아이고 무서버라. 하기사 간호사님도 3교대로 참 피곤할낍니더. 고마 서로 오늘 기분이 안 좋아서 있었던 일이니 서로 털어 뿌리지예."

"이런 식이면, 강박실에 갑니다."

보호사도 달려와 진호를 뒤에서 제압하며 큰 소리로 말했다. 웬만한 소동에는 관심 없던 환자들도 시끄러운 소리에 흘깃거리며 지나갔다. 평소에도 진호의 존재가 병동의 환자들에게 이질적이었기 때문이다.

"강박실인가 뭔가에 처넣어 버려. 겁나지도 않아. 정신병 약을 처먹여서 병신으로 만들든가 죽이든가 맘대로 해버려."

진호는 화를 삭이지 못하고 씩씩거렸다. 진호는 몇 년간 부랑자처럼 떠돌면서 살아남기 위해 자신에게 친절을 베푸는 사람과 불친절하게 구는 사람을 확실히 구분하고 대응하는 법을 터득한 거 같았다. 참거나 타협하는 것이 필요한 순간에도 그렇게 되지가 않았다. 그는 대인관계에서의 신뢰와 책임감, 예의를 잃어버리고 생존을 위한 본능만이 남은 듯했다.

수간호사가 병동에 들어와서 사건을 무마했다고 한다. 앞으로 진호는 간호사실의 허락을 받고 미술도구를 지원 받아야 하며 다시는 소란을 일으키지 않기로 약속을 했다고 했다.

영이는 은이로부터 사건의 설명을 들으며, 자기가 또 규칙을 어긴 것을 깨닫고 마음이 편하지 않았다. 예사롭게 생각하고 건네준 미술용품들이 문제가 될 줄은 전혀 생각지도 못했다.

"선생님, 세상일이 코에 걸면 코걸이고 귀에 걸면 귀걸이예. 규칙도 마음대로인 거 같아예. 그게 무슨 규칙이라꼬, 쯧쯧. 정신과 병동에서 흉기도 규제를 제대로 하면 밥도 손으로 먹어야 됩니더. 숟가락, 젓가락은 흉기 아닌가? 수건도 목조르기에 딱이구먼. 종이 몇 장으로 생쑈를 해버릿네예. 선생님은 그냥 마음 쓰지 마이소. 진호 씨도 좀 심한 것 같고예."

은이가 열심히 얘기를 하고 있는 중에 진호는 어느새 그림에 열중하고 있었다. 고향의 언덕에서 내려다보던 바다 풍경을 기억하며 연필로 자세하게 스케치를 했다. 진호는 맘이 급한 듯 손을 부지런히 움직이며 말했다.

"미술 시간이 너무 짧아서 시간 내에 완성이 안 되는데, 병원에서 야단을 해대니 어쩌면 좋아."

바다 풍경을 잘 표현한 진호의 그림 솜씨를 보면서 영이는 그림이 그리고 싶어졌다. 바다가 내려다보이던 언덕에서 이젤을 펴고 풍경화를 그리던 어린 시절이 문득 그리워졌다. 때마침 은이가 진호의 그림이 너무 멋있고 남해안의 풍경을 보는 것 같다며 가곡 '가고파'를 부르기 시작했다.

소란이 있었던 탓인지 작업실에는 진호와 은이와 영이 세 사람뿐

이었다. 그리고 세 사람은 모두 남쪽 바다가 고향이었다. 영이도 은이를 따라 나지막이 노래를 불렀다. 진호는 흐르는 시간이 못내 아쉬워서 그림의 마무리를 서두르고 있었다.

"진호 씨요, 앞으로 그림을 계속 그려서 모아 두이소. 나도 옛날에 그린 그림들이 많이 있어예. 나중에 퇴원하고 같이 전시회나 해봅시더."

은이의 말에 진호는 짜증 섞인 말투로 대답했다.

"너 혼자 전시회 해라. 내 그림은 내가 알아서 한다. 미친년하고 무슨 전시회?"

진호는 예의를 잃고 있었다. 자기를 옹호해 주었던 은이에게 취할 태도는 아니었다.

"나는 이 병원에서 나가면 너희 미친것들 싹 잊어버릴 거다. 내가 어째 이런 곳에 와서 별꼴을 다보고 쓰레기 취급을 받다니."

"저래 인간이 싸가지가 없으면 평생 고생이지. 누구를 탓하것노. 나도 니하고 싸울 맘이 안 생긴다. 퇴원하고 훌륭한 화가가 되거래이."

은이가 의외로 순순하게 진호에게 응대하며 나갔다. 그녀는 퇴원을 염두에 두고 시비를 피하는 듯해 보였다. 영이는 진호의 태도를 꾸짖어 주고 싶었다.

"진호 씨, 은이 씨한테 너무 심하신 것 아니에요?"

"선생님은 미술 시간에만 보니까 잘 모르죠? 여기 24시간 있어 보면 돌아 버립니다. 정상인도 미쳐 버린다니까요. 김은이 저 여자도 완전 또라이입니다."

"은이 씨는 조울 증세가 있지만 사리 분별력도 있고 거의 회복이 되고 있는 것 같던데요?"

"모르는 소리 하시지 마십쇼. 남의 일에 참견이 너무 심하고요, 밤이면 밤마다 하도 울어대니 시끄럽고 꼴 보기 싫어요."

"은이 씨는 얼마 전에 남편이 죽었고, 애들도 시댁에서 데려가 버려서 그럴 거예요. 누군가 좀 따뜻한 말 한마디만 해주어도 지금 상황에선 큰 위로가 될 텐데요. 참 안됐어요. 그리고 여기 병동에 있는 환자들 모두 누군가의 소중한 가족들이에요. 격리시설에서 힘겹게 버티고 있으니 너무 편견을 갖고 대하지 않았으면 좋겠어요."

진호는 아무 말이 없었다.

영이는 지난번 자화상을 그리는 시간에 진호가 고통스러워하던 것이 기억났다. 그날 진호는 결국 종이를 구기고 못 견디겠다며 먼저 나갔었다.

진호는 자기 자신을 대면할 용기가 없었던 것이다. 그동안의 방황과 변해 버린 자신을 되돌아보는 것이 힘겨웠던 것이다. 정신병동의 환자들은 세상의 편견 속에서 온전한 인간 관계를 경험하지 못했기 때문인지 대부분 그림 속에 사람을 잘 그리지 않는다. 그러나 자화상을 그릴 때는 오히려 자신에게만 집중되어 있는 정신세계를 가졌기에 작업의 집중도가 높은 편이다.

진호는 자화상이라는 주제 앞에서 고통스러웠다. 자신의 어긋나고 망가진 인생을 마주하고 싶지가 않았던 것이다. 자신에 대하여 닫힌 마음이 타인에게 쉽사리 열릴 수가 없다.

방금 전 은이에게 했던 행동도 같은 맥락이다. 그나마 진호를 도우는 몇 명의 헌신적인 사람들이 있었기에 지금까지 버텨 왔지만, 진호는 앞으로 알코올에 대한 단절 문제만큼이나 인간 관계의 회복이 절실했다. 그림으로 그의 고통이 승화되고 치유될 수 있는 환경이 계속적으로 주어지면 좋을 것이라고 생각했다.

오늘 진호는 고향에 대한 그리움을 자신의 그림 속에 그려내고 있다. 진호의 그림 속에는 고향 바다의 잔잔한 파도가 밀려오고 있다.

영이도 두고 온 고향의 모든 것들이 너무 그리웠다. 지난 삶의 추억들이 남아 있는 그곳, 생의 원천이었던 그곳에 대한 그리움이 진호의 바다 그림 속에서 파도가 되어 끊임없이 밀려왔다.

젊은이들의 사랑과 죽음

통계에서 보면 봄철에 정신질환의 발병률이 높다고 한다. 그래서 인지 병동이 복잡하게 느껴질 정도로 환자의 수가 늘어난 듯했다. 특히나 늦은 봄에서 초여름으로 진입하는 시기의 한창 싱그러운 계절이 되자 병동에 입원한 몇 명의 젊은이들이 유독 눈에 띄었다.

미술작업을 하러 들어온 20대 초반과 중반의 그들은 어떻게 보아도 예쁠 나이이기도 하지만 특별히 눈이 부시게 외모가 훌륭했다. 마치 연예인을 보는 듯한 착각이 들 정도였다. 우울증인 여자 환자 A와 B, 남자 환자 C, 그리고 조현병이 있는 남자 환자 D, 네 명은 모두 뚜렷한 이목구비와 날씬한 몸매, 지적이고 세련된 분위기를 지녔고 어디서나 눈에 띌 만한 멋진 젊은이들이었다. 학교도 자랑할 만한 손꼽히는 명문대학교에 다니고 있었다. 그토록 아름다운 젊은이들이 입고 있는 환자복은 마치 정원의 화려하고 귀한 꽃을 꺾어 음료수를 마시고 난 플라스틱 빈 병에 마구 꽂아둔 것처럼 어울리지 않아 보였다.

영이는 부조화를 바라보는 불편함과 함께 안타까운 마음이 들었다. 정신과 입원 경력은 주홍 글씨가 되어 젊은 그들의 미래를 지배할지도 모른다.

A는 짧은 커트 머리와 평균보다 큰 키에 목이 길고 팔다리도 가늘고 길어서 서양 인형 같은 분위기였다. 동양 철학이 전공이라고 했다. 자살 시도가 있었는지는 확인을 못 했지만, 우울증과 거식증이 있다고 했다. 그림도 삽화풍의 수채화를 썩 잘 그렸는데 그림의 선은 날카롭고도 힘이 있었다. 우울증 약의 도움으로 작업이 가능한 사람의 그림 같지가 않았다. 병원이 아닌 다른 장소에서 그녀를 보았다면 그냥 참 빼어나게 예쁜 여대생으로 여겼을 것이다.

"힘이 없어서 죽겠어요. 뭐라도 좀 할 힘이 생겨야 하는데, 도저히 시작을 할 수가 없어요. 빨리 바닥을 치고 올라와야 하는데."

"지금 이렇게 그림도 잘 그렸잖아요. 차츰 좋아지고 있는 중이니까 식사를 좀 해야죠. 그래야 힘도 생기지요. 사람은 생체 유지를 위해 영양 공급이 최우선이지요."

그녀가 그린 그림의 이미지와 그녀 말의 느낌이 불일치해서 기분이 이상했다. 영이는 그녀가 우울 증세보다도 히스테리가 있는 것이 아닐까 싶었다.

A는 자신의 병세의 주기와 특성을 잘 알고 있었다. 곧 기말고사도 시작될 터이니 빨리 퇴원을 해야 한다는 강박도 있는 듯해 보였다. A는 예쁜 얼굴과 좋은 인상을 가져서인지 다른 환자들에게 인

기가 있었다. 평범하게 살기에는 A가 너무 특별해 보였다. 병동이
아닌 다른 곳에서는 인기가 있기보다는 오히려 수많은 질시를 받았
을지도 모른다. 세상과의 조율이 어려워 그녀는 병이 생겼는지도
모른다. 눈치 빠른 은이는 A를 의아하게 생각했다.

"샘, A는 참 이상하지 않아예? 얼굴도 예쁘고 하는 짓도 멀쩡한데
왜 정신병원에 왔으까예? 우찌 보면 공주병이 좀 있는 거 같기도 하
고예. 신경질은 좀 있어 보입디더. 아가씨 때는 다 철이 없어서 좀
그렇지예. 정신병원에 있을 애는 아닌 것 같은데."

A는 2주를 병동에서 머무르다가 퇴원을 했고, 여름이 되어 다시
입원을 했다. 거식증 때문에 입원해 치료를 받아야 하는 상황이거
나, 아니면 자살 소동이 있지 않았나 하는 짐작이 들었다. 영이의 생
각에는 주변의 따뜻한 관심과 함께 단단한 자아 정립을 위한 적극
적인 심리치료를 받는 것이 더 나을 것 같았다.

B는 순정만화 속의 소녀 같았다. 까맣고 큰 눈과 새하얀 피부가
슬퍼 보였다. 그녀는 첫 시간에는 약에 취해 있었다.

"어떻게 해야 할지를 모르겠어요. 들어가 보라고 해서 들어왔는
데⋯⋯."

그녀는 종이 위에 잠깐 엎드려 있었다. 크레파스로 대충 여러 가
지 색칠을 한 뒤에 검정색으로 덮고 긁어서 그리기를 했다. '안녕'
이라는 글자를 쓰고는 멍하니 앉아 있다가 도저히 못 견디겠다며
비틀비틀 걸어 나갔다. 그녀는 23세이고, 이전에 정신과 병력은 없
었다. 휴학을 했다는데, 무슨 전공인지, 몇 학년인지는 알 수 없었

다. 이 병동에 입원한 것으로 미루어 짐작되는 것은 가족들이 위급해서 당황을 했거나, 경제적 여유가 없었던 것이 아니라면 그녀에 대한 관심과 애정이 부족할 가능성이 있다.

보통 증세 발현이 처음일 경우에는 바로 공립병원에 입원시키지 않는다. 이런 공립 병원에는 오랜 세월 병을 앓아 오며 입원과 퇴원의 횟수가 많은 환자들과 생활 보호 대상자가 많다. 그런 점으로 미루어 볼 때 그녀의 환경이 그렇게 좋은 정황은 아닐 것 같고, 그녀에게는 혈육이 없을 가능성도 있다. 그녀가 적어 둔 '안녕'이란 글씨는 세상에 대한 그녀의 마음 같았다.

영이는 그녀가 자살을 시도했을 것으로 짐작했다. 둘째 시간에 B는 한결 나아진 모습으로 작업실에 들어왔는데, 졸리던 눈을 반짝 뜬 모습을 보니 더욱 순정만화 속의 소녀 같았다.

"저는 미술에 대해 아는 것이 없어서 그림을 어떻게 그려야 할지를 모르겠어요. 색상환의 순서도 옛날에는 알았는데, 기억이 나지 않고요. 수채화는 팔레트에 말린 물감이 더 좋은 것 같은데 젖은 물감은 잘 못 다루겠어요."

"색상환은 그림을 그릴 때는 필요하지 않아요. 그냥 자기 마음에 드는 색을 사용하면 됩니다. 그리고 말린 물감은 투명수채화를 그리기에 좋죠. 지금 다른 사람들이 말린 물감이 있는 팔레트를 쓰고 있으니 남은 게 없네요."

"맞아요. 젖은 물감으로는 불투명수채화……."

"물감이 맘에 들지 않으면, 다른 재료를 사용해 보세요"

그녀는 젖은 물감으로 나무 두 그루를 그렸는데 원근이 잘 드러

낮고 안개 속 같은 풍경이 되었다. 물을 많이 사용하여 투명수채화의 분위기를 냈고 색감이 좋아서 그림의 분위기가 멋있게 표현되었다. 옆의 다른 환자들이 그녀의 그림을 칭찬했다.

영이는 멀리 있는 나무와 가까운 곳의 나무가 이별하는 모습으로 보였다. 멋진 그림이었지만 보고 있노라니 그녀의 외모처럼 슬픔이 뚝뚝 떨어지는 풍경화였다.

셋째 시간에 B는 바다를 그렸다. 지난 시간만큼 좋은 컨디션으로 보이지는 않았으나, 첫날보다는 훨씬 나은 편이었고, 약 기운으로 눈은 좀 풀려 있었다.

영이는 B의 바다 그림을 보고 가슴이 철렁했다. 바다가 화면의 8부 정도 높이까지 올라가 있고, 바다 위의 수평선 지점에 돛단배가 있었다. 배는 바다와 같은 색의 돛을 달았는데, 돛의 방향이 오른쪽이나 왼쪽 방향이 아니고 하늘을 향하고 있었다. 맨 위 끝에는 빨간 해도 있었다. 전반적으로 불안한 구도와 색감이었다. B의 그림에서 자살 등의 불길한 징후를 느꼈다.

"배는 어디로 가고 있나요?"

"희망을 향해 가야죠."

"해도 빨갛게 떠 있네요."

"해도 희망의 상징이니까요."

"배에는 누가 타고 있나요?"

"병원의 환자들이 타고 있어요."

그녀는 희망이라고 말하고 있지만, 그림 속의 배는 곧 침몰할 듯 위태로워 보였다.

그날 밤 수간호사와의 메일을 통해 B가 S대학교 학생임을 알게 되었다. B는 갑자기 자살 시도를 했고 응급으로 입원을 했다고 한다. B의 사연이 매우 궁금해졌고 젊은이들이 겪을 수 있는 몇 가지 사건들을 떠올려 보았다. 실연, 대인 관계의 실패, 이데올로기의 모순에 대한 실망, 학업의 좌절, 경제적 어려움, 가족 불화 등등…….

그녀는 그 시간 이후에는 볼 수 없었다. 은이에게 전해들은 바에 의하면 B는 하루에도 샤워를 몇 번씩이나 하는 습관이 있었다. B가 떠나던 날에도 저녁 시간에 샤워를 하러 들어간 B가 나오지 않고 물소리도 들리지 않아서 간호사가 확인을 하러 들어가니 B가 샤프펜슬로 자해를 하고 있었다. 자살을 시도한 것이었다. 즉시 그녀는 강박실로 갔는데 밤중에 그녀의 가족들이 달려왔고 그녀는 다른 이동용 침대로 옮겨져서 나갔다. 그렇게 B는 이 병동을 떠났다.

C는 그림을 잘 그렸다. 주로 수채화를 그렸고 색감이 참 멋있었다. 그는 허름한 환자복마저도 세련되어 보일 정도로 외모와 몸짓에 멋이 배어 있었다. 스스로 외모가 빼어나다는 것을 의식하고 살아서인지 젊은 나이임에도 짐짓 노숙한 제스처와 말씨를 쓰는 것이 부자연스럽게 느껴지기도 했다. 그의 전체적인 분위기는 우수에 찬 예술가로 보였다. 영이는 C가 그림을 그리다가 옷소매에 물감이 묻는 것을 깨닫고 자기 소매를 살짝 올릴 때 그의 손목을 보게 되었다. 자해의 흔적이 있었는데 그리 오래전의 흉터는 아닌 듯 도드라져 있고 발그스레했다.

'아, 이 젊은이도 자살을 시도했었구나.'

영이는 가슴이 서늘해졌다.

"비오는 날의 바다 풍경이 참 멋지네요. 색감이 너무 좋아요. 벤치에는 우산을 쓴 두 남녀가 어깨동무를 하고 다정스레 앉아 있네요. 연인인가 봐요?"

"네. 아름다운 풍경이죠. 서로 열렬히 사랑하고 있어요."

"그 옆에 혼자 서 있는 남자는 누구예요? 멋진 레인코트에 중절모까지 참 멋진 모습인데, 자신은 비를 맞고 옆의 가방에만 우산을 씌우고 있네요?"

"가방이 아니고 첼로예요."

"아! 그러네요. 모양이 첼로케이스군요. 저 남자는 첼리스트인가요?"

"네, 제가 첼리스트예요. 저 남자는 비를 맞아도 되지만 첼로는 비를 맞으면 안 돼요. 연주자에게 악기는 생명이죠."

"그렇겠네요. 멋진 첼로 선율이 듣고 싶어지네요. 저 사람들은 비오는 바다를 바라보며 무슨 생각을 하고 있을까요? 뒷모습이 쓸쓸해 보이기도 하고, 벤치도 이미 비에 젖었겠죠?"

"연인들은 비에 젖어도 좋을 거예요. 옆의 남자는 빗물과 함께 울고 있죠."

"왜 울고 있을까요?"

"여자가 떠났어요. 남은 건 첼로뿐이에요."

"그렇군요. 위대한 예술의 탄생에는 슬픈 사랑의 배경이 있는 경우가 많죠. 떠난 여자는 저 남자의 뮤즈였나요?"

"네, 그냥 떠났어요."

116

그의 깔끔하고 세련된 용모와 달리 그의 손목은 남자답게 굵었고 손가락들은 몹시 울퉁불퉁했다. 오랜 세월 동안 연주로 단련되어진 손임을 느낄 수 있었다. 이 청년은 열심히 자신의 소년 시절과 청춘을 첼로에 바쳤겠구나 싶었다.

영이는 C에게 하던 질문을 멈추었다. 영이는 누군가에게서 질문을 받는 것을 매우 싫어했다. 꼬치꼬치 캐묻는 것을 즐기는 사람과는 인간 관계도 회피하고 싶을 정도였다. 남의 사정을 적극적으로 알고 싶어 하는 심리적 배경은 관음증과도 같은 것이 아닐까 싶었다. 상대를 지배하는 수단을 가지기 위해 정보 유출을 강요당하는 것 같기도 해서 기분이 나빴다.

영이는 때때로 자신의 이런 성격 때문에 아웃사이더가 될 때가 있었다. 타인의 일에 무관여를 하다 보니 주변의 뉴스를 뒤늦게 알게 되는 게 다반사였고 자신의 입장을 세세하게 잘 설명하지 않아 오해를 받을 때도 많았지만, 해명을 하는 것도 피곤하고 귀찮았다. 영이는 때때로 공동체의식이 강한 집단과는 관계를 회피하며 사는 자신이 더불어 살기를 잘 못 하는 관계 장애가 있는 것이 아닐까 싶기도 했다. 여기는 정신병동이고 환자들은 약자의 입장일 수도 있으므로 더욱 조심해야 한다고 생각했다. 솔직히 C의 사연이 궁금했지만, 계속 질문이 이어지면 C가 이야기를 가공해서 들려줄 수도 있고, 상처 때문에 자극을 받을 수도 있기 때문이다. 그리고 자기가 싫어하는 일은 남에게도 하지 않는 것이 공정하다고 생각되었다.

영이는 언제나 그들이 들려주는 얘기의 한도 내에서만 대화를 했다. C는 자신의 그림을 벽에 붙여 놓고 거리를 조절해 가며 감상을 하고 수정을 끊임없이 했는데, 예술가의 면모를 보이는 행동이었다. 자신의 작품에 대해 만족할 때까지 치열하게 매달리는 것은 장르를 불문하고 모든 예술가들의 공통된 특징일 것이다. C는 다른 환자들과는 달리 자신의 그림을 남겨 두지 않고 영이가 사진을 찍은 후에 가져갔다. 자기 작품을 소중히 하는 그 행동도 남달랐다.

C는 지금 실연의 아픔을 혹독히 겪고 있는 듯 보인다. 많은 예술가들이 사랑도 작품을 하듯이 열정적으로 하다가 사랑의 아픔 때문에 고통의 나락으로 빠지기도 하고, 그 시련을 위대한 예술혼으로 승화시키는 경우도 있다. 때때로 예술에 대한 열정은 정신병리적인 집착과 별로 다르지 않을 수도 있다. 광기어린 열정이 탄생시킨 수많은 예술 작품들을 생각해 보면 이해가 되지 않는가. 이렇게 멋진 젊은 C가 지금은 이 병동에 입원 중이지만 훗날 훌륭한 연주자가 될 수도 있을 것이다. 그렇게 믿고 싶었다.

D는 키가 크고 훤칠했다. 조각 같은 미남 스타일은 아니었고 지적이고 세련된 분위기의 미남이었다. D를 처음 보는 순간 그가 조현병임을 바로 알 수 있었다. 멋진 외모와는 달리 몹시 어수선하고 갈피를 잡지 못하고 있었기 때문이다. D는 '죄송하다'는 말을 입에 달고 있었다. D도 B처럼 S대학교의 의대생이었다.

"본과 2학년까지 다녔어요. 복학부터 얘기할까요? 결혼부터 할까요? 정신이 없어서 어떻게 해야 할지를 모르겠어요. 아이구, 또 정신이 없네. 나 참…… 아, 죄송해요."

"지금은 미술 시간이니까 그림부터 그려 볼까요?"

"아, 네…… 그렇죠. 선생님, 저와 결혼해 주실래요?"

"저는 이미 결혼을 했어요. D씨 또래의 딸도 있어요. 나는 나이가 많아요."

"벌써 결혼을 하셨어요?"

옆에서 듣고 있던 은이가 D는 인생 전체가 여자 생각만 하고 사는 것 같다고 했다. S대학교 의대를 다녔다고 하는데, 부모가 얼마나 속상하고 아깝겠냐며 혀를 끌끌 찼다. D는 전형적인 조현병의 증상을 보여서 정상적인 대화를 하기에는 어려움이 있었지만 그의 그림은 의미를 부여해서 해석을 할 만한 단서를 보이고 있었다. 새장과 새를 주로 그렸고 새의 부리 속에는 빛나는 다이아몬드를 꼭 그려 넣었다. 새장은 자신이 머물고 있는 폐쇄 병동의 상징일 것이고, 다이아몬드는 D자신이 아닐까 싶었다. 바닷속 그림을 그릴 때는 진주조개 속에 빛나는 진주를 그렸다.

영이가 만났던 조현병 환자들의 그림에서 발견하게 된 공통점은 무엇인가 구심점이 되는 상징물이나 빨간 점 등을 지속적으로 그린다는 것이었다. 영이는 환자들의 그런 표현이 와해되고 분열되어 가는 자아를 붙들어 보려는 무의식의 힘겨운 노력이 표출되는 것으로 여겨졌다. D의 다이아몬드나 진주는 자신을 상징하고 있는 것 같았다.

"다이아몬드를 매우 빛나게 그리셨네요."

"네, 좋은 반지예요. 집에 있어요. 결혼을 해야 해요."

"결혼을 빨리 하고 싶으신가 보군요. 누구랑 할 거예요?"

"여자 친구가 너무 예뻐요. 병원에서는 같이 있을 수가 없어요.

아, 너무 죄송해요."

D는 자아를 잃어버리고 망망대해를 표류하는 조각배 같았다. D
는 뇌의 회로가 고장이 난 것이다. D는 결혼이라는 주제에 매달려
있었다. 그는 20대의 청년이니 당연히 여자 친구를 사귀고 싶을 것
이고, 이렇게 제한된 공간에서 그의 욕구는 더욱 증폭될 수도 있을
것이다. D는 매시간 끊이지 않고 결혼 얘기를 했다. 가족들은 D가
사고라도 칠까 봐 불안하여 입원을 시켰다.

D는 이제 25세 청년인데 앞으로 많은 세월 동안 주변의 짐이 되어
살아가야 될지도 모른다. 영이는 어느 날 병동의 입구에서 D를 데리
고 나가는 D의 어머니와 마주쳤다. D에게 인사를 건네고 D의 어머
니에게도 인사를 하려는데 D의 어머니가 몹시 날카롭게 누구시냐는
반응을 했다. 얼굴 표정에는 신경질과 짜증이 묻어나 있었고 예사롭
지 않은 느낌을 주었다. 시선을 마주하기가 부담스러웠다.

"아, 저는 이 병동의 미술치료사예요."

"우리 애가 미술 시간에 들어갔어요?"

"네, 몇 번 참석했어요."

"뭣 하러 그런 것을."

그녀는 상대에 대한 배려를 할 만한 여유라고는 없어 보였다.

영이는 당황했다. 이 민망한 상황을 어떻게 수습해야 할지 쩔쩔
매고 있는데 D는 자기 엄마를 끌어안고 자신의 몸을 연신 부비면서
엘리베이터를 타자고 조르고 있었다. 서둘러 안녕히 가시라는 인사
를 하고 계단을 걸어 내려오며 잠깐 기분이 나빴지만 D의 어머니가
이해가 되었다. 의사를 꿈꾸던 아들이, 공부를 잘하여 자랑스러웠

던 아들이 저렇게 되었으니 그 상심은 말로는 다 못 할 것이다.

D의 어머니는 세상 사람들과의 교류마저도 힘들어진 것이다. 인간의 삶이란 미래에 대한 희망이 있어야 유지된다. 가족들이 희망을 잃지 않고 잘 돌본다면 D는 의사의 꿈은 이루지 못하더라도 다른 일을 하며 자신의 몫을 살아갈 수 있을 것이다. D의 삶을 위해 어머니를 비롯한 가족들은 힘겨운 노력을 하겠지만, D의 가족들은 어디에서도 위로와 격려를 받을 수가 없고 편견어린 시선만을 받을 뿐이다. 그래서 D의 어머니는 세상에 대해 화가 난 것이다.

병원 밖 사람들과 병원 안 사람들의 차이

　병동의 분위기가 약간 들떠 있었다. 한여름이 되기 전에 환자들의 기분 전환을 위한 병원 측의 배려로, 다음 주에 비교적 증세가 가벼운 환자들의 소풍이 예정되어 있기 때문이다. 가족들이 환자의 외출복과 간식거리를 준비해서 넣어 주기도 하고 소풍 장소에 대한 얘기도 오갔다.

　폐쇄 병동에는 안전을 위해 창문이란 창문이 모두 폐쇄되어 있어서 외출을 하지 않는 한 바깥세상의 풍경을 볼 수가 없다. 화장실마저도 창문은 막았고 환풍 장치에도 철저하게 안전 장치를 해두었다. 오직 식사를 하는 곳이자 다목적실인 미술작업실에서만 한 뼘 정도의 틈이 있다. 20센티미터와 50센티미터로 이루어지는 직사각형의 액자 같은 틈을 통해 보는 하늘은 아주 예민한 감각으로 감지해야만 계절과 시간과 기후를 느낄 수가 있다.

　은이는 그 액자에서 쏟아져 나오는 늦봄의 기운을 느꼈다. 아이들도 몹시 보고 싶고, 부모님도 걱정이 되었다. 이렇게 부모에게 짐이 되는 자신이 한심하고 답답했다. 오늘 따라 고향의 봄 바다가 많이 그리웠다. 이맘때쯤 친정엄마와 자갈치시장에 가서 갖가지 해산물을 사오면 온가족이 잘 먹었지. 우리 아버지는 편찮으신 데는 없으신가. 애들은 시어머니가 잘 돌보겠지? 전학을 했을 텐데 적응은 잘 하는지 걱정이네. 문디 같은 남자, 뭐가 급해서 그리 일찍 죽었을까? 불쌍한 내 새끼들을 어떡해. 은이는 퇴원이 늦어져서 자신의 증세가 다시 나빠질 것만 같았다. 미술 선생은 오늘도 5분쯤 늦게 들어왔다. 이렇게 화사한 날씨에 까만색 잠수복 같은 질감의 재킷을 걸치고 피곤하고 어두운 표정으로 들어왔다. 요즘 미술 선생의 의욕이 좀 처져 보인다고 느꼈는데 오늘은 확신이 들었다. 저 선생도 이제 이 병동이 지친 거야. 그만두고 싶은가 봐.

"샘, 어디 아픕니꺼?"

"아뇨, 안 좋아 보여요?"

"엄청 피곤해 보이네예."

"아유, 이제 늙는 것이겠죠. 어제 잠을 좀 부족하게 잤지만 아프지는 않아요. 은이 씨는 컨디션이 어때요?"

"그냥 우울해질라캅니더. 퇴원을 해야 되는데 빨리 안 시켜 주네예. 샘은 잘 안 늙으실 거라예. 내가 좋아하는 가수 김○○하고 닮았으예. 성격도 솔직하고예."

"초조해 하지 말고 기다려 보세요. 병원서 결정하는 대로 따라야지요. 잘 아시잖아요. 그리고 가수 김○○보다는 내가 더 예쁜 것 같은데요?"

"샘, 김○○ 싫어합니꺼? 그 여자 참 좋던데예."

"하하하, 난 그 가수는 별로예요. 병원에서 다음 주에 소풍을 간다고 하지요? 기온이 더 오르지 않아야 좋을 텐데…… 날씨가 요즘 꽤 더워졌어요."

"환자들이 좀 들떠 있지예. 나는 기분도 안 납니더. 퇴원이나 시켜 주지. 소풍은 무슨……."

은이는 참 예리했다. 영이는 요즈음 몹시 가라앉아 있는 상태였다. 대학원에 입학하기 위해 여기저기 지원을 하고 면접을 보러 다니고 있었다. 의욕이 충만해 머릿속이 학업 계획으로 꽉 차 있었고 합격만 하면 못 할 것이 없을 듯했지만 면접을 볼 때마다 스스로 불합격을 예감할 만큼 만만치가 않았다.

지난 주말에는 학부 때 전공과는 다른 과였지만 모교의 대학원에서 면접을 보았다. 그날 영이는 자신이 형편없이 무너지는, 그동안 버텨 왔던 정신적 지지목이 한순간에 날아가 버리는 것을 경험했다. 그날의 필기시험은 영어 지문이었고 영어로 답지를 작성해야 했다. 원래 변변찮은 영어 실력에 지원하는 과의 전공 지식마저 부족했다. 자신에게 실망스럽고 불안한 마음으로 필기시험이 끝나고 면접을 보게 되었는데, 면접을 보는 교수에게서 결국 상처를 받고 말았다.

"지금 하고 있는 일이 뭐예요?"

"20여 년 넘게 전업주부로 살아왔고 2년 전부터 미술심리치료과 정을……."

"그런 뻔한 얘기 말고 지금 무슨 일을 하고 있는지를 정확히 말해 봐요."

영이의 말이 끝나기도 전에 교수는 다그쳤다. 건너편에 앉아 있는 젊은 여교수가 자신을 매우 안타깝게 바라보는 듯했다. 울컥 서러웠다. 마음속으로 합격을 포기하며 면접실을 나서니 바로 문 앞에 엘리베이터가 있었다. 그 엘리베이터는 본관의 중심부에 있었는데 영이의 학창 시절에는 학생은 사용 금지였다. 지금 영이는 이 학교의 졸업생 신분으로 편하게 타고 내려갈 수 있는 그 엘리베이터였지만 차마 탈 수가 없었다. 북받쳐 오르는 울음을 눌러 가며 비상구 계단을 걸어 내려오는데 결국 눈물은 흘렀고 시야가 흐려져 걸음이 제대로 걸어지지 않았다. 벽에 기대어 울었다. 지나간 자신의 삶은 무엇이었을까? 그런 뻔하고 뻔한 얘기에 지나지 않는 보잘것없는 전업주부의 삶. 오늘 이 자리에 오지 않았더라면 이렇게 자극받지 않아도 되었을 것이다.

어떻게 운전을 해서 왔는지도 모르게 집에 돌아온 영이는 그후로 며칠을 아팠다. 전업주부가 마땅히 해야 할 뻔한 일들이 눈앞에 쌓여 갔지만 파업을 할 수밖에 없었다. 아예 가방을 꾸려 전업주부를 내팽개치고 어디론가 사라져 버리고 싶기도 했다. 죄 없는 가족들은 영이의 눈치를 보며 각자의 스타일로 위로를 했다.

"그 교수는 심리학을 전공한다면서 전업주부를 그렇게 폄하해? 자녀 양육이 얼마나 중요한 일인데. 여태까지 자식 키우며 열심히 살아왔고, 이제 또 다른 열정으로 공부를 해보려는 사람에게 상처를 주다니. 당신을 선택하지 않은 것은 그 사람들의 실수야. 어리석은 사람들이니 잊어버리고 다시 도전하면 돼. 요즘은 우리 시절하고 달라서 대학원도 재수, 삼수들을 많이 하더라구. 젊은이도 아니고 나이가 있으니 한 번에 바라는 것은 좀 무리가 있는 것 같아. 힘내서 다시 하면 되니까 주말에 나하고 기분 전환이나 하자구."

남편은 신입사원들의 면접을 수없이 해본 사람이라 어떤 정황인지 충분히 짐작을 했겠지만, 아내의 상처를 위로하느라 무조건 면접관의 탓부터 해주었다.

"엄마는 세상이 모두 엄마 비위만 맞추어 줄 거라고 생각했어? '우선 앉으시고 차라도 한잔 하시겠어요?'라고 할 줄 알았어? 엄마가 이제껏 경험해 오던 친절한 인간 관계와는 다를 수밖에 없어. 시험면접관은 수험생의 모든 것을 면밀히 관찰하는 입장이니까 자극적으로 질문해 놓고 반응을 채점하는 거야. 차라리 솔직하게 터놓고 합격시켜 주시면 열심히 하겠노라고 다부지게 말이라도 해보지 그랬어. 요즘 일반대학원은 면학의 분위기가 워낙 살벌하니 차라리 전문대학원이나 사회대학원에 가는 게 낫지 않을까? 그리고 엄마는 가진 것이 많은 계층이고, 불합격을 했다고 그렇게 치명적인 것은 아니잖아. 젊은 애들하고는 입장이 다르잖아."

영이 나이 24세에 낳아서 목숨보다 아끼며 키운 똑똑한 큰딸은 한 치도 틀림이 없는 옳은 현실만을 아프게 말했다. 감정적인 위로보다는 철없는 엄마에게 철든 딸이 훈계를 하듯이. 옳은 말은 듣기 싫고 아프지만 약이 된다는 것은 누구나 알고 있다. 큰딸은 여리고 따뜻한 가슴을 감추고 언제나 합리적이고 현실적인 역할을 택했다.

"엄마, 어떡해? 너무 슬프지? 속상해서 병나면 어떡해? 밥도 먹기

싫지? 그런데 다음에 다시 도전하려면, 힘이 있어야 하니까 많이 먹어야지. 내가 엄마 좋아하는 간식 사올까?"

작은딸은 정을 듬뿍 담아서 조용히 말했다. 이 아이는 초등학교 다닐 때 하굣길에 붕어빵을 사서 식을까 봐 외투 속에 품고 와 내밀던 아이였다. 가족들의 생일에도 참으로 상대에게 요긴하고 적합한 선물을 딱 맞게 준비해서 내밀어 놀라울 정도였다. 그만큼 상대를 관심 있게 많이 지켜보고 생각했다는 것을 느낄 수가 있었다. 작은 딸은 열 살 때 지방에서 서울로 온 데다 세 번의 전학을 했지만 적응을 잘했다. 조용하게 자신을 잘 지켜내고 가족들에게도 따뜻하고 세심한 사랑을 베푸는 아이였다. 큰딸과 10년이나 터울이 나는 작은딸에게 방관자 같은 육아를 한 것 같아 내내 미안한 생각이 들었지만 잘 자라 주어서 참 고마웠다. 큰딸에게는 과도하게 집착을 한 것 같아 미안했지만 또한 잘 자라 주어서 고마웠다.

부모는 원래 자식에게 미안한 것인가? 영이는 그렇게 자식들에게 더 좋은 부모가 될 수 없었음에 대한 아쉬움과 후회가 남아 있었다. 그럼에도 가족들은 각자의 성향대로 위로를 했고 확실한 위안처가 되어 주었다.

대학원 면접시험에서의 쓰라린 상처와 실망을 달래며 일상으로의 복귀를 위해 노력 중이었는데, 눈치 빠르고 예민한 은이가 알아챈 것이다. 영이는 은이가 정신질환자라는 사실, 조울증 진단을 받고 7년씩이나 정신병동을 들락거렸다는 것이 믿기지 않을 때가 많았다. 어쩌면 정말 한 번의 큰 실수로 억울하게 정신병자라는 낙인이 찍힌 것인지도 몰랐다. 좀 급한 성격과 스트레스에 취약해서 난폭하게 표현한 언행, 또는 지나친 열정의 표출로 일상생활이 지장을 받았다고 정신과 폐쇄 병동에까지 있어야 하는가 싶기도 했다.

"샘, 정신과 약이라는 것이 진짜 웃깁니다. 멀쩡한 사람도 병신 바보로 만드는 거라예. 저기 환자들이 약에 취해서 비틀거리는 것 좀 보이소. 저래 평생 약만 먹이니까 나을 병도 못 낫지예. 사람이 사람을 따뜻한 마음으로 대하고 서로 정을 나누는 게 우선이지 저렇게 약만 먹여서 병원에 처박아 둔다고 해결되는 기 아닙니더. 나는 병원 밖 사람들이 저거들 편할라꼬 우리를 병원에 넣는 거라고 생각합니더. 한 번의 입원 경력이 있으면 그때부터는 빼도 박도 못 하는 신세가 되지예. 다들 굴레를 벗어나지 못하는 거라예. 그라고 요새 우울증 가지고 난리인데, 참 웃기지 않습니꺼? 우울하지 않은 사람이 어디 있어예? 인생이 원래 우울한 건데 그냥 리듬을 타면서 사는 거지예. 괜한 병을 만들어서 약이나 팔아 볼라꼬 그러는 것 같아예. 그래 볼 것 같으면 온 지구인이 다 우울증 진단을 받아야 마땅하겠네. 제약회사만 신나겠네."

가끔 은이는 이런 말을 하며 병원 안 사람과 병원 밖 사람의 차이점이 뭐냐고 했다. 영이는 은이가 철학적 사변을 늘어놓는 학자들보다 오히려 더 솔직하고 담백해 보였다. 은이와 영이의 대화를 듣고 있던 철희가 대화에 끼어들었다.

"은이 씨는 매사에 불만이 너무 많아요. 소풍 가는 것만 해도 그래요. 병원에서 힘들게 계획한 것 같은데 자꾸 타박만 하지 말고 그냥 좋게 같이 갑시다. 나는 집사람이 입고 나갈 옷하고 모자를 가져

왔더라구요. 미술 샘도 시간 되시면 오셔요. 내가 아이스크림이라도 쏠게요."

"그러게요. 시간이 맞는지 한번 볼게요. 철희 씨는 이제부터 아내한테 잘해 주세요. 너무 고맙잖아요."

"네, 참 착한 여자예요. 그런 여자가 오죽했으면 내 팔을 그리 물어뜯었을까요? 여기 흉터 좀 보세요. 내가 제정신이 아니니까 그 여자가 있는 힘을 다해서 방어를 한 것이지요. 내가 가슴이 아픕니다. 애들 데리고 열심히 살고 있는데, 제가 퇴원해서 다 갚아 줘야지요."

은이는 철희의 팔뚝에 있는 흉터를 바라보며 말했다.

"아무리 그래도 어찌 사람을 물어뜯어서 저래 만들었노?"

"내가 밤낮 없이 그 사람을 괴롭히고 때리고 그랬거던. 내가 미친놈이지. 아무리 좋은 사람도 미친놈을 어찌 감당을 하겠어요? 자식들 앞에서 나를 감싸던 것을 생각하면 내가 눈물이 다 나네, 그려."

철희는 짐작되기로는 의처증인 듯했다. 나이 차이가 많은 아내가 직장을 다니는데, 언제나 불안했다고 했다. 미술 시간에 처음 참석했을 때 철희는 다소 공격적으로 보였다.

"다른 사람들이 미술 시간이 괜찮다고 하는데, 내가 한번 해보지요. 한번만 해보면 어떤 수준인지 딱 감이 올 테니까."

영이는 거친 철희가 부담스러웠지만 철희는 말투와는 달리 첫 시간부터 열의를 보이며 작업을 했다. 그 이후로 매번 참석을 잘했고 자신의 사연을 술술 얘기하면서 가끔 상담을 하기도 했다. 철희는 영이와 나이가 같았지만 철이 들지 않은 소년 같아 보였다.

"샘, 병원 안 사람들과 병원 밖 사람들의 차이가 뭡니꺼? 우리를 여기 넣어 놓으면 저거들이 편하니까 자꾸 병원으로 보내는 거지예. 소풍이라꼬 줄줄이 나가면 정신병자들이라고 쳐다볼란가? 나는 이렇게 사는 것이 지겨워 죽겠어예. 한번 실수를 해버려서 낙인이 찍혔지예. 조금만 잘 못하면 병원부터 보내 버리니까 점점 상태가 나빠지지예. 철희 씨도 진짜 정신 바짝 차리고 잘하지 않으면 안 될 겁니더. 사람들이 편견이 심하니까예. 병원에 또 안 들어올라카면 무조건 참도록 하이소."

은이의 말에 철희는 열심히 그림을 그리며 대답했다.

"다 알고 있습니다. 스트레스가 쌓이니까 결국은 터지는 거지."

영이는 그들의 대화를 들으며 미안한 생각이 들었다. 정신병동에서의 실습 시간이 점점 길어지면서 정상인과 비정상인의 경계에 대해 회의가 느껴졌고, 영이 자신은 과연 정상일까 하는 의문이 들기도 했다. 다만 운이 좋아서 병원 밖 사람이 되었는지도 모른다.

"은이 씨도 답답할 텐데 소풍 나가서 봄기운을 좀 느끼고 오시지요?"

은이는 대답 대신 한숨을 쉬었다. 그녀는 퇴원만이 간절했던 것이다.

또다시 감금의 방

지난주에 퇴원이 되지 않는다고 침울해 하던 은이가 보이지 않았다. 아마도 갑자기 퇴원을 하게 된 것이라고 짐작했다.

은이는 비록 정신과 폐쇄 병동의 입원 환자였지만 영이에게 힘이 되고 있었다. 미술 시간에 거의 빠지지 않고 참석을 했고 병동 내의 이런저런 소식들을 전해 주기도 해서 은연중에 영이의 의지처가 되는 역할을 하고 있었던 것이다. 은이의 퇴원이 잘된 일이라고 생각하면서도 마음 한편은 많이 허전했다. 마지막 인사를 할 수 있었으면 좋았을 텐데……. 은이의 작품을 인쇄하여 만든 화집을 얼마 전에 수간호사에게 맡겨 두었는데 그것을 잘 챙겨 갔을지도 궁금했다. 은이가 부산의 고향에서 새로운 마음으로 딸과 아들도 만나고 좋은 엄마 역할을 하며 건강하게 잘 지낼 것이라고 믿고 싶었다. 떠나야 할 사람은 떠나야지. 은이가 없어서 서운해진 마음을 달래고 추스르며 작업의 시작을 알렸다.

오늘은 벽에 큰 캔버스 천을 붙이고 벽화 작업을 하기로 했다. 협동 작업으로 환자들의 상호교류를 유도해 볼 의도였다. 100호 (162cmx130cm) 사이즈의 대형 화면에 다섯 명의 환자들이 신나는 분위기를 만들며 먹물과 물감을 사용해 작업을 했다. 환자들의 반응이 기대 이상이었다. 언제나 벽화 작업의 준비는 힘들었지만 보람이 느껴졌다.

"화가가 뭐 따로 있겠어요? 우리가 다 이렇게 추상화가가 되는 거지요."

"선생님, 종이가 아니고 이런 천으로 만든 것은 비쌀 텐데요."

"이게 화가들이 쓰는 캔버스라는 것이지요?"

"여기에도 뭘 좀 더 그려 봐요."

"어떤 색이 좋겠어요?"

평소에 상호작용이 별로 없던 그들이 작품을 같이 하는 모습이 감동스러웠다. 에너지를 쏟아낼 수 있는 저 공동 작업의 위력이 놀라웠다. 다음에는 음악을 곁들여야겠다고 생각하며 영이도 한껏 고무되었다.

옆에서 벽화를 그리느라 소란스러운 와중에도 강박 증세가 있는 젊은 남자 환자 한 명은 혼자 테이블에서 샤프펜슬로 세밀한 그림을 그리고 있었다. 그는 언제나 샤프펜슬과 지우개, 작은 크로키 북을 몸에서 떼지 않고 지낸다. 그의 하루 생활은 대부분 세밀화를 그리는 것으로 채워진다. 그의 그림은 마치 자로 잰 듯 좌우대칭과 면의 분할이 정확하다. 조금이라도 비뚤어지면 지우개로 고치고 또

고친다. 얼굴을 그릴 때도 컴퍼스를 사용할 수 없는 병동이라 종이 접시를 대고 동그라미를 그린 후에 눈과 코, 귀와 입의 좌우대칭을 정확히 한다. 머리카락은 끝도 없이, 셀 수 없이 가닥가닥 꼼꼼히 그리고 또 그린다. 그는 절대로 쉬지 않고 지치는 법도 없지만 그를 바라보는 사람들은 숨이 막힐 지경이다. 게다가 그는 말도 몹시 단답형으로 딱딱하게 했다. 네, 주의하겠습니다, 제출하겠습니다, 잘하도록 하겠습니다, 괜찮습니다……라고.

그는 보통 키에 몹시 마른 체격이었고 안경을 쓰고 있었다. 안경은 동그란 모양의 검은색 금속테였다. 매우 높은 도수의 렌즈인지 안경 속의 그의 눈은 아주 작게 보였다. 저런 세밀화를 지속적으로 그리다 보면 온전한 시력의 유지가 어려울 듯도 했다. 그의 헤어스타일은 50대 50의 비율로 정 가운데에 가르마를 낸, 좀 우스꽝스러운 모습이었다. 전반적으로 안경 모양과 그의 말투와 행동이 절묘하게 어우러져 앵무새를 연상케 했다. 곁에서 그를 바라보는 사람은 참으로 답답했지만 그는 그림을 그릴 때 참 평화로워 보였다.

그의 세계는 다수의 타인들과는 좀 많이 달랐다. 그의 인생의 초점은 오로지 좌우대칭과 균형에 맞추어졌으므로 그는 절대로 세상의 부조화와 불균형들을 한 치도 수용할 수가 없을 것이다. 타인들의 일반적인 상황이 그에게는 매우 불편하고 끔찍하게 느껴졌을 터이다. 그래서 그는 이곳 폐쇄 병동으로 온 것이다. 주변 사람들이 보기에 불편했기 때문에, 제대로 된 직업을 가질 수가 없어서, 타인에게 위해를 가하는 성향이 있는 것도 아니었지만, 서른 살이 넘은 성인 남자가 골칫거리 애물단지 신세가 되어서 이곳에서 머무는 것이다.

영이는 그의 집중력과 꼼꼼함을 보면서 시계 조립하는 모습을 연상해 보았다. 그가 어릴 때부터 그의 특성에 맞는 직업훈련을 할 수 있었다면 어땠을까 하는 생각도 해보았지만, 그는 꼼꼼하기는 해도 융통성이 없고 자신의 세계에만 갇혀 있어서 상호작용이 너무나 힘든 상태이다. 그는 어떤 직업 활동도 순조롭지가 않았을 것 같았다. 그를 보면서 참 어쩔 수 없는 병이라는 체념적인 생각을 처음으로 해보았고 거대한 장벽을 대하는 느낌마저 들었다.

환자들이 서로 어울려 전체적인 색감과 구도가 훌륭한 한 장의 멋진 작품을 완성하였다. 오늘의 작업 결과물은 감동을 불러일으킬 만했다. 환자들도 성취감을 느끼는 것이 분명했다. 자신들의 작품에 대한 감상과 평을 하느라 다들 자리를 떠나지 않고 있었다. 이 상황을 바라보고 있자니 머릿속에 한 줄기의 생각이 지나갔다. 정신질환자를 위한 미술작업 병동을 운영해 보고 싶었던 꿈이 실현 가능할 것 같았다. 그들이 상호교류를 하며 마음껏 활동을 할 수 있는 공간을 제공할 수 있다면 치료와 재활에 도움이 될 수 있을 것이다. 오늘의 작업을 보면서 희망과 확신이 들었다.

점심 시간이 되었기에 정리를 해야만 했는데 화려한 작업의 끝은 예기치 못한 말썽으로 마무리를 할 수밖에 없게 되었다. 벽에 붙인 캔버스 밖으로 먹물과 물감이 흘러내리고 번지고 튀어서 벽에 얼룩이 생겼다. 얼마 전 페인트칠을 새로 했던 벽인지라 난감했다.

영이는 자신의 부주의가 당황스러웠다. 오늘의 성취에 대한 도취가 한순간에 다 날아가 버리는 듯했다. 때마침 청소하는 아주머니가 들어와서 엄청난 불평을 했고 보호사들도 들어와서 난감해 했다. 영이는 너무 미안해서 어쩔 줄을 몰랐다.

"제가 닦아 놓고 갈게요."

영이는 청소도구를 좀 달라고 부탁했다.

"저도 같이 닦지요, 뭐. 미술 선생님이 우리를 위해서 너무 열심히 하시다가 이렇게 되었으니 같이 해요."

철희가 영이를 도와주려고 나섰다. 그때 마침 다른 곳에서 볼일을 끝내고 돌아온 수간호사가 그 광경을 보았다.

"아유, 오늘 대작을 하셨네요. 작품이 너무 좋은데요. 이렇게 함께 협동화를 했으니 이 정도 사고쯤이야 괜찮지요."

민망함과 근심을 싹 날려 주는 수간호사의 말은 영이를 또 감동시켰다. 수간호사는 벽을 닦아 보고 안 지워지면 다시 페인트칠을 하면 되니까 염려 말라고 했다. 덧붙여 오늘은 직원식당에 가서 같이 점심식사라도 하자고 했다.

수간호사는 마음씀씀이가 언제나 넉넉했다. 영이보다 한 살 아래였고 대학원에 진학해 첫 학기 공부를 하고 있는 중이었다. 영이가 이 병동으로 실습을 오던 첫날부터 우호적이었고 세심한 배려와 지원을 해주려고 애쓰고 있음을 느낄 수가 있었다.

오늘 오후에 꼭 해야 할 집안일이 있어서 마음의 여유가 없었지만, 그녀와 점심식사를 하기로 했다. 병원의 직원식당은 깔끔했고 메뉴와 음식의 재료가 좋았다. 이 병원의 건물과 시설들에 비해 식사가 매우 훌륭해서 좀 놀랐다.

"배려를 해주셔서 감사해요. 제가 사전에 치밀하게 주의를 못 해가지고 일을 만들었어요. 잘 처리가 되어야 할 텐데요. 죄송해요."

"아니에요. 그다지 문제될 일도 아닙니다. 애써 주시는데 보답도 못 해 드리니 저희가 미안할 뿐이에요."

"병원 식당의 밥이 생각보다 훌륭하네요? 매주 식권을 주셔도 그냥 갔었어요. 맛이 없을 것 같아서요. 후훗."

"여기 밥이 좋아서 굳이 밖에 나가지 않아도 되니까 시간 절약도 되고 좋아요. 저희 병원 식당은 원래 소문난 맛집이지요. 하하하."

"근데 김은이 씨가 퇴원을 했더군요. 지난주에 퇴원이 늦어진다고 상심해 있더니 갑자기 결정이 되었나 봐요?"

"김은이 씨는 지금 강박실에 있어요"

영이는 밥숟갈을 뜨다가 수간호사의 말에 가슴이 철렁해졌다.

"은이 씨가 무슨 잘못을 했나 보군요? 상태가 좋아 보였는데."

"같은 병실의 환자하고 싸움을 했어요. 김은이 씨는 사리 분별력이 좋은 편인데 불 같은 성질을 참지 못하니까 사고를 치는 거죠. 약을 제대로 먹지 않고 버렸나 봐요. 보호자들이 퇴원을 미뤄 달라는 요청이 있어서 최대한으로 입원 기한을 연장시키고 있었어요."

"왜 가족들이 퇴원을 원치 않을까요? 김은이 씨는 부모님과 아이들을 많이 보고 싶어 하던데요. 참 안됐네요."

"김은이 씨의 남편이 사망한 것은 알고 계시죠? 아마 가정 내에 정리해야 할 문제가 있나 봐요."

영이는 질문을 멈추었다. 자꾸 캐물으면 수간호사의 입장이 곤란해질 수도 있을 것 같았다. 환자의 신변에 관한 사항들은 최대한 비

밀 유지가 되어야 하는데, 개인적으로 꼬치꼬치 캐묻는 것은 예의
가 아닌 것 같았다.

영이는 언제나 병원 측과 환자들의 입장을 고려하며 적절한 위치
에서 처신하려고 애썼다. 강박실의 침대에 묶여 있을 은이가 불쌍
했다. 식사를 마치고 그나마 이 병원의 산소통 역할을 하는 초라하
고 보잘것없는 병원 마당의 벤치에서 수간호사와 커피를 마시고 헤
어졌다. 은이의 퇴원을 서운해 했던 적도 있었던 자신을 탓하며 돌
아오는 길에 은이의 빠른 퇴원을 기원했다. 은이의 퇴원을 늦추고
싶은 은이 가족들의 사정도 좋아지기를 같이 기도했다.

인생이란 고민할 가치가 없다

팔다리가 묶여 있으니 또 강박실이구나. 은이는 눈을 떴다. 나는 또 이 침대에……. 익숙한 하얀 벽들을 바라보며 이게 꿈이면 좋겠다고 생각했다. 물이 마시고 싶었다. 언제나 강박실에서 깨어날 땐 갈증이 났다. 그리고 커피가 마시고 싶었다. 오랜 습관처럼 언제나 그랬다. 그 망할 년만 아니었으면, 여기에 묶이지 않아도 되었을 것이다. 아, 조금만 참았으면 됐을 텐데. 그년도 묶였겠지?

은이는 강박실의 침대에 묶였다는 사실보다 퇴원 일정에 지장을 받게 될 것이 더 걱정이었다. 시간을 알 수 없으니 문 밖의 소리를 예민하게 감지해 보아야 한다. 조용하다. 아무런 낌새조차 느껴지지 않는다. 이 병원은 다른 정신병동들과는 달리 지나치게 평온하고 말썽쟁이도 없으며, 밤에 잠도 잘 자는 환자들만 있다고 생각되었다. 이 사건으로 앞으로 얼마나 더 퇴원이 늦춰질지 심란했다.

다시 눈을 감고 고향집을 떠올려 보았다. 그리운 엄마와 아버지,

아이들이 떠올랐다. 참 이상한 것은 죽은 남편과 시어머니는 기억 속에서 잘 꺼내어지지가 않는다. 동네 어귀 슈퍼마켓의 부부에 대한 기억보다도 더 희미해지고 있었다. 엄마! 아버지! 하고 가만히 소리를 내어 불러 보았다. 은이가 누워 있는 강박실의 침대 시트는 이미 젖고 있었다. 아이들과 뒹굴던 안방의 그리운 풍경이 떠오르자 소리를 삼키느라 숨이 막힐 듯 꺽꺽대며 울었다. 그렇게 울다가 설핏 잠이 들었다.

"김은이 씨, 나가셔서 식사하시고 약 드셔야 해요."

보호사와 간호사가 은이를 깨웠다.

머리맡의 시트가 아직도 축축한 걸로 봐서 자기가 울다가 잠깐 잠이 들었다는 것을 깨달았다. 몸을 일으켜 바닥에 발을 내딛는 순간 아득한 어지럼증을 느꼈다. 침대를 잡고 잠깐 정신을 차리고 실내화에 발을 끼웠다.

은이는 이 익숙한 동작들의 굴레로부터 벗어나고 싶었다. 지긋지긋했다. 자신이 있을 곳은 정신과 폐쇄 병동이 아니라고 큰 소리로 외치고 싶었다. 더구나 화를 좀 내고 싸웠다고 강박실로 보낸다는 것은 너무나도 비인간적인 일이라고 어딘가에 고발하고 싶었다. 세상 사람들은 무리를 지어서 강자들이 약자들을 짓밟고 사는 것이라고 생각되었다. 은이는 종교가 없지만, 저런 비인간적이고 무자비하며 몰염치한 병원 밖 사람들은 벌을 받을 것이고 지옥에 갈 것이라고 확신을 했다.

"또 뇌파 검사를 할깁니꺼?"

몹시 삐딱하게 꼬인 말투로 간호사에게 물었다.

"아뇨, 과장님께서 그런 지시는 안 하셨어요. 약 드시기 전에 식사를 하셔야죠."

이미 정해진 식사 시간은 지났지만, 간호사실에 식판은 남겨져 있었다. 은이는 집에서 키우는 개도 밥은 챙겨 먹이듯이 밥은 꼬박꼬박 챙겨 먹인다고 생각했다. 지금 솔직한 감정은 식판도 엎어 버리고 한바탕 소리를 지르며 행패를 부리고 싶었다. 그러나 참아야 했다. 그리고 배가 너무 고팠다.

'나는 또라이가 아니다. 나는 운이 정말 없어서 인생이 꼬인 거야. 나는 잘 참을 수가 있다. 인내하고 인내하자. 김은이, 파이팅.'

"과장님 면담은 언제 해줄깁니꺼? 나는 요즘 면담도 안 해주고, 아예 이 병원에 뼈를 묻으라는 거라예?"

"김은이 씨는 강박실에서 나오셨으니 오늘 저녁이나 내일 오전에 과장님 일정 되시는 대로 면담이 되겠지요?"

"면담이 중요한 것이 아니고 퇴원이 안 되니까 내가 예민해지잖아예. 도대체 이유를 모르겠네. 도대체……."

은이는 투덜거리면서 식판을 들고 식당이면서 각종 작업실이기도 한 방으로 갔다. 혼자서 식사를 하려니 그 방이 낯설었다. 음식들은 식어 있었지만, 온도에 따라 맛이 크게 달라지지는 않을 그런 메뉴들이었다. 흰쌀밥, 된장국, 희끄무레 붉은 김치, 감자조림, 오이무침, 그리고 김이었다. 식사를 한 끼 거르게 되었다고 몹시 배가 고팠다. 어제 저녁식사 때 바로 이방에서 그년과 싸우느라 밥을 제대로 먹지도 못하고 강박실로 갔으니까.

은이는 갑자기 그녀의 상황이 너무 궁금해서 밥을 먹다 말고 간호사실로 향했다. 배고픔보다도 그녀에 대한 분노가 더 강했기 때문이다.

"설마 나만 강박실에 간 것은 아니겠지예? 그 여자는 지금 어디 있어예? 상대가 있어서 싸운 것인데, 한 사람만 강박실에 간다는 것은 형평의 원칙에 어긋나지예?"

"김은이 씨, 식사는 다하셨어요? 다 드시고 식판 갖다 놓으세요."

"묻는 말에 답부터 해주이소. 밥이사 내가 알아서 묵고 약도 받아먹을 테니까."

"신경 안 쓰셔도 됩니다. 식사 안 하시면 김은이 씨만 손해입니다. 지금 당장 식사실로 안 가시면 식판 치워 버릴 겁니다."

"참내, 무슨 밥 한 끼로 사람을 협박하는 거야? 내가 무슨 짐승이야? 그년 어디 있냐고?"

"김은이 씨, 다시 강박실에 갈 거예요?"

"그래, 강박실이든 감옥이든, 지옥이든 어디든 보내뿌라. 너거들 사람이 그라면 못쓴데이. 무슨 기준도 없고 너거들 귀찮으면 입원도 마음대로 시키고 강박실에도 막 처넣고. 그 미친년은 왜 감싸는데? 그년이 나보다 덜 미쳐 보이더나? 내 눈에는 너거들이 다 또라이 같다."

소란스러운 소리에 환자들이 방에서 내다보기도 하고 일부러 모른 척하며 곁을 지나가기도 했다. 간호사들과 보호사들은 매우 침착했다. 그들은 아무런 동요도 없었다.

"내 우리 집에 전화 좀 하게 해주라. 이리 불공평하고 사람을 함부로 대하는 곳에는 한시도 못 있겠다고 해야겠다. 여기 이렇게 잡혀 있으니 사람이 우습게 보이냐? 그년은 도대체 어디 있냐고?"

자신의 이름이 들리자 복도 끝 마지막 방에서 은이와 싸웠던 여자가 나왔다. 그 방은 은이의 방이기도 했다. 그녀는 입원 첫날부터 눈에 거슬리던 산발의 뻐드렁니 여자였다. 냉커피로 미술치료사 영이를 당황케 했던 그 산발녀는 보호자가 없는 행려자였다. 나이는 30대 초반 정도로 보였는데, 위생 관념도 없고 남녀의 구분을 잘하지 못해 민망할 때가 많았다. 눈은 언제나 충혈된 상태였고 머리는 수세미 같았다. 똑같은 환자복인데도 그녀의 옷은 이상하게 누더기 같아 보였다.

은이는 그녀의 달걀형의 얼굴만 빼고는 모든 것이 꼴 보기 싫었다. 특히 윗옷의 단추를 풀어 헤치고 다리를 쩍 벌리고 앉아 있는 모습은 참을 수가 없었다. 어제 저녁식사 시간에는 의처증의 철희를 비롯한 몇 명의 남자 환자들과 은이와 산발녀가 같이 식사를 했다. 평소에는 남자와 여자가 따로 구분되어 식사를 하는데, 어제는 시간이 맞지를 않아서 예외적인 상황이었다. 산발녀는 덥다며 윗옷의 단추를 다 열었다. 속옷은 물론 브래지어도 하지 않았다. 그녀는 삐쩍 말랐는데도 가슴은 몹시도 컸다. 은이가 민망해 하며 산발녀의 단추를 빨리 채워 주었다. 그러자 산발녀는 다시 단추를 열었다.

"정신 좀 차리라. 여기가 오데라고 옷을 그리 벗노? 런닝도 안 입고 브래지어도 안 했으면서 뭐가 그리 더울꼬? 좋은 말로 할 때 단추 잠가라."

"헤헤, 니도 벗어라. 훨씬 좋아."

"아, 진짜 말귀를 못 알아듣네. 니는 진짜 완전 또라이다. 니 같은 것은 어디 다른 수용소에 가서 혼자 살아야 된데이."

"헤헤헤, 밥 먹어."

"그냥 니하고 내하고 나가서 복도에서 밥 묵자. 나가자."

은이가 나가자고 하자 산발녀가 완강히 저항하며 은이의 멱살을 잡았다. 그녀의 힘이 너무 세어서 은이는 순간 당황했다. 산발녀의 손길을 뿌리치려다가 테이블 모서리에 부딪쳤고, 악하고 외마디 소리를 질렀다. 철희도 건너편에서 말리려고 일어서는 순간에 보호사들이 달려왔고 은이는 바로 강박실에 가게 되었다.

철희가 전후의 사건을 열심히 설명하며 은이의 억울함을 호소했지만, 병원 측의 입장은 타인의 생활에 관여하거나 침범하는 것은 규칙에 어긋나기 때문에 은이가 잘못이라고 했다. 병원의 법이 그렇다고 하니 환자들은 어쩔 수가 없었다. 모두들 자신의 앞가림도 벅찬 사람들이었고 오랜 기간 타성에 젖어서 무언가를 따지고 투쟁할 여력이 남아 있지도 않았다.

은이는 간호사에게 거칠게 항의를 하고 나오다가 복도 끝에서 걸어오는 산발녀를 발견하는 순간, 분노가 치밀어 올랐다. 자신의 몸에 있는 모든 기운들이 그녀를 향해 쏠리고 있음을 느꼈다. 빛의 속도로 그녀에게 달려들었고 그녀의 머리를 마구 쥐어뜯다가 그녀의 젖가슴을 마구 때렸다. 산발녀도 만만찮은 힘으로 저항했으나 분노로 가득 찬 은이를 감당할 수가 없었다.

"이년아, 니 땜에 나는 강박실에 갔다 왔는데, 니는 태평스레 방에 있었더나?"

산발녀를 마구 때리면서 은이는 속으로 생각했다.

'영화 속에서 깡패들은 참 주먹질도 잘하던데, 나는 이년을 어떻게 더 이상 잘 때릴 수가 없으니 분하다. 진작 주먹질이나 좀 배워둘 걸 그랬네.'

보호사 두 명이 가까스로 은이를 산발녀에게서 떼어 놓았다. 병원 밖 세상에서 이런 일이 벌어지면 주변에 구경꾼이 몰려들기 마련이다. 이곳 병동에서는 이런 사건에도 별 동요가 없다. 몇몇은 멀리서 물끄러미 바라보았고, 아주 천천히 곁을 지나치는 환자도 있었고, 방문 밖으로 고개만 내밀어 보기도 했다. 은이가 강박실로 끌려 들어가고 나자 마치 아무 일도 없었던 듯 이내 평온해졌다.

은이는 주사를 맞기 전까지 계속 소리를 지르며 발작을 일으켰다. 산발녀는 상처가 심했다. 머리가 많이 뽑혔고, 입술도 찢어졌다. 무엇보다도 젖가슴의 통증을 호소했다. 수간호사가 와서 여러 가지 필요한 검사를 받을 수 있도록 조처를 취했다. 수간호사는 한숨이 났다. 강박실에서 나오자마자 사고를 친 은이를 어떻게 할지 심란했다.

과장을 비롯한 의사들과 병동의 간호사들이 모여서 회의를 했다. 대부분이 더 이상 은이의 입원을 유지시킬 수 없다는 의견이었다. 퇴원시키기로 결정을 하고 수간호사가 은이의 보호자에게 전화를 했다. 부산의 친정아버지가 전화를 받았다.

"김은이 씨의 보호자신가요?"

"네, 아버지입니더. 우리 은이한테 무슨 일이라도 있습니꺼?"

"네, 다름이 아니고…… 김은이 씨가 다른 환자분과 다툼이 좀 있어서 강박실에 가게 되었어요. 어제 저녁에 강박실에 들어갔다가

오전에 나와서 다시 또 말썽을 피웠어요. 여자 환자를 많이 다치게 했네요. 지금 그 환자는 검사 결과를 기다리고 있는 중입니다."

"아이고, 우리 은이가 폭력을 쓰는 애는 아닌데, 어째 그랬을까예? 이런 일은 한 번도 없었으예. 도대체 무슨 일인고?"

"병원에서 회의를 한 결과는 김은이 씨를 더 이상 병동에 입원시킬 수가 없어서 퇴원 조치를 하기로 했습니다. 어차피 입원 제한 일수도 거의 다 채워졌고요."

"아이구, 우짜겄노. 제가 내일 오전에 바로 서울로 가겠습니다. 그동안 좀 잘 돌봐 주이소. 물을 많이 마시는 아이니까 좀 챙겨 주시면 고맙겠습니다."

수간호사는 마음이 좋지 않았다. 전화 너머로 느껴지던 은이 아버지의 안쓰러운 목소리가 애잔하게 마음에 남았다. 수간호사는 강박실로 갔다. 은이는 주사를 맞고 진정 상태이긴 했으나 잠들지는 않고 있었다.

"김은이 씨, 잠드시지 않았네요? 이제 퇴원을 하셔야죠?"

"퇴원을 안 시켜 주었잖아예. 어제 저녁에도 억울하게 나를 강박실에 가두었고."

"김은이 씨가 좀 참았으면 좋았을 텐데요. 병원에는 규칙이라는 것이 있지 않습니까. 의료진들도 어쩔 수 없어요. 한번 잘 생각해 봐요. 이렇게 살면 인생이 아깝지 않아요?"

"인생은 고민할 가치가 없습니다. 그냥 살면 되지예. 세상은 권력의 장난질로 돌아가고 있지예. 인생은 진짜로 고민을 할 가치가 없습니더."

다시 또 맞는 은이의 새 출발

"우리 은이가 퇴원이 늦어지니까 마음이 조급해져서 그런 짓을 했나 보네예. 우리가 판단을 잘못했어예. 선생님, 일주일만 퇴원을 늦춰 주시면 안 될까예? 지금은 은이를 부산에 데리고 갈 수가 없어예. 다음 주가 되면 좀 정리가 될겁니더. 은이가 스트레스를 안 받아야 병세가 좋아질낀데, 부산에 좀 복잡한 사정이 있어서 그라니까 제발 딱 일주일만 봐 주이소. 은이한테는 제가 잘 알아듣도록 설명을 하고 다음 주에 데리러 온다고 약속을 해두고 갈게예."

"죄송하지만 여기는 모두가 딱하고 어려운 사정들입니다. 그리고 입원 인원이 제한되어 있으니 언제나 대기 환자들이 많지요. 그래서 입원 기간의 제한도 있고요. 김은이 씨도 8일이 남아 있더군요. 자꾸 말썽을 일으키고 강박실에 가게 되는 환경은 김은이 씨한테도 좋지 않을 것이고 다른 환자들의 안정에도 방해가 될 것이라서 저희가 회의를 거쳐 김은이 씨의 퇴원을 결정했습니다. 어려운 사정이더라도 따라 주셔야겠습니다."

"아이구, 선생님 제발 좀 봐 주이소. 지금 저희 집이 풍비박산이 될 지경입니다. 지난달에 아들놈이 부도를 내서 급한 불 끄느라고 집안이 지금 엉망입니다. 은이는 눈치도 빠르고 예민해서 지금 집에 오면 무슨 짓을 할지 모르겠습니다. 부산의 병원들도 대기가 있어서 줄은 서 놓고 있습니다. 아마 일주일쯤 뒤에 순서가 될 것 같습니다. 은이를 지금 집으로는 절대로 못 델고 갑니다. 제발 좀 부탁드리겠습니다"

"김은이 씨는 지금 퇴원을 해서 집으로 가고 싶어서 감정 상태가 불안정한데, 또 부산의 병원으로 가게 되면 몹시 실망을 할 텐데요. 큰일이군요."

"맞습니다. 이번에는 은이가 병원에 너무 오래 있었지예. 은이 신랑을 죽은 사람 맹글고, 손주들하고 떠나 보내느라고 여기 서울까지 델고 온 데다가 아들놈이 사고까지 쳐서 엎친 데다 덮친 꼴이 되었어예. 은이는 스트레스만 안 받으면 잘 살 수 있습니다. 참 똑똑하고 재주도 많은 애가 우째 저리 되어 가지고…… 시집을 안 갔으면 발병도 안 했을끼라예, 흠흠."

은이의 아버지는 기어이 울음을 터뜨리고 말았다. 새벽같이 고속버스를 타고 오는 동안 내내 강박실에 누워 있을 은이를 생각하며 물도 한 모금 마시지 못했다. 서울의 복잡한 지하철 노선을 헤아리기 어려웠기에 무리한 비용을 감수하며 택시를 타고 병원까지 왔고, 병원 앞 마켓에서 병원에 줄 음료수를 한 박스 샀다. 간호사실 옆의 면담실이라고 불리는 방의 갈색 접이식 철제의자에 앉아 간절한 마음으로 의사에게 사정을 설명하다가 불쌍한 딸의 인생을 생각하니 감정이 북받쳐서 참지를 못한 것이다. 면담을 하던 의사는 티슈를 꺼내 은이의 아버지 앞에 놓았다. 그러고는 은이의 아버지에게 사 오신 음료수를 마셔도 되겠느냐고 묻고는 은이 아버지에게 뚜껑을 따서 건네었다.

"어르신 앞에서 죄송한데, 제가 담배를 한 대 피워도 될까요?"

의사는 은이 아버지에게 정중하게 물었다. 그는 50대 중반이고 25년 경력의 정신과 과장이다. 그는 의대를 다닐 때도 빼어난 학생이었으나, 인기가 있고 돈벌이가 잘되는 전공과를 선택하지 않고 굳이 정신과를 선택했고, 여러 유명하고 조건이 좋은 병원들을 마다하고 이곳 공립병원의 정신과를 지키고 있었다.

그의 어머니는 조울증 환자였다. 그는 성장기를 외가에서 지냈다. 그의 아버지도 은이의 남편처럼 죽은 사람이 되었고, 어디에서 어떻게 지내는지 오늘날까지 알지 못한다. 비록 어렸어도 영특했던 그는 집안의 모든 사태를 파악했지만, 단 한 번도 아버지의 비밀에 대해 말을 하지 않았다. 어머니의 숱한 입원과 퇴원을 견뎌내는 외조부모님에 대한 보답으로 그는 열심히 공부했다. 그의 외조부모님도 불쌍한 손자의 뒷바라지를 최우선으로 했다. 그는 지금 은이의 아버지에게서 자신의 외조부를 보았다. 의사는 어린 시절, 늦은 밤에 공부를 하다 바람을 쐬러 마당에 나오면 외할아버지는 노래를 부르며 울고 계시곤 했다. '나그네 설움'은 외할아버지의 18번이었고 지금은 그의 18번이 되었다.

'오늘도 걷는다마는 정처 없는 이 발길

지나온 자욱마다 눈물 고였다……
사나이 가슴속엔 한이 서린다……
눈물로 끈을 풀어 찾아도 보네'

의사의 어머니는 아들에 대한 사랑이 끔찍했다. 세상 사람들에게서는 정신병자라는 낙인이 찍힌 사람이었지만, 어머니는 맛있는 음식과 손뜨개질한 따뜻한 옷과 모자, 장갑 등으로 그를 행복하게 해주었고, 아버지가 없어도 훌륭하게 자랄 수 있다는 말로 용기를 주곤 했다. 그러나 정작 자신은 어느 날 삶에 대한 용기를 잃고 스스로 죽음을 택했다. 자존심이 강한 어머니는 자신의 처지를 견디다가 한계점에 부딪혔던 것이다. 그때 그가 의대 본과 2학년이었고 그의 어머니의 나이는 49세였다.

은이의 아버지는 자신이 사 온, 의사가 건네준 토마토 주스를 마셨다. 오전 내내 굶었던 그로서는 주스 하나로도 요기가 되었다. 의사는 은이 아버지와 약간 비껴난 방향으로 창밖을 내다보며 담배를 아주 천천히 피웠다. 의사는 슬픈 감정이 치솟는 만큼 더욱 느긋하게 담배를 피우며 자신을 조절했다. 은이 아버지의 경상도 사투리와 어질어 보이는 인상과 딸에 대한 애잔한 마음이 그의 외조부의 그것들과 너무도 닮아 있었다. 의사는 몇 번의 기침을 하고 책상 위의 차트를 펼쳤다.

"이번에도 부산의 ○○병원에 가실 건가요? 거기에는 제가 아는 선생님이 없네요. 김은이 씨를 잘 부탁드리고 싶은데…… 그쪽 의사 선생님이 김은이 씨의 상황을 잘 이해할 수 있도록 제가 기록을

잘해서 보내도록 하겠습니다. 정해진 퇴원 기한까지 김은이 씨가
정말 사고 없이 잘 지내셔야 합니다. 좀 있다가 김은이 씨와 면회를
하시고 말씀을 잘하셔요. 김은이 씨는 사리 판단력이 좋고 병세의
주기가 그리 짧은 편이 아닌데, 이번에는 사건이 많았네요."

"아이구 선생님, 고맙습니다. 살았네예. 제가 어찌나 마음을 졸이
고 졸였던지예. 은이가 제 말을 잘 알아들을깁니더. 너무 걱정 마이
소."

"네, 잘 살펴 돌아가셔요. 저는 이만 일어서겠습니다."

은이가 강박실에서 나와서 면회를 할 수 있을 때까지 은이의 아
버지는 면담실에 그대로 앉아서 기다렸다. 은이에게 어떻게 희망의
메시지를 전해 주어야 할지를 궁리하고 또 궁리했다. 은이는 눈치
가 매우 빠르고 영리해서 웬만한 거짓말은 잘 통하지 않는다. 사위
의 거짓 죽음이 잘 넘어간 것은 정말 다행한 일이었다. 은이의 아버
지는 은이를 만나서 은이의 감정 상태를 보고 결정을 해야겠다고
생각했다. 처음 발병 때부터 딸을 너무 쉽게 정신병동으로 보내 버
렸던 것은 아닌가 싶어서 은이의 아버지는 후회를 할 때가 많았다.
가족들이 버거워도 데리고 있으면서 잘 다독였더라면 그냥 제구실
을 하며 살았을지도 몰랐다. 병원을 들락거리면서 상태가 더 나빠
진 것 같아서 죄책감도 느껴졌다. 우선 은이가 여기서 일주일을 더
있을 수 있게 되었으니 한시름이 놓였다. 그러나 뒤이어서 집안의
재정 상태와 아들의 뒷일에 대한 걱정이 물밀 듯 밀려왔다.

은이의 아버지는 자신이 없어지면 가족들이 어떻게 될 것인지 너
무 염려스러웠다. 어쨌든 자신이 건강해야 한다고 다짐을 했다. 그

러나 노인은 지금 배가 고픈 것도 잊고 정신과 폐쇄 병동 면회실에서 딸을 기다리고 앉아 있다. 노인은 피곤했지만, 씩씩한 모습을 보여야만 했다.

오늘도 침대에서 내려오며 잠깐 현기증을 느꼈고, 갈증이 났고, 실내화에 양쪽 발을 차례로 끼웠다. 언제나 그랬듯이. 아버지가 오셨다는 소식에 왈칵 눈물부터 솟았다. '불쌍한 우리 아버지, 미안해서 어쩌지.' 아버지가 반갑기도 했지만 죄스러운 마음에 면회실로 가는 발길이 무거웠다.

"아버지, 피곤해 보이시네예. 제가 걱정을 끼쳐서 죄송합니다. 하도 꼴사나운 미친년이 있어 가지고."

"아이다. 이번에 니가 병원에 너무 오래 있어 가지고 스트레스가 많았을끼다. 아픈 데는 없나? 배는 안 고프나?"

"저는 괜찮습니더. 엄마는 건강하십니꺼. 다음 주가 되면 여기 입원 기한이 끝나는 거 아시지예?"

"알고 있다. 그런데 은이야, 내가 니한테 고마 솔직하게 말할 거마. 니 상태가 좋아 보이니까 믿고 사실을 말해 줄게. 니 동생이 돈 사고를 좀 냈다. 그래서 그것 수습한다고 집안이 어수선해서 니를 빨리 퇴원을 못 시킷다. 미안하다. 나는 니가 스트레스 받을까 봐 그래 결정을 했는데 오히려 니한테 더 안 좋았던 것 같다. 이제 수습이 다 되어 간다. 다음 주가 되면 정리가 끝날끼다. 그때 아버지하고 내려가자. 일주일 동안 니한테 말썽이 생기면 아버지가 또 와야 되고 일이 꼬이게 되니까, 일주일만 잘 지내고 있거라. 알았제? 우리 딸내미야."

"알았습니더. 어째 갸는 돈 사고를 내가지고. 그래서 사업이 무서운 거라예. 엄마가 난리가 났겠네예. 평소에도 갸하고 사이가 안 좋았는데. 그런데 내가 강박실에 연달아 갔다고 이 병원에서 당장 퇴원시킬라 안 합디꺼?"

"이 병원 과장 선생이 사람이 참 좋더라. 사정을 얘기하니까 들어주더라. 그라고 니가 사리 분별력이 뛰어나고 다른 환자들하고 다른 것도 알고 있더라. 우리 딸이 똑똑하니께."

"아버지도 참, 여기는 또라이들만 있는데 이런 데서 인정받는 것이 좋습니꺼? 서울까지 먼 길 오시게 해서 죄송합니다. 어쨌거나 잘 드시고 건강 하시야지예. 돈은 제가 퇴원해서 앞으로 많이 벌어 드릴게예."

"그래, 은이야, 일주일만 잘 지내거라. 니는 원래 잘 참는데 어째 이번에 사람을 그리 때릿더노?"

"아부지, 이제사 말해도 소용이 없겠지만예, 이 병원은 좀 이상합니더. 전후 사정 얘기도 안 듣고 조금만 거슬리면 무조건 강박실부터 넣습니더. 군기가 너무 세서 저한테는 이 병원이 안 맞아예. 참, 우리 애들은 소식이 있습니꺼? 딸내미는 야무진데 오빠라케도 아들내미가 마음이 여리니까 걱정이네예."

"애들은 잘 적응하고 잘산단다."

"시어머니가 먼저 연락 했습디꺼? 아버지가 궁금해서 먼저 전화했어예?"

"아이다. 너거 시어머니가 양반이다. 먼저 전화해서 애들 걱정하지 말라고 하더라. 그라고 니 건강도 걱정을 하더라. 좋은 사람이데이. 애들은 믿고 맡겨 놓아도 안심이다."

"그래도 애들은 데려 와야지예. 에미가 있는데. 제가 퇴원하고 자리 잡으면 데리고 와야지예."

"하모, 언젠가는 델고 와야제."

"그 인간도 뭐가 급해서 그리 빨리 죽었을까예."

"은이야, 아버지가 오늘 늦기 전에 부산 도착 할라카모 인자 나서야 된다. 급해서 니 간식거리도 못 사 가지고 왔다. 이 돈으로 필요한 거 부탁해서 사고 일주일만 잘 지내거라."

"예, 걱정 마이소. 그라고 돈보다 사람이 우선입니더. 식구들이 돈 때문에 애 끓이다가 건강이 나빠질까 걱정입니더. 다들 조심해야지예. 제가 퇴원하면 취직을 하든가 해서 돈을 벌게예."

은이의 안정되고 야무진 말에 은이의 아버지는 안심이 되었다. 그는 그동안 수없이 보아온 딸의 병세 주기를 잘 감지할 수가 있기에 일주일 동안 은이가 잘 지낼 수 있을 거라는 확신이 들었다.

"그래, 생각보다 그리 큰 문제는 아니다. 그란께 아버지가 이리 올라왔다 아이가. 걱정하지 말고 니 문제만 신경 쓰고 살아라. 괜찮다."

은이는 병원 철문을 나서는 아버지의 뒷모습을 본 후 자신의 방으로 향했다. 주머니 속에서 아버지의 마음이 담긴 지폐가 몇 장 만져졌다. 방에 들어서니 온 얼굴에 상처투성이가 된 산발녀가 은이를 보자 이불 속으로 들어갔다. 그녀는 겁을 먹고 있었다. 유방 촬영 결과가 정상이었고 뇌파도 이전과 변화가 없었지만 얼굴에는 상

처가 생겼고 마음속에도 많았던 상처 위에 또 하나의 상처가 더해졌다. 은이는 아버지와의 만남으로 마음이 녹아 있었기에 그녀에게도 한없이 너그러워졌다. 이불 위에 손을 대고 미안하다고 말했다.

은이는 그날 밤, 오랜만에 일기를 썼다. 일기장의 아래쪽에 그림도 그렸다. 예전에 일기처럼 매일 그림을 그리던 시절이 그리웠다. 학창 시절의 자신의 모습도 떠올랐다. 집에 내려가면 앨범을 꺼내 봐야겠다고 생각했다. 한동안 원망만 했던 남편이 그리워졌고 불쌍하게 느껴졌다. 약을 챙겨 먹고 침대에 누웠는데, 기억 속의 사람들이 하나씩 떠오르고 모두가 불쌍하게 느껴졌다. 살아 있는 모든 것들을 사랑할 수 있을 것만 같았다. 그날 밤에 은이는 평화로움을 느끼며 깊이 잠들었다.

새로운 꿈을 꾸는 것을 배우다

은이는 면담실의 의자에 앉아서 의사를 기다리고 있었다. 어젯밤에는 잠도 푹 잘 잤고 아침식사도 많이 먹었으며, 약도 잘 챙겨 먹었다. '평화롭다'는 상태가 이런 것이리라. 오랜만에 차분한 마음이었고, 다음 주엔 퇴원을 할 것이라고 생각하니 만사가 순조롭고 평탄하게 느껴졌다.

면담실에서는 비록 철창이기는 해도 창문의 크기 전체로 밖의 풍경을 내다볼 수가 있었다. 면담을 한다는 것은 퇴원을 앞둔 절차여서 좋기도 했지만, 면담실은 꽉 막힌 창문이 아니어서 더욱 희망의 장소로 여겨졌다.

6월, 여름이 성큼 가까웠음이 사람들의 옷차림과 나무들의 색채로 느껴졌다. 자신이 출소를 앞둔 재소자와 다를 바 없다고 생각하며 그리운 바깥 풍경을 바라보면서 앉아 있었다. 며칠 후 6월 12일은 딸의 생일이다.

6월 12일, 7년 전 그날은 딸의 생일이자 직장에 사표를 냈던 날이다. 은이는 아이들이 너무 보고 싶었다. 특히 딸은 미숙아로 출산 예정일이 2개월이나 남았을 때 조기 출산을 했고, 출산 후 얼마 지나지 않아 은이가 정신병동에 입원을 했기에 온전한 엄마의 보살핌을 받지 못했다. 가슴이 미어지는 것 같았다.

이제는 아빠도 잃고 엄마는 정신병원에 있으니 이보다 더 불행한 아이들이 어디 있으랴 싶었다. 책상 위에 있는 티슈를 빼내어 눈물을 닦았다. 면담실은 환자들이 자기 연민과 참회의 눈물을 많이 흘리는 장소인지라 책상 위에 언제나 티슈가 있었다. 환자뿐만 아니라 면회를 오는 가족들에게도 이 공간은 마찬가지의 의미가 있었다.

7년 전 그날, 아직 출산이 두 달이나 남았지만, 직장에 사표를 낸 것은 회사 부장이 은이에게 사직을 권고했기 때문이었다. 은이는 회사 내에서 사원들과 갈등이 많았다. 하루가 멀다 하고 시비가 붙는가 하면 회사의 기물을 부수기도 했다. 분노 조절이 되지 않는 사원을 견뎌 줄 만큼 회사라는 조직이 너그러울 수는 없다. 사람들은 뒤에서 은이가 정신병자라고 수군댔다.

은이가 다니던 회사는 기계를 제조하는 대기업의 계열회사였는데, 관리 업무를 맡은 여자 사원들을 제외하고 나면 공대 출신의 실무자 중에서 여자는 은이밖에 없었다. 은이가 신입사원일 때는 홍일점인 데다 하도 야무지게 일을 잘해서 주변의 칭찬이 자자했고 그룹 전체에서 수여하는 신입사원상도 받았다. 첫아이를 출산하고 회사에 다닐 때도 회사에서는 여러 모로 특별한 배려를 해줄 정도였다. 그랬던 은이의 변모가 사람들에게는 충격이었다. 특히 은이의 욕설이 섞인 말에는 모두가 기겁을 했다. 은이는 점차 주변으로부터 고립되었다.

그날 은이는 사표를 내고 회사를 나서면서도 화를 삭이지 못해 씩씩대며 버스를 탔다. 오랜만에 낮에 버스를 타게 된 은이는 버스에 빈자리가 있다는 것이 낯설었다. 은이는 맨 뒷자리에 가서 앉았다. 은이가 겪어 왔던 아침과 저녁의 풍경과는 달리 세상의 모든 것이 너무나도 느린 속도로 흘렀다. 마치 다른 세계에 첫발을 들여놓은 듯, 불협화음으로 이뤄진 음악을 듣고 있는 듯, 버스 뒷좌석의 덜컹거림까지 모든 것이 생경스러웠다. 언제나 자신의 손목에 있던 오래된 시계마저도 새로워 보였다. '오늘부터 나는 전업주부가 되는구나.' 은이는 자신의 삶의 전환점을 몹시도 덜컹거리는 버스의 뒷좌석에 앉아서 그렇게 낯선 느낌으로 받아들이고 있었다.

은이는 문득 자신의 배를 쓰다듬었다. 아직 출산이 두 달이나 남았는데도 배가 몹시 불렀다. 첫아이 때와는 많이 달랐다. '그래, 출산 준비나 하면서 지내자. 그리고 애들 키우는 일에 집중하다 보면 돈은 좀 쪼들려도 다른 행복을 느끼겠지. 그러다 보면 남편도 점점 발전해서 형편도 나아지겠지.' 창밖의 풍경들은 버스의 속도를 따라 열심히 변하고 있었다. 집 근처 익숙한 정류장에서 내리지 않고 버스에 계속 앉아 있었다. 집에 일찍 들어가서 대낮부터 시어머니와 마주치고 싶지 않기도 했고, 오늘은 뭔가 자신만을 위한 시간을 가져야 할 것 같았다. 내리면 집으로 갈 수 있는 정류장을 지나치면서 마땅히 갈 곳도 없고, 하고 싶은 일도 딱히 없다는 사실에 잠깐 막막했다.

결국 버스의 종점인 항만에서 내렸다. 부두에 서서 차지도 뜨겁지도 않은, 늦은 봄과 이른 여름의 경계에 있는 뜨뜻한 바다를 좀 바라보다가 가까운 식당에 들어갔다. 근처 공장에서 점심식사를 하러 나온 사람들이 꽤 있었다. 임신 중인 데다 아침식사를 걸렀기에 배가 고팠고 현기증도 났다. 빈자리를 잡아서 앉고 주문을 위해 아주머니를 부르다가 아득한 어지럼을 느끼며 바닥으로 흘러내리듯 쓰러졌다. 은이의 다리에는 양수가 흘러내리고 있었다. 가물거리는 의식 상태에서도 배를 소중히 감싸 안으며 도와달라고 반복해서 말했다.

"아이구, 우짜것노. 이 새댁이 배도 불러 가지고…… 무슨 일이고?"
"저 좀 도와 주이소. 병원에…… 병원에……."

그날 오후에 딸이 태어났다. 어린 생명은 준비가 덜 된 상태, 미숙아로 세상에 나왔다. 2,000g의 작은 생명체는 다행히 낯선 환경을 이길 만한 힘을 가지고 있었다. 꼬물거리는 2,000g의 작은 몸은 최적의 온도와 습도, 영양 공급으로 세상에 안착을 할 수 있게 되었다. 은이는 제왕절개 수술을 했다. 그녀는 마취에서 깨어나 링거를 맞으며 침대에 누워 있었다. 그녀는 자신의 몸을 뜻대로 가눌 수가 없었다. 심신이 모두 준비가 덜 된 상태로 출산을 맞게 되었다. 은이는 삶으로부터 도망치고 싶었다. 삼십이 훨씬 넘는 삶을 살아오며 단한 번도 삶의 의지가 꺾인 적은 없었다. 오히려 의욕이 넘쳐서 문제가 될 때가 있었을지언정. 이 모든 것으로부터 절대로 자유로울 수 없는 자신의 삶이 숨이 막힐 정도로 힘겹고 두려웠다. 두려움과 회피의 욕구는 은이의 인생에서 처음으로 느껴 보는 감정이었다.

은이는 힘겨운 상황에서 좌절했고 이어서 분노했다. 그 분노는 입원실에 면회를 온 시어머니에게 발작을 하듯이 폭언을 하고 물건을 던지는 행동으로 표출되었다. 은이는 점점 힘든 길로 빠져들고 있었다.

퇴원하고 나서는 수술의 상처가 아물고 심신이 회복될 때까지 친정집에서 두어 달을 머물렀다. 은이의 감정 상태와 행동은 여전히 불안했다. 아기가 병원의 인큐베이터에서 퇴원을 할 무렵 가족들은 은이의 안정을 위해서, 은이를 당분간 격리시설로 보내기로 의논을 했고, 그때부터 정신병동 입원의 역사가 시작되었다. 가족의 평화를 위해서, 모두가 균형 잡힌 평온 상태를 위해 그것만이 최선의 선택이었다.

처음 입원을 한 은이는 처절한 외로움을 느꼈다. 병동 안의 그 누구와도 소통이 불가능했다. 심각한 상태의 정신병자들이 대부분이었고 가족들의 면회가 거의 없었다. 친정과 시집은 두 명의 손자를 나누어서 양육을 하느라고 고생이 만만찮았고 은이의 면회를 신경쓸 만한 여유가 없었다. 남편은 직장생활을 하니까 병동의 면회 시간을 맞출 수가 없었다. 한편으로는 은이가 입원을 하기 전부터 은이의 증세에 시달려 왔던 터라 가족들은 약간의 해방감도 있었다. 시어머니는 며느리에게 온갖 정이 떨어진 상태여서 면회는 염두에 두어 본 적도 없었다. 만약 은이의 증세가 낫지 않는다면 손자들이 불쌍하지만 이혼을 시키겠다고 벼르고 있었다. 친정아버지는 간간이 전화를 해서 은이를 위로했다.

"은이야, 애들은 잘 크고 있다. 너무 초조해 하지 말고 느긋하도록 노력해 봐라. 니가 마음이 차분해져야 애들을 잘 돌볼 수 있다 아니가. 퇴원할 때까지 병원에서 휴식한다고 생각하고 지내도록 해라. 필요한 거는 없나?"

병원에서는 휴식 따위는 할 수 없다는 말을 친정아버지에게 차마 하지 못했다. 살면서 하지 않고 참아야 할 말이 어디 이뿐이랴. 매사에 참지를 못하고 솔직한 분노를 표현하여 이렇게 병원에 감금되었는데, 다시는 실수를 하지 않으리라 다짐을 하고 또 했다. 시간이 지날수록 외로움이 주는 정신적 고요함이 점점 좋아졌다. 결혼 이후에 지속적으로 받아 왔던 수많은 자극들과의 격리 상태가 된 것이다. 병동의 낯선 분위기에 익숙해져 가고 있을 즈음 남편이 면회를 왔다. 입원을 한 지 5주가 지났을 때였다.

"잘 지냈나 보구나. 얼굴은 괜찮아 보이네. 잠은 잘 자나? 정신병 환자들은 수면의 질이 중요하다 카던데."

"정신병 환자? 무식하고 막돼먹은 표현 좀 하지 마라. 마누라가 미친년이라서 좋나? 뭣 하러 와서 사람 속을 뒤집노?"

"니 태도가 그게 뭐꼬? 애기 엄마가 지가 낳은 자식을 빨리 보고 싶지도 않나? 니가 그렇게 공격적이면 나는 다시 안 올란다. 하기사 오고 싶어도 못 온다."

"무슨 소리고? 어데 멀리 가기라도 하나? 죽을병이라도 걸렸나?"

"내 독일에 파견 근무 갈끼다."

"……"

"2년 가 있을끼다."

"……."

"한국에서는 원래대로 월급이 나오고 독일에서도 파견수당과 생활비가 나온다. 니도 인자 집에만 있을낀데, 내가 더 벌어야 안 되것나? 젊을 때 고생을 해야지 머."

"곧 아기도 백일이 되것네. 독일은 언제 갈낀데?"

"다음 주 월요일에 출국이다."

"며칠 안 남았네. 아버지도 그런 말씀 안 하시더마는, 갑자기 결정된 거가?"

"장인 어른이 니 마음 불편할까 봐 말씀 안 하신기다."

"……."

"아기도 건강해져서 거의 정상아 체중이 되어 간다. 잘 먹고 잘 자니까. 장모님이 고생이 많으시다. 큰놈은 우리 엄마가 잘 키운다 아니가."

"내를 이리 병원 처넣어 놓고 다들 잘살고 잘 돌아가고 있는 갑네. 나는 그냥 이 병원에서 평생 살아삘까 싶다."

"사람이 어째 그리 뾰족하노? 빨리 퇴원해서 니가 애들을 잘 키워야지. 이제부터 다른 생각은 하지 말고 집에서 마음을 편히 가지고 양육에만 신경 쓰면 된다."

"2개월을 채워야 퇴원이라 하던데? 아직 많이 남았다."

"그래, 3주쯤 남았네. 안달하지 말고 지내라. 밥 잘 챙겨 묵고, 잠을 잘 자야 된다. 나는 또 못 와 보고 그냥 출국할 거마. 아마 독일 가면 중간에 한국에 잘 못 오지 싶다. 연락은 자주 할게."

"짐 야무지게 잘 챙기 갖고 떠나라. 애들이 많이 보고 싶을긴데."

"안 그래도 그게 젤 마음에 걸린다. 니가 퇴원하면…… 은이야, 제 발 마음을 느긋이 가지고 편하게 살아라. 애들을 잘 돌볼라카면 엄마가 정서가 안정이 되어야 한다. 내 진짜 부탁한데이."

"인자 고마 가라. 나는 좀 쉴란다."

그렇게 남편은 독일로 떠났고, 2년 4개월 후에 귀국했다.

옛 생각을 하며 면담실의 티슈를 꽤 많이 사용했다. 비었던 쓰레 기통엔 은이의 회한처럼 하얀 티슈가 수북이 쌓였다. 감정을 추슬 러 보려고 흐린 눈으로 창 밖의 풍경을 바라보려는데 노크 소리와 동시에 정신과 과장이 들어왔다.

"김은이 씨, 강박실을 연달아 두 번이나 가서 화가 났겠어요? 잘 버티시다가 그냥 사건이 터졌군요."

과장은 경험이 많은지라 환자를 다루는 법을 잘 알고 있다. 은이가 이미 많이 울고 있었음을 문을 열고 들어오는 순간 알아챘으나 짐짓 모르는 체했다. 은이 역시 퇴원을 앞둔 면담에서 의사를 어떻게 대 해야 하는지 매우 잘 알고 있는 바이다. 그들은 마주 보고 앉았다.

"김은이 씨, 이 병동에서 참 오래 있었습니다. 그런데, 김은이 씨 가 이번 기회에 증세를 싹 날려 버리고 새로운 시작을 할 수 있을 것이라고 기대를 해보고 싶습니다. 여기서 퇴원을 하셔서 갑작스럽 게 집으로 가시는 것보다는 부산의 병동에서 잠깐 머무는 것은 어 떨까요? 제 생각엔, 김은이 씨는 여태까지 치료 기간의 주기가 맞지 않았다고 판단됩니다. 폐쇄 병동에 입원을 하게 되면 모든 환자들은 본능적으로 퇴원 자체가 목표가 되지요. 입원과 퇴원의 반복적인 악순환을 끊기 위해서는 치료를 목표로 생각하고, 환자 자신이 병을 인정하는 것이 가장 중요합니다. 자신의 병을 부정하고 억울하다는 심정만 갖게 된다면 인내심이 없어지고 병세는 더 악화되겠지요. 김은이 씨의 병은 불치의 병이 아니고 조절을 잘해야 하는, 관리를 세심하게 해야 하는 병이에요."

"……."

"집으로 가고 싶죠? 기대를 잔뜩 했을 텐데요. 김은이 씨는 가능하면 당분간 스트레스 상황에서 벗어나 있는 것이 좋습니다. 아무래도 지금은 여러 가지로 집안 분위기가 좋지 않은 듯하니 조금 더 시간을 두고 병원에서 관리를 받으시는 것이 좋겠어요. 지금은 너무 퇴원이 하고 싶어서 실망되고 속이 상하겠지만, 잘한 결정이었다고 생각하는 날이 올 겁니다."

"저는 어차피 자율성을 상실한 사람입니다. 선생님, 참 설득을 잘하시네예. 그라고 희망적인 말씀을 해주시니까 감사합니다. 이 병원에서 5개월이나 있었는데 설마 부산 병원에서 그리 오래 있지는 않겠지예. 한번 참아 볼랍니더."

과장은 은이가 잘 이해하고 순순히 수긍을 하는 것에 대해 칭찬을 하지 않았다. 은이가 지능이 떨어지거나 능력이 부족한 사람이 아니기 때문에 흔히 퇴원 전에 하게 되는 의례적인 그림 검사나 정신 판별 검사도 하지 않았다. 과장은 스스로 자신의 삶의 주체가 될 수 없는 운명이 되어 버린 불쌍한 여자를 보면서 가슴 밑바닥에서부터 연민이 차올랐다.

"김은이 씨의 꿈은 무엇입니까?"

"……."

은이는 꿈이라는 단어가 낯설게 느껴졌다.

"희망이나 삶의 목표 말입니꺼?"

"김은이 씨는 앞으로의 삶에 대한 계획을 어떻게 세웠죠?"

꿈이 뭐냐고? 계획을 세웠냐고? 이런 질문은 들어본 적이 없다. '희망'이 뭐냐는 질문은 숱하게 들어 왔고 그때마다 '완치가 되어서 퇴원을 하고 잘사는 것'이라고 답했다. 은이의 희망은 언제나 퇴원이라는 단기적인 바람만으로 가득했었다. 좀 먼 미래를 생각하는 것을 하지 않은 지 오래, 아주 오래 되었다. 의사는 '꿈'이라는 단어로 질문했다. 은이에게는 낯설어져 버린, 정상인에게나 어울림직한 낭만의 뉘앙스마저 있는 '꿈'이라는 말.

은이는 갈색 접이식 의자, 은이의 아버지가 은이를 기다리며 앉아 있던 바로 그 의자에 걸쳐 있던 자신의 몸을 최대한으로 의자에 밀착시키며 고개를 숙였다. 밑을 내려다보니 까맣고 흰 작은 점들로 무늬가 새겨진 바닥재와 실내화, 양말을 신지 않은 발가락들이 한눈에 들어왔다. 이어 발가락 위로 '툭' 하고 눈물이 떨어졌다.

"선생님, 애들이 너무 보고 싶어예. 죄 많은 에미를 만나서 어린 것들이 불쌍합니더. 저는 꿈이 있다면, 애들에게 좋은 엄마가 되는 겁니더."

"김은이 씨, 제 말을 잘 들으셔야 합니다. 좋은 엄마가 된다는 것은 생물학적 엄마로서 존재한다는 것만으로 의미가 있는 게 아닙니다. 제가 알기로 김은이 씨의 자녀들 양육은 주 양육자이신 조모님

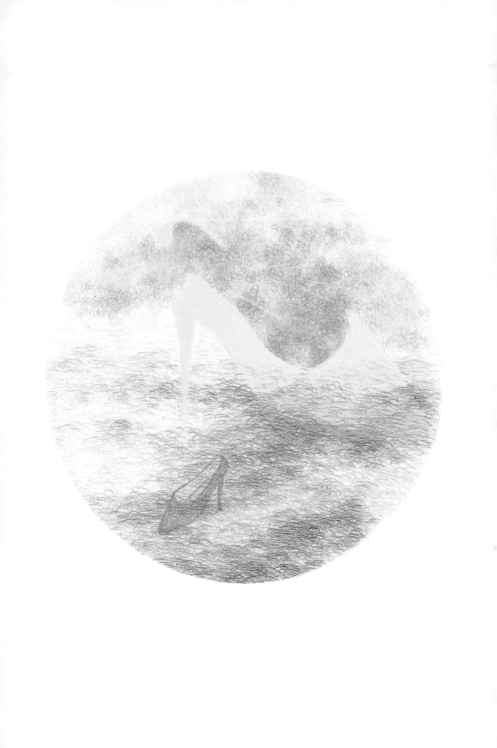

이 잘하고 계신다고 들었습니다. 김은이 씨는 그동안 꽤 많은 시간을 정상적인 사회 활동에서 배제된 채로 살아왔습니다. 새 출발을 하려면 또 많은 시간의 준비와 기다림이 필요합니다. 제 말의 의미를 아시겠습니까?"

"네."

"김은이 씨는 현대 의학의 발전에 대해 제가 말하지 않아도 아실 것입니다. 요즘 젊은이들은 발병 초기에 치료를 시작해서 완치되는 경우가 많아요. 약 선전을 하는 것이 아니라, 약물의 효능을 인정해야 한다는 뜻입니다. 김은이 씨는 정확한 원인을 규명할 수는 없지만 뇌의 호르몬 체계가 정상을 벗어나 작동을 하고 있는 것으로 추정이 됩니다. 감정의 조절 주기를 민감하게 알아채고 조절할 수 있는 능력이 참 중요합니다. 이것은 김은이 씨 자신이 의지를 갖고 해결해 가야 할 문제입니다. 그동안 많은 시간을 체념 속에서 감정의 지배를 받고 방황하셨지만, 이제라도 새롭게 시작하셔야 되지 않겠습니까?"

"네, 그런데 제 입장이 치료만 생각하고 살 형편이 아니라서요."

"이제까지 제가 설명한 것을 이해 못 했군요."

"아니, 그러니까 제 말은요."

"김은이 씨, 잘 들으세요. 한 인간의 삶이라는 것은 스스로를 책임져야 할 의무가 있어요. 이 말은 다시 말하면 타인에게 짐이 되지 않는다는 뜻이죠. 김은이 씨는 앞으로 완치가 되어 독립적으로 살기 위해서 반드시 일정 기간의 치료 기간을 거쳐야 해요. 그동안 치료의 주기가 맞지 않게 입원과 퇴원을 반복하면서 증세를 심화시킨 것 같아요. 우선 주변에 대한 집착과 관심을 자신에게로 돌리는 훈련이 필요해요. 이를테면, '내 삶의 주인'이라는 의식이 확고해져야 합니다. 아이들은 김은이 씨의 '꿈'일 수도 있지만, 아이들에겐 엄마 자신의 꿈을 가진 엄마가 더 낫지 않을까요?"

은이는 몸을 더 숙였다. 그리고 소리 내어 엉엉 울었다.

"김은이 씨, 사람이 과거에 매달리면 인생이 더욱 암울해지는 경향이 있어요. 잘살아 온 듯해도 후회와 미련은 있게 마련이지요. 멋진 엄마가 되기 위해서 호르몬과 싸워서 이기면 됩니다. 좋은 약들이 있고 지지자들이 도울 테니 자신만의 '꿈'을 꾸어 보세요."

의사는 은이의 어깨를 잡아 주었고 티슈를 건넸다. 의사는 알고 있었다. 은이에게는 지금 많은 양의 티슈가 필요하다는 것을.

사랑을 훔치는 여자

은이는 의사와의 면담 이후 친정아버지와 통화를 몇 번 했다.

"은이야, 잘 지내고 있제? 여기도 모든 게 잘되고 있다."

"아버지, 의사가 퇴원해서 집으로 바로 가지 말고 병원에서 좀 더 치료를 하는 기 좋겠다고 하네예."

"그라더나? 니가 억수로 집에 오고 싶을긴데."

"참아야지예. 이번 기회에 새로운 마음으로 내 인생을 살아 볼랍니더. 퇴원해서 무슨 일부터 하면 좋을지 계획도 좀 세워 보고예. 약을 잘 챙겨먹는 기 중요한데, 제가 그동안 잘못 생각하고 행동한 기 몇 가지 있습니더. 지금이라도 제대로 해볼 생각입니더."

"오냐, 내 딸내미가 오랜만에 철든 소리하네. 아버지가 기분이 참 좋다. 은이야, 니는 뭐든지 잘할 수 있데이. 아버지가 감기하고 똑같다 안 하더나. 부산 내려올 때까지 잘 먹고 잘 자면서 건강을 잘 챙기거라."

은이의 아버지는 수화기를 잡은 채 울었다. 노인은 요즘 부쩍 눈물이 많아졌다. 노인은 전화 너머로 들리는 딸의 목소리에 가슴이 저려서 한참을 울었다. 그리고 전과는 달리 좀 단단해진 딸의 말투에 희망이 생기는 것 같았다. 서울의 병원에서 만난 의사의 배려가 고마웠고, 실력 있고 성의 있는 의사를 만난 것이 행운처럼 느껴졌다.

의사와 면담을 했던 날 밤에 은이는 얼마 전부터 쓰고 있던 일기장의 맨 앞장에 결의를 다지는 글을 써 넣었다. '오늘의 내 마음을 잊지 말자. 호르몬을 이기고 꿈을 꾸는 삶을 살자. 어떤 상태가 되어도 이 다짐을 반드시 지키자.' 의사에게서 들었던 말들을 마음에 새겼다. 이전에 한 번도 이런 경험을 해본 적이 없었다. 입원을 하면, 일정 시간 뒤에 면담과 간단한 검사를 하고 퇴원 즈음에 면담을 하는 것이 정해진 절차였다. 의사가 인생 상담사처럼 정성스럽게 힘이 되는 말을 해주었다는 것이 믿기지가 않았다. 여태껏 보아온 정신과의 의사들은 자연과학만을 맹신하고, 정신질환에 대한 체념이 환자보다도 앞서는 듯해 보일 지경이었다. 무엇보다도 정상인이 아니라는 편견을 가지고 대하는 것이 너무 싫었다. 은이는 의사에게 어떻게 고마움을 표현하고 퇴원을 해야 할지를 계속 생각했다.

마지막 미술 시간에 참여하기 위해 방을 나서려는데 며칠 전에 입원을 한 여자가 은이를 불렀다. 오늘은 환자복 속에 셔츠를 입고 깃을 세우고 있었는데, 참으로 꼴불견이라 바라보기가 불편할 지경이었다. 저런 우스꽝스러운 차림을 하다니! 그녀는 지나치게 외모에 신경을 쓴다. 전혀 예쁘지 않은 평범한 얼굴이고 골격이 큰 데다가 살까지 많아서 여성스런 매력은 없어 보였다. 그녀의 헤어스타일은 매우 특이했는데, 지나치게 평범한 그녀의 생김새와 기묘한 조화를 이루고 있었다. 부자연스런 스타일의 외모와 그녀의 의뭉한 표정이 더해져서 그녀는 추함에 가까웠다.

그런 그녀가 네일 아티스트라고 했다. 미적인 감각이 필요한 직업과는 전혀 어울려 보이지가 않았다. 그녀는 시선의 방향과 시각의 방향이 일치하지 않고 뭔가 무한히 감추고 있는 듯 묘한 표정이었다. 자신의 화장품 파우치를 손에서 떼지를 못했고, 쉴 틈 없이 거울 대용의 작은 플라스틱 조각을 들여다보았다. 병동에선 유리 거울은 허용될 수가 없다. 제발 그만하라고 소리라도 치고 싶을 정도였다. 은이는 산발녀보다도 그 여자가 더 한심해 보였다.

"저기요, 몇 살이세요?"

그녀가 대뜸 묻는 것이었다. 은이보다는 어려 보이는 그녀가 대놓고 나이를 물으니 기분이 썩 좋지 않았고, 대답이 내키지 않았다.

"왜 물어 봅니꺼?"

"우리 엄마하고 비슷한 연배 같아서요."

"뭣이라카노?"

은이는 그녀에게 내뱉고 방을 나섰다. 기분이 상했다. '미친년, 내가 지 엄마하고 같은 연배라고? 참나, 눈깔이 삐져도 한참 삐졌구만.' 속으로 그녀를 욕하면서도 자신이 그동안 폭삭 늙어 버린 건 아닌가 하고 마음이 쓰이기도 했다.

제일 먼저 미술작업실에 들어서니 미술 선생 영이가 작업 준비를 하고 있었다.

"샘, 도와 드릴까예?"

"아뇨, 이제 다 되었어요."

미술 선생은 몹시 분주해 보였다. 오늘의 예고된 프로그램은 '나의 탑'이었다.

은이는 의자에 앉아 20센티미터와 50센티미터로 이루어진 액자 같은 창문으로 하늘을 보았다. 오직 하늘색만이 있었다. 어떤 공기의 흐름도 느껴지지 않는, 그 어떤 표정도 보여주지 않는 파랑과 하양이 섞여서 빚어낸 그냥 하늘색일 뿐이었다. 의자 위에 올라서서 키 높이를 키우고 내려다보면 바깥세상의 풍경이 보이겠지. 도로와 건물들과 자동차들, 그리고 수많은 사람들이 20센티미터와 50센티미터의 액자 속에 모두 담기게 될 것이다. 은이는 자신의 삶도 이와 똑같다고 생각했다. 세상을 보는 자신의 시각과 마음먹기에 따라 삶의 방향이 결정되는 것이리라.

"샘, 저는 다음 주에 퇴원합니더."

"아, 축하해요. 은이 씨가 이 병동에 참 오래 계셨어요. 그죠?"

"예, 5개월이 살짝 지났네예. 많은 일들도 있었고예. 여기 서울 병원을 평생 잊지 못할 겁니더. 미술 선생님도 너무너무 좋았고예, 참 고맙습니더. 그라고 과장 선생님이 참 좋은 분이데예. 환자를 인격적으로 대하시고예, 좋은 말씀도 해주시고예. 그라고 환자들도 다른 병원들보다 조용한 편이었고예."

"은이 씨, 이번에 집에 가면 건강하게 잘 지내시고 다시는 병원에 입원하지 마세요. 오랫동안 은이 씨가 그리울 것 같아요."

"샘, 저는 집으로 바로 안 가고 부산의 다른 병원에 갑니더."

"아니, 왜요?"

"제가 여태까지, 그라니까 처음 입원해서 7년 동안 좀 잘못된 것이 많았으예. 과장 선생님 말씀이 맞는 것 같아예. 내 병의 주기를 맨날 잘못 맞추어서 증세가 더 심화된 것 같아예. 그동안 약도 엄청 버리고 안 묵고 그랬어예. 의사들이 못 미더워 가지고예. 그라고 성의 있게 제 병에 대해 설명을 들어 본 것도 이번이 처음입니더. 샘, 이번에 내 인생의 전환점을 맞게 되는 것 같습니더. 부산 병원에서 약을 좀 더 먹고 우리 집이 좀 조용해지면 퇴원할랍니더. 시간을 충분히 가지면서 앞으로 어떻게 살지 계획도 좀 해보고예."

"은이 씨는 이런 마음을 가져 본 적이 여태까지 없었나요?"

"예, 맨날 퇴원이 언제 될까 그것만 신경 쓰고 살았지예. 그러다 보니 세상 사람들이 모두 원수 같았지예. 이제 세상을 다른 시각으로 볼 수 있을 것 같아예."

"참 좋은 소식이네요. 자신의 병을 정복한 정복자의 모습이 보입니다. 제가 알고 있기로도, 주기를 잘 감지하고 관리를 잘하면 생활에 아무 지장 없다고 하더군요. 서두르지 마시고 불안해 하지 말고 잘 사셔야 해요. 기도할게요."

"네, 고맙습니더. 다음 주에 못 뵈니까 오늘 작별 인사 드릴게예. 샘도 건강하게 행복하게 잘사셔요. 샘을 잊지 못할 겁니더."

은이의 퇴원은 좋은 소식이지만 영이는 마음 한쪽이 서늘해지고 있었다. 영이는 애써 자신의 감정을 감추며 말했지만 한동안 힘겹게 그녀를 그리워할 듯했다.

환자들이 작업실에 들어오기 시작했다. 오늘은 신문지를 잘게 찢고 물에 적신 다음 풀에 섞어서 종이찰흙으로 만든 후 '나의 탑'을 만들 것이다. 영이는 오늘의 작업이 퇴원을 앞두고 새로운 결의를 하고 있는 은이에게 도움이 될 것이라고 생각되었다. 오늘 작업의 내용이 이렇게 잘 맞추어진 것이 참 다행이었다. 생각보다 많은 인원이 들어와서 작업실이 꽉 찼다. 신문지를 찢는 과정부터 모든 것을 환자들이 직접 다해야 했다. 준비해 온 명상 음악을 들으며 각자 신문지를 찢기 시작했다. 자신의 내면에 있는 지우고 싶은 기억이나 미움, 슬픔, 아픔 등 모든 부정적인 것들을 생각해내며 소멸시키는 마음으로 찢어 보라고 했다.

각자의 방법대로 신문지를 찢고 구기고 조각냈다. 신문지를 들고 찢지 못하겠다고 울먹이는 젊은 남자 환자가 있었다. 처음 보는 환자였다. 영이가 옆에 가서 이 신문지에는 어떤 기억이 있냐고 물었다. 동생이 있다고 했다. 자기가 너무 많이 혼내고 때려서 동생이 죽을지도 모른다고 했다. 자기가 너무 잘못했다며 울기 시작했다.

영이는 그의 손을 잡았다. 이 신문지에 괴로운 마음이 있으니 그 마음을 없앤다는 생각으로 찢어 보자고 했다. 그는 울음을 그치고 길게 신문지의 길이대로 찢었다. 신문지가 길어서 그는 일어서서 작업을 했다. 그래서 그의 한쪽 다리가 많이 짧은 것을 알 수 있었다. 서서 몸을 지탱하기도 힘들어 보였지만, 그는 열심히 작업을 했다.

다른 환자들도 모두 진지하게 몰두하면서 자신들의 아픔을 조각내고 있었다. 은이는 평소와 달리 느린 속도로 작업을 했다. 신문지를 찢고 있는 그녀의 표정은 차분했고 타인에 대한 관심을 끊은 듯

작업실의 환경에 휩쓸리지 않는 점이 여태까지의 모습과 달랐다.

"이렇게 찢어지고 조각나고 풀어 헤쳐진 신문지를 보니 어떠세요?"

테이블 위에 태산처럼 쌓인 신문지를 보며 한마디씩 했다. 후련하다고 말하는 사람도 있고, 더 슬퍼졌다고 하는 사람, 불에 태우고 싶다고 말하는 이도 있었다. 은이가 테이블 위의 신문지 한 뭉치를 들어서 날려 보며 말했다.

"다시는 원 상태대로 돌릴 수 없어예. 그렇지만, 이 신문지가 고통의 상징이니까 내 마음속의 고통을 해부해 보았다는 의미가 있네예."

"네, 맞아요. 없애 버리고 싶은 고통들을 우리가 실컷 찢어서 이렇게 테이블 위에 수북하게 쌓았어요. 이것들을 어떻게 하면 좋을까요?"

다들 조용했다. 난감해 하는 환자들 틈에서 한 사람이 말했다.

"어떻게든 이것들을 처리를 해야지요. 찢어 보기는 했지만, 없어진 건 아니잖아요. 선생님이 해결책을 주세요."

"네, 없어지기는커녕 엄청난 부피로 늘어났죠? 신문지가 형태만 바뀌었어요. 지금은 너무 부피가 크니까 이것을 변형시킬 좋은 방법이 없을까요?"

"태워야 한다니까, 글쎄……."

"비닐봉지에 다져서 넣고 쓰레기통에 버려요."

"비오는 날, 마당에 두면 축축해지지요. 결국 흐물흐물해져서 퍼져요."

"땅에다 묻으면 저절로 썩게 되겠지요."

다들 고민했다. 타인의 해결책의 문제점을 분석해 보았고 아이디어를 짜내고 있었다.

"여러분의 아이디어들이 놀랍네요. 우리가 이것을 없애는 것에만 초점을 맞추지 말고 이 시간에 쓸모 있고 의미 있는 재활용을 해보면 어떨까요?"

한쪽 다리가 짧은 남자와 은이가 동시에 대답을 했다.

"종이죽."

"네, 종이죽, 또는 종이찰흙이라고도 하죠. 오늘은 이 신문지와 풀을 섞어서 종이찰흙을 만들고, 그것으로 '나의 탑'을 만들어 보기로 하죠. 싫은 기억과 고통들이 탑으로 재탄생한다고 생각해 보는 거예요. 탑은 어떻게 만들죠?"

"탑은 계속 쌓아야지요."

"맞아요, 쌓고 또 쌓고 끝이 없지요."

"기초가 튼튼해야 무너지지 않을 거예요."

"나의 탑이니까 멋지게 잘 만들어 봐야겠네요."

커다란 대야를 꺼내자 환자들이 신문지를 넣으면서 물도 붓기 시작했다. 신문지가 대야 속에서 물을 흡수하고 더욱 작은 조각으로 변해 갔다. 대야 속의 수많은 손들이 '나의 탑'을 생각하며 분주히 움직였다. 물을 따르고 풀을 넣어서 반죽을 하는 과정까지 꽤 시간이 걸렸다. 수동적이기만 한 병동의 환자들을 이렇게 능동적으로 작업할 수 있게 하는 것이 프로그램의 목표였다.

테이블 위에 비닐을 펴고 '나의 탑'을 만들기 시작했을 때, 은이와 말다툼을 했던 네일 아티스트가 들어왔다. 그녀는 줄곧 작업실 밖에서 작업실의 광경을 지켜보고 있었다. 종이찰흙이 완성되어 작업이 시작되자, 만들기가 하고 싶어져서 들어온 듯했다. 아무런 인사도 없이 의자 하나를 쏙 끼워 넣고 테이블의 한자리를 차지했다. 그녀는 누가 보아도 예의가 없는 밉상으로 보일 것이다.

"처음 뵙네요. 언제 입원하셨어요?"

"미술 선생님이 나이가 많네? 보통 이런 직업은 젊고 예쁜 언니들이 하는데. 몇 살이에요? 우리 엄마보다 많아 보이기도 하고."

영이는 황당했다. 여기는 정신과 폐쇄 병동이라는 점을 감안하고 보아도 이렇게 예의가 없을 수가 있을까.

"남의 나이 묻는 기 취미 생활입니꺼? 아까 내보고도 자기 엄마 연배 같다 하더마는, 도대체 엄마가 몇 살입니꺼?"

차분하던 은이가 참지 못하고 쏘아 붙였다.

"아, 재수 없어. 도둑년들이."

느닷없는 말을 내뱉고 그녀는 나갔다. 작업을 하고 있던 환자들은 그녀의 무례함에도 아무 반응을 보이지 않고 자신들의 탑을 열심히 만들고 있었다. 은이는 열을 받은 듯 작업을 못 하고 잠시 가만히 있다가 다시 작업을 시작했다. 은이는 변했다. 이런 상황에서 타인에게 차분히 대응한다는 것은 지난 5개월 동안 보아온 은이의 모습과는 확연히 달랐다. 은이의 변화가 놀라웠다.

"도둑년 같은 행동은 지가 하면서 적반하장이네. 쯧쯧. 중간에 들어와서 남들이 애써 만들어 놓은 종이찰흙을 쓰고 싶으면 양해를

180

구하든가 해야지."

은이는 혼잣말을 하면서 작업을 했는데, 손놀림도 안정적이었다. 은이의 탑은 견고하고 아담했다.

네일 아티스트는 도둑이 맞았다. 그녀는 34세였고 전과가 많은 도둑이었다. '바늘 도둑이 황소 도둑이 된다.'는 말은 그녀의 삶에 딱 맞아 떨어지는 말이었다. 그녀는 초등학교에 입학하기 전에 생모를 잃고 계모 슬하에서 자랐다. 계모는 심성이 좋고 덕이 있는 사람이었지만, 네일 아티스트가 될 그녀와는 처음부터 사이가 좋지 않았다. 네일 아티스트는 3살 위의 언니가 있었는데, 한 배 속에서 태어났다고는 믿기지 않을 만큼 외모의 차이가 컸다. 언니는 얼굴이 예쁜 데다가 귀염성까지 있어서 어딜 가나 사랑을 독차지했다. 불운한 네일 아티스트는 심하게 못생긴 얼굴에 성격도 괴팍하고 까다로워서 천덕꾸러기 대접을 받았다. 계모는 그녀의 심술을 이기지 못해 결혼생활을 포기하려고까지 했다.

네일 아티스트는 초등학교 3학년이 되면서 훔치기를 시작했다. 틈만 나면 남의 물건을 훔쳤는데, 그때마다 자기가 타인에게 관심의 대상이 되는 것이 은근히 좋았다. 자신이 가진 그 무엇으로도 인정을 받거나 관심의 대상이 될 수 없었지만, 도둑질을 했을 땐 타인의 이목이 자신에게 쏠렸다. 그래서 그녀는 들킬 수 있는 도둑질, 완벽하지 않은 도둑질을 추구했다. 그녀에게는 도덕성이라는 것이 없었다. 세상의 질서나 규범보다도 자기 인정의 욕구가 더 중요했고 절박했다.

그녀가 학교라는 울타리에서 보호받고 있을 때는 주변의 아량으로 버틸 수가 있었지만, 고등학교를 졸업한 후에 그녀는 가출을 했고 교도소 출입을 반복하는 삶을 살게 되었다. 그리고 그녀는 들키지 않는 도둑질로 전환을 하게 되었다. 도둑질의 규모도 점점 커져 갔다.

그녀는 2년 전에 마지막 출소를 하고 교도소 생활이 지겨워서 네일 아티스트일을 하며 새롭게 살아 보려 했다. 쉽지가 않았다. 남의 것을 훔치는 일은 그녀의 삶의 일부였다. 그녀는 고객의 옷과 백을 락커에 넣으면서 현금을 꺼내기도 하고 반지나 시계와 같은 귀중품도 훔쳤다. 그녀가 네일샵에서 도둑질을 들키게 되던 그날은 처음부터 그녀를 아주 세심하게 관찰하고 있던 60대의 여자 손님의 레이더에 걸렸던 것이다. 그 여자 손님의 손녀도 도벽이 있어서 정신과에서 치료 중이라며 그녀를 관대하게 용서했고 병원 치료를 권했다. 네일샵의 주인은 교도소와 정신병동 중에서 선택을 하라고 했다.

그녀는 정신병동을 선택했다. 병동에서는 훔칠 만한 것이 없으니 삶의 자극이 없어져 버렸다. 그녀는 네일샵에서 일하면서 여자들이 예외 없이 '나이'에 몹시 민감하다는 것을 알게 되었다. 이곳에서 타인의 관심을 끌기 위해 여자들에게 '나이'라는 소재로 자극을 해 보기로 했던 것이다. 그녀의 내면에는 비뚤어지고 뒤틀린 감정이 소용돌이 치고 있었다. 어린 시절 사랑에 목말랐던 그녀는 사랑을 훔치는 행위로 도둑질을 선택했던 것이다. 그녀에게는 내면의 진정한 자기는 없어지고 타인의 인정에만 연연해 하는 초라하고 불안한 자기만이 남았다. 거울을 손에 들고 살며 외모에 치중하는 것도 같은

맥락이다.

　네일 아티스트는 34세의 몸을 가진 정신이 덜 성숙된 아기였다. 그녀가 교도소에 간다고, 정신병동에 있다고 치유가 될 수 있겠는가. 그녀에게 간절히 필요한 것은 심리치료이다. 그녀의 미래는 어떻게 될까? 영이도 그녀가 불편하고 싫었다. 다음 미술 시간에 들어온다면 어떻게 대해야 할지 걱정이 될 정도였다. 영이는 네일 아티스트가 어디서부터 시작해야 할지 도대체 감이 서질 않는 막막하고 거대한 숙제 같아서 피하고만 싶었다.

은이의 퇴원

은이는 아침부터 마음이 분주했다. 사물함은 어제 정리를 하고 비워 두었지만, 다시 챙겨 보았다. 그녀에겐 보물과도 같은 일기장과 미술 선생 영이가 만들어 준 작품 묶음을 구겨지지 않게 가방의 맨 밑바닥에 넣어 두었다. 외부에 맡겼던 세탁물이 제대로 도착했는지도 확인했고, 남아 있는 간식거리들도 같은 방의 산발녀에게 나누어 주었다.

산발녀는 아마도 평생을 이곳에서 살 듯해 보였다. 그녀는 보호자가 없으니 어디로도 보낼 수가 없는 형편이리라. 최근 며칠 사이에 그녀가 측은하게 느껴져서 많이 챙겨 주려고 애썼다. 은이가 다시 못 볼 거라고 인사를 하며 그녀를 안으니 산발녀가 울었다. 그녀의 충혈된 눈이 더욱 붉어졌고, 뻐드렁니도 더 도드라져 보이는 모습으로 그녀는 꺼이꺼이 울었다.

네일 아티스트는 시끄럽다고 욕을 해댔다. 그녀는 언제나 '재수 없는 도둑년들'이란 말을 입버릇처럼 했다. 마치 자신은 도둑이 아니라고 자기 최면이라도 하듯이.

"퇴원 하나 보네? 나가거든 미장원 가서 머리나 좀 해야겠는데? 그러면 좀 젊어 보이고 분위기도 있어 보이려나. 옷도 어두운 색이 어울리겠어."

은이는 네일 아티스트가 매우 같잖았다. 속으로 '너나 잘해라'고 말하며 미술작업실에 들어가 보았다. 추억의 장소가 될 것이다. 20센티미터와 50센티미터의 액자를 통해 하늘을 바라보았다. 오늘도 오직 하늘색뿐이다. 잠시 후면 은이는 액자 밖으로 나갈 것이다. 산발녀는 은이 뒤를 졸졸 따라다녔다. 은이는 벽을 쳐다보며 벽화작업을 하던 시간들을 떠올렸다. 자살을 했던 파킨슨병의 명수와 의처증이 있던 철회도 그리울 것이다. 마음이 따뜻했던 미술 선생은 평생 잊지 못할 것이다. 아버지가 도착해서 원무과에서 정산을 하고 오시면, 바로 퇴원이다. 간호사실에 가서 과장님께 퇴원 인사드릴 수 있냐고 물어보았다. 오늘은 외부에 다른 볼일을 보러 나갔고, 김은이 씨께 퇴원 잘하고 건강하라는 말을 전해 달라고 했단다. 은이도 과장님께 감사했다는 말을 꼭 전해 주고, 미술 선생님께도 잘 퇴원했다고 소식 전해 달라고 부탁했다.

"김은이 씨 퇴원 준비는 다 되셨나요? 축하드립니다."

복도를 걸어 다시 방으로 향하는데 은이가 평소에 별로 좋아하지 않았던 보호사가 인사를 했다. 그 보호사는 항상 무표정인 데다 나이가 많아 보였고 체격도 작았다. 자신의 일에만 열중하는 로봇같은 이미지였는데, 인사를 건네는 것이었다. 의외의 인사에 마음이 따뜻해졌다.

"네, 고맙습니다. 보호사님도 안녕히 계셔요."

은이는 부모님이 병동에 도착하자 아버지만 오실 줄 알았던 터라 놀랐다.

"엄마는 뭣 하러 차비 써 가면서 힘도 들 텐데 왔습니꺼?"

"니가 퇴원하니까 기분이 너무 좋아 쌓아서 소풍 삼아 데릴러 왔다."

은이 아버지는 서울 병원의 과장과 지난주에 통화를 했다. 은이 아버지는 생각지도 못한 의사의 전화를 받고 처음엔 몹시 놀랐다. 은이가 그사이에 사고를 친 줄로만 알고 가슴이 철렁했던 것이다.

"김은이 씨는 잘 지내고 있습니다. 지금이 김은이 씨한테 중요한 시점이라고 판단되어서 몇 가지 유의점을 말씀 드리려고 전화를 드리게 되었습니다."

"아이구, 고맙습니더. 이래 신경을 써 주시니까 은이가 예전하고는 달리 엄청 좋아졌습니더. 말씀해 보이소."

의사는 은이와 상담을 하면서 은이가 거의 완치가 될 수도 있을 것이라는 가능성을 느꼈다. 어떻게든 또 한 명의 영혼을 정상적인 범주의 사회인으로 만들 수 있는 일이니 최선을 다해서 도와야 한다고 생각했다. 개인적으로 환자를 챙기는 일은 번거롭고 환자 가족의 오해를 살 수도 있겠지만, 의사는 환자의 중요한 치료 시점을 절대로 놓치면 안 된다는 신념이 확고했다. 그리고 은이는 감정적으로도 많은 연민이 생기는 환자였다. 정신질환의 치유는 환자의 의지만으로는 거의 불가능할 정도로 힘든 일이라서 주변의 인내와 적극적인 지지가 절대적으로 필요하다.

의사는 은이의 부모님에게 병의 특성과 개인적인 주기에 대해 자세히 설명을 하고 이번 기회가 은이의 인생에서 매우 중요한 시기이므로 당분간 주의 깊게 관찰하고 세밀하게 지원을 해주라고 당부했다. 부산의 병원에서 너무 오랜 기간 머물지 않도록 특별히 그쪽에 부탁을 해야 하며, 어려움이 생길 땐 언제라도 자신에게 연락을 해도 된다고 배려를 했다.

은이의 아버지는 자신의 불쌍한 딸 은이가 만나게 된 서울의 의사에게 무한한 감사와 감동을 느꼈다. 살다가 보면 이렇게 좋은 인연도 생기는 것에 대해 감사했고 세상에 대한 원망과 섭섭함이 사라지는 것 같았다. 은이의 아버지는 고무되었다. 은이에게 지원군이 든든히 있다는 것을 느끼게 해주고 싶었고, 아내가 아들의 일로 너무 속을 끓이고 사는 것이 안타까워서 환기도 시킬 겸 아내와 함께 기차를 타고 상경했던 것이다. 아버지의 생각대로 은이는 엄마를 보게 되자 너무 기뻐했다. 반가움에 모녀는 서로 부둥켜안았는데 두 사람 모두 서로의 작아진 몸을 느끼고 놀랐다.

"엄마, 어디 아팠습니꺼? 동생 땜에 속을 끓여서 이리 말랐는교? 우찌 이리 사람이 작아졌을꼬. 어쩌면 좋노."

"뭐라카노. 나는 괘안타. 은이 니가 이래 가지고 어쩌겠노. 세상에 무슨 애가 한 줌밖에 안 되노. 쯧쯧. 살을 좀 찌워야 되것다."

아버지는 아내와 함께 오게 된 자신의 결정이 잘된 것이라는 생각에 흐뭇했다. 두 사람의 대화를 들으며 새삼 모녀를 바라보니 정말

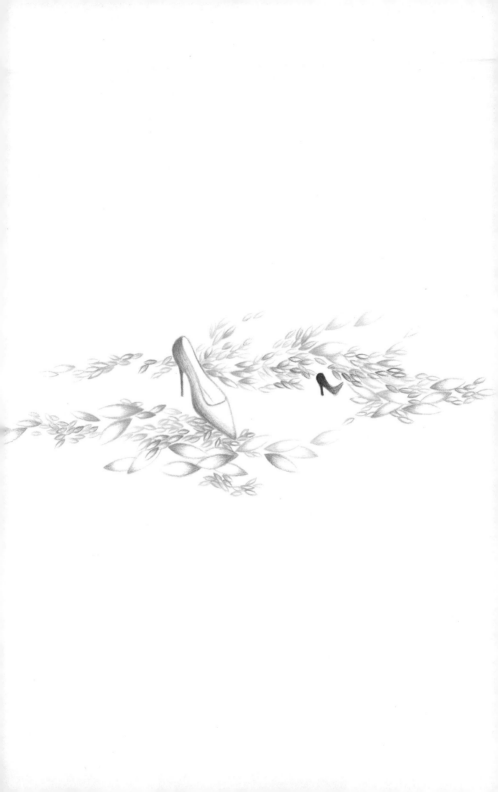

너무도 연약한 모습들이었다. 아버지는 병원 앞 식당에서 은이에게 뭔가 맛있는 것을 좀 사 먹인 후 기차를 타야겠다고 생각했다.

　세 명의 가족은 폐쇄 병동의 철문 밖으로 나왔다. 세 사람은 마치 유치원의 어린 아이들마냥 줄줄이 손을 잡고 걸었다. 은이는 엘리베이터를 타고 내려와서 바깥세상의 밝은 빛을 보며 잠깐 아득한 현기증을 느꼈지만, 이내 너무 좋아서 잡고 있던 부모님의 손을 번쩍 들었다. 혹시 미술실에서 올려다보던 20센티미터와 50센티미터의 액자 같은 창문이 보일까 하고 그쪽을 쳐다보았다. 밖에서 보니 같은 건물의 다른 방 창문들과 똑같은 사이즈의 큰 창문이었는데, 쇠창살이 있었고 액자가 되는 부분만 개방이 되어 있어서 그 방을 알아볼 수 있었다.

　은이는 이제 액자 밖이다. 몇 시간 후면 또 다른 액자 속으로 들어가게 될 것이지만. 이제부터 어떻게 살아갈 것인가는 온전히 자신의 몫이다. 속으로 '호르몬을 이기고 나만의 꿈을 꾸자. 할 수 있다, 파이팅.'이라고 다짐을 되뇌었다.

　"은이야, 당분간 또 부산의 병동에서 어찌 지낼래. 갑갑할낀데."

　"아버지, 퇴원을 목표로 하면 갑갑하고 지겨워서 못 버팁니다. 저는 이번에 거기서 다른 생각을 좀 해볼랍니더. 충분한 준비를 하는 기회로 생각하고 갈게예. 염려 마이소."

　은이의 부모는 깜짝 놀랐다. 은이는 언제나 입원을 할 땐 못마땅해했고 빠른 퇴원만을 기다렸다. 은이의 엄마는 의아해 하며 물었다.

　"은이야, 니가 어째 그런 말을 다하노? 혹시 집에 가는 게 너무 싫나? 하기사 집안 꼴이 지금 좀 그렇기는 하다만."

"참 나, 아닙니더. 제가 사람 구실을 못한 지 오래되어서 판단력이 없어졌지예. 병을 제대로 다스려서 사람 구실을 하고 살아야지예. 기다려 주이소. 미안습니더."

은이의 엄마는 놀라운 딸의 변화가 믿기지 않으면서도 이 순간이 영원했으면 하고 믿고 싶었다. 은이의 엄마는 잡고 있던 은이의 손을 더욱 힘주어 잡았다.

"하모, 니가 원래 얼마나 총명한 딸내미인데. 서두르지 말고, 마음을 착 가라앉히고 살자."

병원 앞엔 식당이 많았다. 은이의 아버지는 은이에게 뭘 먹고 싶은지 물었다. 은이는 기차 시간을 맞춰야 하니 간단하게 먹자고 했다. 아버지는 '소고기전골'이라고 써 놓은 식당을 선택했다.

서울 강남 한복판의 식당에서 파는 소고기전골은 참으로 맛이 없었다. 딸려 나오는 반찬과 종업원의 서비스질도 엉망이었다. 평소 같으면 화를 내며 한마디쯤 했을 은이가 되레 엄마에게 참고 드시라고 했다. 은이는 오랜만에 세 사람이 함께 한다는 것만으로도 그저 좋았다.

은이는 서울역으로 향하는 택시 안에서도 엄마의 손을 꼭 잡고 있었다. 엄마가 있으니 참 행복했다. 은이는 이별을 슬퍼하며 울던 산발녀가 생각났다. 연고도 없이 떠돌았을 그녀의 처지를 헤아려 보니 너무 불쌍했고 지난번에 때렸던 것도 참 마음이 아프고 미안했다. 은이는 자신의 행복을 확인했고, 잘 살아야 할 이유가 많으므로 서글프게 생각 말고 당당하게 자신의 아이들을 만나는 날까지 호르몬을 이기고 꿈을 가꾸며 살 것이라고 다짐했다.

부산행 기차 안에서 중학교 동창을 만났다. 부모님과 마주 보게 좌석을 만들어 앉았는데, 맞은편의 아버지를 보고 동창이 인사를 하러 왔다. 같은 고등학교로 진학하지 않은 여자중학교의 동창들은 거의 잊혀져 가고 있지만, 그 동창은 한동네에 살았고 꽤 친했던 편이었다. 해외의 여행지에서도 같은 동네 사람을 만난다는데, 국내의 기차에서 동향의 지인을 만나는 일은 확률이 꽤 높은 일이다.

"은이 아버지, 오랜만입니더. 어쩨 서울에 볼일이 있으셨나 보네예. 옴마야, 어머니랑 은이도 같이……. 은이야, 니는 진짜 오랜만이데이."

동창은 이미 은이의 소식을 잘 알고 있었을 터인데도 짐짓 아무것도 모르는 체했다. 은이가 정신병이 심해서 폐인이 되었다고 소문이 난 지 오래되었다. 당황스런 기색을 감추는 그녀의 표정을 눈치챈 은이가 먼저 동창의 궁금증을 풀어 주었다.

"진짜 오랜만이네. 내가 서울 정신병원에서 퇴원하고 가는 길이다. 우리 남편 몇 달 전에 죽은 것은 알고 있제? 요새는 약이 좋아서 내가 치료가 잘되고 있다. 내가 정상으로 생활을 해야 너거도 만나고 살건데. 너무 걱정 마라. 너그 집 식구들은 다 잘 지내제?"

은이의 동창은 믿기지가 않았다. 저렇게 멀쩡해 보이다가 어떻게 미쳐 버린단 말인가? 자기 좌석에 돌아가 앉아서도 내내 궁금했다. 은이는 학창 시절 친구들의 선망의 대상이었다. 외모도 준수한 데다 재주가 많은 팔방미인이었다. 그리고 무엇보다도 학창 시절엔 학업 성적이 최고의 권력이라고 볼 수 있는데 은이는 내내 전교권의 성적 우수자였으므로 선생님들의 총애를 받았고 이웃의 동창들에게도 소문난 우등생이었다.

은이의 동창은 사람의 팔자란 참 알 수 없다는 생각을 하며 은이의 가족이 측은하게 느껴졌다. 그러나 부산에 도착할 때까지 은이의 동창은 은이네 가족을 열심히 관찰했지만 전혀 이상스러운 점을 발견하지 못했다. 은이네 가족은 평온해 보였고 즐거워 보이기까지 하였다. 하기사 정신병에도 종류가 많을 것이고 은이가 지금은 멀쩡한 날일 수도 있겠지. 은이의 동창은 자신이 상상하던 것과는 많이 다른 상황에 대해, 정신질환자에 대해 혼란스러운 생각이 들었다.

그와 그녀의 만남

　영이가 이 병동에서 매주 금요일에 자원봉사를 한 지가 벌써 일 년이 훨씬 지나고 있었다. 그동안에 꽤 많은 환자들을 만나고 헤어지는 일을 반복했다. 잦은 주기로 만났던 환자도 있었고, 퇴원 후엔 다시 입원을 하지 않는 환자도 있었다.

　지난주엔 오랜 시간을 봐 왔고 은연중에 영이의 의지처가 되어 주었던 은이가 퇴원을 했다. 그녀의 퇴원으로 마음이 허전했고 병원으로 향하는 발걸음도 힘이 빠지는 듯했다.

　오늘은 막히는 찻길도 힘들게만 느껴졌다. 그동안 의욕이 가득 찬 상태여서 금요일의 심각한 교통 체증도 잘 견뎌내고 있었던 것이다. 자신의 나약함을 마주하게 될지도 모를 두려움에 일부러 지하철을 타 볼까 하고 잠깐 생각도 해보았으나 오늘은 짐이 무거웠다. 커다란 가방 속에 콜라주에 쓸 잡지를 넣어서 매우 무거웠다. 환자들에게 좀 더 많은 선택의 기회를 제공하고 싶은 생각에 종이의 질이 좋고 인쇄가 잘된 고급 잡지를 욕심껏 챙겼기 때문이다.

끙끙대며 병동에 들어서니 여름이 성큼 다가오고 있어 땀이 났다. 환자들 중에는 환자복의 옷소매를 둥둥 걷고 있는 모습도 보였다. 영이는 은이가 없다는 사실을 스스로에게 상기시키며 작업실에 들어섰다. 오늘도 많은 환자들이 참여했지만 은이는 없다.

영이는 자신이 관계에 연연해 하지 않는 독립적인 성향이라고 생각해 왔는데, 은이가 없다는 사실에 마음 한구석이 썰렁했다. 은이가 보고 싶다는 생각과 함께 자살을 한 명수도 그리웠다. 작업실에는 참여자가 가득 찼는데도 텅 빈 것같이 허전했다. 기약을 할 수 없는 이별의 슬픔이 어떤 것인지를 알 수 있을 것 같았다. 자신의 인생에서 이런 특수한 환경에서 사람을 만난 경험도 처음이었고, 가족이 아닌 타인과의 이별이 이렇게 슬픈 것도 처음이었다. 영이는 지금 자신이 느끼는 가슴속 쓰라림이 무엇일까 궁금했다.

작업실에는 한쪽 다리가 짧은 Z와 네일 아티스트가 나란히 앉아서 얘기를 나누고 있었다. 낯선 풍경이었다. 은이는 좀 유별나서 타인에게 관심도 많고 얘기도 나누고 했지만, 대부분의 환자들은 상호교류를 잘하지 않는다. 작업 테이블에서 피드백 시간에 서로 대화를 나누고 약간의 교류 시간이 있기는 하지만, 나란히 앉아서 수다를 떠는 모습은 처음 보는 것 같았다. 두 사람은 아마도 서로 뜻이 맞는지 무언가 진지하게 대화를 나누고 있었다. 사람들이 서로 소통이 가능하다는 것은 상호이해가 가능한 영역이 있기 때문이다. 두 사람이 어떤 공통점이 있을까 궁금했다.

네일 아티스트는 여전히 부조화한 외모와 불편한 눈빛으로 영이를 바라보았고, 영이는 그런 그녀가 부담스러웠다. 솔직히 말하자면 그녀가 작업에 참여하지 않았으면 하는 바람마저 있었다. 네일 아티스트는 영이가 매우 싫어하고 사이가 좋지 않은 지인과 비슷한 분위기를 자아내고 있어서 더욱 거슬리게 느껴지는 것 같았다. 영이의 지인은 마음이 몹시 비뚤어져서 그녀를 대할 때에는 마치 고슴도치와 스킨십을 하는 것 같은 괴로움이 있었다. 네일 아티스트, 그녀는 미운 지인의 이미지와 겹쳐져서 영이가 회피하고 싶은 미운 인물이었다.

잡지에 있는 사진을 선택해서 붙이며 화면을 만드는 콜라쥬 작업을 했다. 스스로 표현하는 부담이나 어려움을 줄여 주면 환자들은 한결 자유롭고 수월하게 자신을 표현하게 된다. 그림을 잘 그리고 좋아하는 환자들도 가끔 이런 콜라쥬를 즐기면서 작업했다. 어린이용 안전 가위를 사용해 오리기도 하고 손으로 찢기도 했다.

평소에 강박 증세를 보이며 세밀화를 즐겨 그리던 남자는 종이를 반듯하게 접어서 날을 세운 뒤에 안전 가위로 오렸다. 예외 없이 화면도 반듯하게 분할하여 구도를 잡았다. 그가 선택한 사진들은 건물 사진들이었다. 아! 영이는 그의 세밀함에서 시계 조립만을 연상했는데, 건축이라는 소재도 있다는 것을 깨달았다.

치매가 있는 할머니는 의사 선생님의 사진을 맨 위에 붙이고 사람들의 얼굴을 가득 붙였다. 아기들과 젊은이들, 중년의 남녀, 노인들까지 각 연령층을 염두에 두고 붙이는 것 같았다. 의사 선생님이 너무 고맙다는 말을 계속했고, 사람들이 효도를 잘하고 예의가 있어야 세상이 좋아진다고 했다. 아마도 인지의 상태가 좋은 주기인 듯 보였다.

할머니의 맞은편에는 50대의 삭발 여인이 자리를 잡았다. 그녀는 코에 호흡 보조기인 것 같은 튜브를 끼우고 있었다. 숨소리가 거칠었고 목소리도 쉬어 있었다. 그녀는 자신의 작품은 하지 않고 할머니가 원하는 얼굴 사진 찾기를 열심히 돕고 있었다. 그녀는 이타적인 행동으로 모범을 보여야만 한다는 강박이 있었고 정치와 사회 문제에 비판적이었다. 자신은 자선봉사단체의 지도자였다고 했다.

영이는 종종 그녀에게 저항감이 느껴져서 그녀가 정신병동의 환자라는 사실을 잠깐 잊고 자신의 앞가림이나 잘하라고 말해 주고 싶을 지경이었다. 그러나 이내 그녀의 삭발 머리에 하얗게 서리처럼 새로 나고 있는 흰머리를 보게 되자 애잔했고 미안했다.

다른 환자들은 자신의 관심 영역의 자료를 열심히 찾고 붙이면서 화면을 꾸미고 있었다. 온갖 사람들, 음식물, 의류, 장신구, 자동차, 저택, 자연 풍경 등등 인간사의 모든 것들이 만물상 같은 잡지에 모두 있었다. 다들 부지런히 그 모든 것들 중에서 고르고 골라 자신의 화면을 채우고 있었다.

어떤 젊은 남자 환자는 백화점을 꾸미고 있었다. 그는 자신만의 취향을 찾지 못하고 모든 종류의 물건들을 층을 만들어 줄줄이 나열하고 있었다. 진열할 물건이 많아서 종이가 모자란다고 했다. 매장의 분류에도 고민을 하고 있었다. 개성을 보이기보다는 피상적인 관념에 사로잡힌 것이다. 그의 작업 형태를 보며 잠깐 생각에 빠졌다. 삶이란 도식이 아니고, 거대담론을 내세울 것도 아니며, 작고 사소한 것들을 성실히 수행해 나가는 것이 아닐까 싶었다.

영이는 욕심으로 괴로워하지 않으며 소박하게 진솔한 삶을 추구하고 싶었지만 물욕과 성취 욕구는 절대로 그녀로부터 분리되지 않았다. 삶은 정신병동의 환자에게도, 정상 범주에 속한다고 하는 정상인들에게도, 숨을 쉬며 살아 있는 모든 사람에게 빠짐없이 이렇게도 버거운 것인가 싶었다.

네일 아티스트도 열심히 작업을 했다. 그녀가 몰두하고 있어서 다행이었다. 그녀의 작품에는 온갖 화려한 패션 화보가 가득했다. 옆에서 작업을 하던 Z가 그녀의 작품을 칭찬했다. 그녀는 고무되어서 Z에게 열심히 설명을 해주기도 하고 Z의 작품에 붙일 적당한 사진을 같이 찾아 주기도 했다. 두 사람은 마치 연인 사이이거나 오누이처럼 정답게 보였는데 네일 아티스트의 밉상으로 보이던 표정이 달라 보일 정도였다. 그러고 보니 Z는 네일 아티스트를 누나라고 불렀다.

"누나, 누나는 패션 계통의 일을 하지 그랬어요?"

"얌마, 네일 아트도 아트야. 해볼수록 연구할 게 많더라구. 손톱이 크기가 작으니까 다들 간단할 거라고 쉽게 보는데, 생각보다 어려워."

"그래요? 하기사 쉬운 일이 세상에 있겠어요? 그런데 누나는 어쨌든 미적 감각이 있으니까요."

그들의 대화를 들으며 네일 아티스트가 Z에게 친절한 이유를 알 것 같았다. 자신이 간절하게 인정받고 싶은 그 부분을 Z가 확실하게 인정해 주었고 자신에게 고분고분하니까 좋은 것이다. 칭찬에 목말랐던 그녀에게 Z는 천사 같은 존재일 것이다. 빗나간 칭찬이 아닌 상대가 듣고 싶어 하는 칭찬의 위력은 상상을 초월함을 그들이 보여주고 있었다.

Z는 문학도였다. 여리고 눈물이 많았던 소년은 요즘은 흔치 않은 소아마비를 앓고 다리의 균형이 깨지게 된 후 어두운 정서를 가진 슬픈 청년이 되었다. Z는 소설가가 되고 싶은 자신의 꿈을 이루기 위해 국문학과에 진학을 했고, 문예창작학과가 있는 다른 대학교에서 학점 교류제를 이용해 창작 강의도 들었다. 틈틈이 쓴 소설을 여기저기 응모도 해보았으나 결실이 없었다. 주변의 평으로는 그의 소설이 너무 어둡고 사고의 폭이 좁다는 것이 대체적이었다. 그의 독서 성향도 가볍고 재미있는 주제보다는 무겁고 심오한 쪽으로 기울어져 있었다.

글은 그 사람의 인생을 반영하는 법이라 Z의 진실한 표현들은 어둡고 슬펐다. Z는 대중의 인기를 얻기 위한 상업용 글을 쓸 수 있을 만큼 다양한 세상 경험을 하지 못했고, 자신의 정서를 감추고 다른 정서를 가공할 만한 융통성도 없었다. 소설을 쓰는 것이 어려워진 Z는 어려운 가정 형편에도 불구하고 대학원에 진학을 했다. 인생을 비관적으로 보는 사람들은 인간의 근원에 대한 사색을 많이 하게 되는 경향이 있다. Z도 인간의 무의식에 관심이 많았고 자신을 바꾸어 볼 수 있는 계기가 될까 하고 심리학과를 선택했다. 4학기를 마치고 논문을 쓰면서 Z는 너무나도 많은 스트레스를 받았다.

심리학 논문이란 것은 간단하지가 않았다. 몇 백 명의 피험자에게 설문지도 돌려야 했고 통계도 공부해야 했다. 다리가 불편해서 제약점도 있었지만, 무엇보다도 끊임없는 모순점들이 발견되는 것에 진력이 났다. 인간의 심리를 통계라는 수치에 맞추어서 풀어 보자는 학문에 회의가 느껴졌다. Z는 좌절했다. 인생의 의미가 없었다. 그는 논문을 팽개치고 한동안 칩거를 했다. Z를 소아마비로 다리를 절게 만든 것에 대한 죄책감으로 부모님은 언제나 Z에게 관대했다. Z의 남동생은 이로 인해 피해의식이 있었다.

Z가 방에 틀어박혀 점점 괴팍해지고 사납게 굴기 시작하자 두 살 아래의 남동생이 Z에게 대들었다.

"다리 병신된 것이 벼슬이냐? 어지간히 하시지?"

"그래, 벼슬이다. 이 새끼야. 너는 운이 좋아서 성한 다리로 온갖 것 다 누리고 사니까 눈에 뵈는 게 없냐? 형이 우습게 보이는구나. 너 오늘 한번 죽어 봐라."

Z는 이성을 잃고 몸부림을 치듯 동생을 향해 폭력을 썼다. 동생은 당황하여 형을 제지하려 했으나 분노의 힘은 너무 강력했다. 분노를 쏟아내다가 결국 Z는 기절을 하고 말았다.

다시 깨어났을 때, Z는 스스로에게 혐오감이 느껴졌고 수치스러웠다. 마음의 평정을 찾고 동생에게 사과하고 싶었으나 잘되지가 않았다. Z는 당분간 입산이라도 해서 마음을 다스리겠노라고 부모님께 말씀을 드렸으나 허락을 받지 못했다.

Z는 가을이 깊어가던 어느 날 새벽에 가출을 했다. 절에 들어갔으니 출가라고 해도 될 것이다. 머리를 깎았고 방 한 칸을 얻었는데, 세 명이 함께 쓰는 방이었다. Z는 자신이 생각했던 고요한 환경과는 좀 차이가 있는 절의 생활에 실망을 느꼈다. 무엇보다도 신체 장애를 가진 Z가 감당해내기에는 잡다한 육체 노동이 많았다. Z는 몸

으로 하는 일보다는 머리로 하는 일에 익숙한 터였다. 노동이라는 것은 그에게 수련의 도구로 마땅하지가 않았다. 게다가 절에서는 자신의 장애에 대한 특별한 배려가 없었고 오히려 눈치를 보아야 하는 입장이었다.

두 달 만에 Z는 절을 떠나기로 마음을 먹었다. 날씨가 꽤 추워졌고 산속이라 추위는 더 심하게 느껴졌다. Z는 당장 입고 떠날 겨울옷이 없었다. 옷뿐만이 아니라 한 푼의 돈도 없으니 거지나 다름이 없었다. 늦은 밤에 상좌스님과 면담을 했는데, 스님은 그를 잡지 않았고 위로가 될 만한 어떤 말도 하지 않았다. Z가 아침에 눈을 떠 보니 머리맡에 겨울 파카와 돈이 든 봉투가 놓여 있었다. 어젯밤의 무심함이 못내 서운했는데 스님의 따뜻한 배려를 보며 Z는 자신이 참 얄팍하게 느껴졌다. Z는 아침식사를 마치고 스님에게 인사를 하러 갔으나 출타를 하고 없었다. Z는 절룩거리며 겨울 산의 내리막길을 힘겹게 내려와서 버스를 타고 연고도 없는 서울로 향했다. Z의 고향은 울산이었다.

Z는 낮에 서울에 도착하여 서울역 근처의 무료급식소를 찾았다. 가톨릭에서 운영하는 무료급식소였는데, 급식이 끝나고 봉사자들이 식사를 하고 있는 참이었다.

"밥을 먹으려면 제시간에 맞춰서 와야지. 당신이 오는 시간을 맞추는 곳이 아니야. 내일은 잘 맞춰서 와."

수녀님이 밥을 먹으면서 그를 쳐다보지도 않고 싸늘하게 말했다. Z는 모멸감을 느꼈다. 아직 남은 돈이 있으니 달리 해결을 해야겠다고 돌아서려는데, 봉사자 중의 한 사람이 수녀님에게 무엇이라고 말했고, 수녀님이 고개를 돌려 그를 바라보았다.

"처음 보는 얼굴이네? 앉아. 그 앞에 있는 상자에 밥값 200원을 넣고. 다음부터는 상자 옆에 있는 운영지침표 보고 시간 준수해. 오늘은 특별 서비스."

200원이라니……. 아마도 이곳 이용자들이 공짜에 대한 타성에 젖는 것을 경계할 요량으로 형식적이나마 최소한의 잔돈을 받는 것 같았다. 냉정하게 말하던 수녀님이 직접 밥을 챙겨 주었다. 갓 소독된 따끈한 수저와 간소하지만 영양을 고려한 식단으로 채워진 식판을 Z의 앞에 가져다 주었다. 엄청나게 많은 밥의 양에 Z는 잠깐 당황했다.

"여기서는 점심식사만 해결이 돼. 저녁식사를 할 만한 곳은 잘 없지. 많이 먹어 두셔. 부족하면 말하고."

봉사자들은 커피를 마신 후 각자의 앞치마와 위생모자를 챙겨 두고 자신들이 사용한 식기를 설거지하기 시작했다. Z는 절에서 두 달을 지내며 눈치를 배운 터라 그들에게 말했다.

"제가 먹은 식판과 아주머니들이 드신 식기들은 제가 설거지를 하겠습니다. 밥을 주셔서 감사합니다."

수녀님은 괜찮다고 말하는 봉사자를 제지시키고 Z를 바라보며 그러라고 했다. 봉사자들은 떠났고 수녀님은 여러 가지를 체크하느라 분주해 보였다. Z는 배가 불렀지만 밥을 남기지 않고 깨끗이 먹었다. 그리고 주방시설이 아주 기능적으로 잘되어 있는 개수대에서 제법 많은 양의 설거지를 끝내고 소독까지 마쳤다.

Z가 인사를 하고 떠나려는데 행색이 초라해 보이는 중년의 남자

가 들어왔다. 수녀님은 그 남자와 인사를 한 후 Z를 보며 같이 차를 한잔 마시고 가라고 했다. 중년의 남자가 Z에게 커피나 유자차 중에서 선택을 하라고 말하며 주방으로 들어갔다. Z는 딱히 목적지가 있는 것도 아니니 여기서 머무는 시간이 길어지는 것이 은근히 반가웠다.

수녀님은 노트북을 들여다보면서 중년의 남자에게 사과도 좀 깎아 달라고 했다. Z가 보기에 수녀님은 마흔 살 전후로 보였다. 중년의 남자는 쉰 살은 훨씬 넘어 예순 살 가까이 되었을 것으로 보였다. 젊은 수녀님의 말에 순종하는 늙은 아저씨가 귀여워 보였다. 아저씨가 차와 과일을 차려서 들고 오자 수녀님이 작업을 중단하고 세 사람은 마주 앉았다.

"너 하는 것 보니 양심이 아직 살아 있던데, 무슨 사연이야?"

수녀님이 대뜸 '너'라는 반말을 해서 Z는 잠시 당황했고 마치 여자 깡패 같다고 느껴졌다. 옆의 아저씨는 Z의 반응을 눈치채고 한마디 거들었다.

"우리 수녀님이 보기보다 나이가 많아요. 낼 모레가 환갑이에요. 청년의 어머니뻘이지요? 청년은 몇 살이요? 내가 수녀님보다 늙어 보여도 한참 밑이지요. 허허"

"이런, 나이가 무슨 대수라고. 여기 밥 먹으러 온 것을 보니 네가 지금 사는 게 죽을 맛인 게지? 무슨 일이야?"

"스물아홉 살입니다. 절에서 두 달 살다가 오늘 아침에 절을 떠났어요."

"가출도 두 달 전에 한 거야?"

두 달 전의 시점에 포인트를 맞추는 것으로 봐서 수녀님은 사람의 마음을 훤히 꿰는 듯해 보였고 전후 상황의 설명을 장황히 하지 않아도 유추가 빨랐다.

"목발이 없는 걸로 봐서 어릴 때 소아마비로 아팠구나. 운전은 가능하니?"

수녀님은 구체적인 질문이 없었고 감정의 범람 같은 건 전혀 없어 보였다.

"면허증은 있는데 운전을 할 기회가 없어서요."

"그래, 그러면 오후에 저 형제님 따라다니며 일 좀 돕고 재워 달라고 하렴. 내일 일찍 여기로 오너라."

Z는 뜻하지 않게 또 한 명의 가톨릭 형제가 되었다. 아저씨와 함께 시장에서 식재료를 구입하기도 하고, 식재료를 기부하는 사람들에게 가서 찾아오는 일을 했다. 서울 시내의 다른 급식소에도 들러서 심부름거리를 받아오는 동안에 해가 져서 어두웠다.

도시의 저녁은 산속의 저녁과는 다르게 겨울임에도 뜨겁게 달구어지는 느낌으로 다가왔다. 29살 청년은 자신의 처지를 잊고 도시의 화려한 불빛에 잠깐 마음을 뺏겼다. 밤에 잠자리가 확보되어 있고 당장 내일 갈 곳이 있으니 일이 잘 풀린다고 생각되었다. Z의 마음속에는 가족이 잘 떠오르지 않았다. 가출을 한 후에 단 한 번도 집에 연락을 하지 않고 지내고 있지만 그 어떤 미안함도 없었고 걱정이 되지도 않았다. 숙식이 해결되는 세상에 대해서는 무한한 고마움이 느껴졌다. 그는 자신에게 홈리스 기질이 있다고 생각되었다. 영혼이 자유로워지는 것 같았고, 먼훗날에 다시 소설을 쓰게 된다

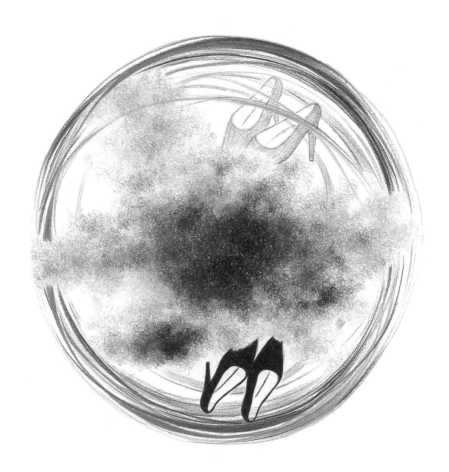

면 오늘의 경험이 자양분이 될 것이라고 생각했다.

　Z는 사흘 동안 급식소에서 일을 잘 도왔다. 급식 시간까지 봉사자들과 함께 주방일을 하고 오후에는 아저씨와 함께 심부름 같기도 한 여러 가지 일들을 하며 트럭을 타고 시내를 누볐다. 아저씨를 따라간 숙소는 깨끗하고 시설이 좋았다. 산속의 절에 비하면 Z에겐 몸도 마음도 편해지는 공간이었다. 아저씨도 수녀님처럼 질문이 없었다. 그래서 Z는 더욱 좋았다.

　나흘째 되던 날, Z는 술에 취한 부랑인과 시비가 붙었다. 수녀님은 Z를 용서할 수 없다며 집으로 들어가라고 했다. Z는 지니고 있던 신분증을 아저씨에게 빼앗겼고 집에 연락이 되었다. Z는 이 급식소에 발을 들였던 그 순간부터 자신의 의지는 없어지고 수녀님에 의해 인생이 결정되어 버리는 것 같았다. Z는 화가 나서 참을 수가 없었다. 상대의 의견도 묻지 않고 맘대로 해버리는 깡패 같은 수녀님에게 폭언을 퍼붓고 아저씨에게 저항하다가 기절을 했다. 깨어나 보니 병원의 침대였고 정신병동인지 쇠창살이 있었다.

　Z는 일어나서 창 쪽으로 갔다. 창 밖을 보니 구급차가 여러 대 있었는데 성 ○○병원이라는 글씨가 보였다. Z는 병실문을 열고 복도로 나가 보고서야 알콜중독 치료기관인 것을 알게 되었다. 연고가 없는 부랑자들을 수용하고, 알콜 중독자를 치료하는 가톨릭 재단의 병원이었다. 어리둥절해진 Z는 자신이 어느 방에서 나왔는지 방향을 잃었다. 간호사 수녀에게 도움을 청하고 퇴원을 시켜 달라고 했다.

　Z가 알게 된 놀라운 사실은 Z의 가족들이 Z를 부인하였다는 것이

었다. 그 순간부터 Z는 급식소의 수녀님에게 골칫덩어리가 되었고 병원으로 바통이 넘겨진 것이다. Z가 그 병원에서 받은 진단은 '분노 조절 장애'였다. Z의 육신은 지체 장애이고, 정신은 분노 조절 장애인 것이다.

심신이 장애로 이루어진 Z는 병원 침대에 누워서 결심했다. 어차피 세상의 모든 것은 자신과는 무관하게 돌아가고 있으니, '아무것도 하지 않으리라'라고. 그는 자신의 목숨이 붙어 있는 동안에는 어떻게든 생명 유지를 위한 숙식이 제공되는 시스템 속에 들어왔으니 '무위'를 즐겨 보리라 생각했다. 가끔 '분노 조절 장애'에 걸맞는 행동을 보여주기만 하면 삶은 유지될 것이다.

Z는 마음이 가벼웠다. 가족들에 대한 섭섭함도 없었다. 아니 오히려 관계로부터 자유로워짐이 좋았고 얼마간의 시간이 평화롭게 흘렀다. 병동에서 여러 환자들을 관찰하고 분석해 보는 것이 Z는 흥미로웠다.

어느 날 Z는 동생이 해외의 신혼여행지에서 피살된 것을 텔레비전 뉴스를 보고 알게 되었다. Z는 갈등했다. 가슴 밑바닥에 묻혀 있던 그리움과 죄책감이 고개를 들었다. 그러나 Z는 자신의 현재 상태에 변화가 생기는 것이 꺼려졌다. 어차피 동생은 죽었고 부모님의 슬픔은 자신들의 몫이라서 Z가 나누어 가질 수도 없는 것이었다. 각자가 자신의 몫만큼 슬퍼하고 아파하는 것이니까. Z를 찾고 싶으면 가족들은 얼마든지 찾을 수 있을 것이지만, 그들은 그렇게 하지 않았고 심지어 그를 부인하고 버렸다. Z가 괴로워 할 일은 아니다.

Z는 자신의 감정들을 재정리하고 다시 가슴 밑바닥으로 묻었다.

그렇게 시간은 흘렀고 Z는 지난달에 이곳으로 오게 되었다. 병원들마다 수용 인원은 제한되어 있는데 환자는 차고 넘쳐서 만원 사태가 계속되고 있었지만 Z는 지체부자유인 점이 병원에 머물 수 있는 우선 조건이 되었다.

Z는 심리학을 공부했기에 사람들의 사소한 행동에도 원인이 있음을 잘 안다. Z는 입원 첫날부터 네일 아티스트에게 관심이 갔다. 그녀의 왜곡된 내면이 훤히 보이는 듯했고 그녀와 자신이 소통이 잘될 것 같은 확신이 들었다. 사람의 감정은 서로 통하는 것이라더니 네일 아티스트도 Z에게 호감이 갔다.

두 사람은 모두 가족을 버리고 가출을 한 것부터가 공통점이었다. 두 사람은 성별이 달라서 같은 공간에서 할 수 없는 몇 가지를 제외하고는 거의 붙어 지냈다. 끝없이 대화가 이어지고 서로를 이해하고 위로하며 시간을 보냈다. 그들은 서로가 이성이라는 사실을 그다지 의식하지 못하고 있었다. 그렇게 그녀와 그는 한 나무의 줄기들같이 같은 정서적 뿌리를 가지고 있는 서로를 느끼고 있었다.

네일 아티스트는 다섯 살 아래의 Z가 오빠같이 느껴질 때가 있었다. Z도 네일 아티스트가 철없는 여동생같이 느껴졌다. 여러 모로 두 사람은 참 잘 맞았다. 그들이 이성의 감정으로 좋아했다면 화학 반응의 지배를 받는 기간이 끝나게 될 것이 두렵고 소유 욕구로 괴로웠으리라. 다행히 두 사람은 소울메이트답게 자유로웠다. 그러나 그들은 병동 안에서 관심의 대상이 되었고 요주의 인물들이었다.

고향으로 돌아온 은이

　서울의 병원에서 퇴원을 하고 내려가서 다시 입원을 하게 된 부산의 정신병원은 상태가 심각한 환자가 많았다. 그리고 강박실의 형태가 변형된 독방이 몇 개 있었는데, 오직 침대와 감시 카메라만 있었다. 침대에 묶어 두지는 않지만 비인간적이기는 마찬가지였다. 그리고 모든 환자에게 식사 때 숟가락만 제공이 되었고 젓가락은 볼 수 없었다. 창문이란 창문은 모두 폐쇄가 되어 있어서 외부를 볼 수 있는 그 어떤 틈도 없었고 환기 시설의 소음이 너무 요란해서 거슬렀다. 화장실은 매우 깨끗했는데 은이는 화장실의 청결 유지 비결이 청소 아줌마의 정성 덕분이라는 것을 알게 되었다.

　청소 아줌마는 하루에도 몇 번씩 병동에 들렀다. 타율에 젖어 밥벌이로만 일을 하는 사람의 행동과는 다른 성실함이 보였고 인상이 밝았다. 화장실을 청소한다는 것은 마음이 낮아져야 가능할 것인데 청소 아줌마의 표정과 태도가 그랬다. 화장실과 목욕탕을 이용할 때마다 청소 아줌마에게 절로 감사하는 마음이 생겼다.

이 병동에서는 네 명의 환자들이 한 방을 사용했다. 은이의 방은 복도의 중간쯤이었는데 옆방이 독서실이었다. 컴퓨터가 두 대 있었고, 젊은이들이 컴퓨터 게임을 하게 되면 독서에 방해가 되므로 음량을 줄이라는 경고문이 크게 붙어 있었다. 각종 조간신문과 잡지들이 충분히 비치되어 있었다. 서울의 병원보다 규모가 더 큰 전문 정신병원이어서인지 여러 가지로 시설이 더 좋았고, 환자들의 숫자가 많으니 증세가 심한 환자의 수도 비례적으로 많았다.

서울의 병원에는 밤과 낮의 구분이 있었다면, 여기는 밤낮의 개념 자체가 없다고 보아도 될 듯했다. 발작 증세의 환자들은 밤이 적합한 타이밍이라도 되는 듯 밤마다 사건을 일으켰다. 숙면을 취할 수가 없어서 아버지에게 귀마개를 사달라고 부탁해 귀를 막고 잤다.

은이는 규칙적인 생활을 하려고 애썼다. 틈틈이 스트레칭도 하고 텔레비전 뉴스와 신문도 빠트리지 않고 보았다. 무엇보다도 약을 잘 챙겨먹었다. 병동 안에서만 하는 생활이라고 해도 고향땅에 있다는 사실에 마음이 안정되었다. 이전에 병원에서 지내던 때와는 마음의 자세와 행동이 완전히 달라졌음을 은이는 스스로 느끼고 있었다. 은이가 쓰는 일기장의 그림에도 변화가 있었다. 밝고 따뜻한 색상과 부드러운 이미지가 은이의 정서를 반영하고 있었다.

이 병원에도 미술 시간이 있었다. 이곳의 미술 선생은 발랄한 20대 여자였다. 큰 키에 시원한 이목구비를 한 재기발랄한 선생이었는데, 환자들에게 인기 폭발이었다. 미술 시간이라기보다는 즐거운 오락 시간이었다. 은이도 그 시간이 즐거웠다. 손뼉을 치며 노래를 부르고 줄긋기 같은 게임도 하고 색종이 접기나 데칼코마니, 스크 레치화 같은 단순한 작업을 주로 했다. 초등학생들의 미술 시간 같 았는데 흥미로운 시간이었다.

서울의 병원에선 작업 후에 피드백 시간이 있어서 작품의 설명과 감상 시간이 있었고 그 다음 시간의 계획이 고지되어 있었다. 여기 서는 매주 어떤 프로그램이 있을까 궁금해 하는 재미가 있었고 피 드백 시간이 없으니 그냥 무심히 즐길 수가 있었다.

은이는 서울의 미술 선생이 힘들게 사는 것 같아 안쓰러운 마음 이 들었다. 미술 선생은 매사가 너무 심각했고 환자들을 지나치게 정상인처럼 대했던 것 같았다. 나이가 주는 무게감도 있겠지만, 서 울의 미술 선생도 낙천적인 성격이 아니었던 것이다. 언니같이 느 껴지던 미술 선생이 문득 그리웠다. 미술실의 풍경이 눈에 선했다. 벽화 작업을 했던 시간들도 그리웠다. 명수와 철희는 언제까지나 기억에 남아 있을 것이었다. 산발녀는 어떻게 지내고 있으며 그녀 는 앞으로 어떻게 될까?

은이는 이제 사흘 뒤에 퇴원을 할 것이다. 여기에 입원한 지는 11 일이 지났다. 요즘 은이는 수학문제집으로 수학을 공부하고 있다. 자신이 할 수 있을 만한 일을 궁리하고 또 해봐도 밑천이 없이 시작 할 수 있는 일을 찾을 수가 없었다. 자신이 잘했던 수학으로 과외를 해볼 요량으로 아버지에게 중학생용과 고등학생용 수학 참고서와 문제집을 부탁했다. 오랜 세월 담 쌓고 있던 공부였지만, 수학이란 유행을 따라 변하는 것도 아니고 속임수가 필요한 것도 아닌 정직

하고 견고한 학문인지라 잘해낼 수 있을 것 같았다. 처음엔 어설펐으나 며칠 공부를 하다 보니 재미가 있었다.

은이는 공부, 특히 수학에 소질이 있었다. 과외를 잘할 자신은 있지만 은이가 정신질환자라는 사실을 알게 된다면 아이들을 믿고 맡길 수 있는 부모가 있을지가 걸림돌이었다. 아버지에게 사전 부탁을 해놓았는데 아직 좋은 소식이 없다. 은이의 아버지는 오랫동안 시청의 공무원으로 일하다 몇 년 전 퇴직을 했는데 인품이 좋아서 주변의 신뢰가 두터웠다. 은이의 어머니도 젊은 시절에 초등학교 교사를 했었다. 은이가 정신병동을 들락거린다는 소문에 이웃들은 언제나 안타까워하는 온정을 보였지만, 이면에는 경계를 늦추지 못하는 두려움도 있었다.

은이는 자신이 세상의 편견과 차별을 이겨내야 한다는 사실을 잘 알고 있었다. 만약 수학 과외를 할 수 없게 된다면, 무슨 일을 해야 할지를 끊임없이 생각했다. 자신이 가진 조리사자격증으로 취업을 할 수 있으면 좋겠지만, 경력도 없고 더구나 정신 건강에 문제가 있기에 불가능한 일일 것이다. 각종 증명서가 필요치 않은 허드렛일과 아르바이트밖에 할 만한 것이 없는 게 현실이었다. 그냥 고향을 멀리 떠나서 자신을 숨길 수 있는 곳에 가서 살아 볼까도 생각을 해 보았지만 부모님에게 너무 큰 걱정을 끼치는 일이 될 것 같았고 비굴하게 현실 도피를 하는 것이라는 생각이 들었다.

은이는 자신의 마음을 다지고 또 다졌다. 호르몬을 이기고 나만의 꿈을 꾸는 일이 너무 힘겹더라도 좌절하지 않겠다고 결심을 다지면서 체력 향상을 위해 스트레칭과 근력 운동을 했다. 식사도 잘 챙겨먹고 약도 꼬박꼬박 먹었다. 자신에게 든든한 부모님이 계시다는 사실이 참으로 감사하다는 생각이 들 때마다 서울의 불쌍한 산발녀가 떠올랐다.

부산의 병원에서 은이의 담당 주치의는 40대 후반의 여의사였다. 의사는 은이에 대한 정보를 정성껏 검토하고 있었고 서울의 의사가 특별히 보낸 소견서에도 충분히 공감을 했고 수긍을 했다. 의사는 마음이 매우 너그럽고 따뜻한 사람이었다. 레지던트 2년차에 결혼을 해 네 명의 아이를 낳았다. 주변에선 힘든 삶을 자처한다고 안타까워했지만, 의사의 생각은 달랐다. 그녀는 자신이 직업을 가졌기에 아이들에게 주 양육자의 역할을 충분히 하지 못하는 상황이니 형제들끼리 정을 나누며 서로 힘이 되는 환경을 만들어 주고 싶었다. 육아를 하며 힘겨운 상황도 많이 겪었지만 지금 그녀의 자녀들은 행복지수가 높은 아이들로 성장했다.

의사는 은이와 퇴원 전에 하는 면담을 위해 면담실에 앉아서 혼자 커피를 마셨다. 정해진 면담 시간보다 좀 일찍 들어와서 환자를 기다리는 것이 의사의 오랜 습관이며 방식이었다. 은이의 차트를 꼼꼼히 다시 체크하고 발병 연도를 보며 혀를 끌끌 찼다. 이렇게 긴 시간 동안 병원을 들락거렸으면 집안에서 어지간한 애물단지가 되었을 것이다. 그녀는 정신질환에 대한 사회의 편견과 무지가 언제나 답답했다. 초기 발병 때에 잘 관리가 되었다면 이 환자도 제대로 살 수 있었을 텐데, 이렇게 긴 세월을 잃어버리고 살았을 것에 대해 안타까운 마음이 들었다.

면담 시간이 되자, 똑똑 하는 노크 소리와 함께 은이가 들어왔다.

"앉으세요. 김은이 씨. 컨디션은 어때요?"

"네, 좋습니다. 운동을 하면서 체력 관리를 하고 있습니다."

"무슨 운동을 하세요?"

"텔레비전에서 배운 스트레칭하고 맨손으로 하는 근력 운동을 몇 가지 하고 있어예. 점점 체력이 좋아지는 것을 느낍니더. 운동이 참 좋은 것 같아예."

"아주 잘하셨네요. 약은 물론 잘 챙겨 드시겠죠?"

"예, 제가 지난 세월 동안 약만 제대로 먹었어도 이렇게……."

은이는 울컥해지는 기분을 억누르려고 애썼다. 이 면담실이라는 공간은 언제나 묘하게도 눈물을 부른다.

"김은이 씨는 전공이 뭐예요?"

"지는 ○○대학교 공대 출신입니더."

"아, 그렇군요. 혹시 고등학교는 어디 졸업하셨어요?"

"○○여자고등학교입니더."

"이런, 고등학교와 대학교 모두 저와 동문이군요. 김은이 씨도 공부를 잘하셨나 보네요. 졸업하고 무슨 일을 하셨지요?"

"○○회사에서 일했어예. 퇴원하면, 독립을 해야 하는데 나이도 있고 정신병자 딱지가 붙어서 취직도 못 하니까, 수학 과외를 해볼라꼬 지금 공부중입니더. 과외생이 안 구해지면 막일이라도 해야지예."

"오랜만에 하는 공부가 잘되던가요?"

"예, 처음에는 중학생 문제집도 어설프고 낯설데예. 며칠 만에 고등학생 수학 문제집 풀고 있습니더. 저는 수학은 원래 좋아하고 남

214

한테 져 본 적이 없습니다."

수학 과외라는 말에 의사는 자신의 중학교 2학년 막내딸이 생각
났다. 수학이 어려워서 과외를 해도 힘들어 하는 애가 언제나 안쓰
러웠다. 의사도 학창 시절에 수학을 못 하지는 않았지만, 은이가 수
학을 잘한다니 부러웠다.

"김은이 씨, 과외생이 쉽게 안 구해지면, 실망스러워서 어떡해요?
빨리 일자리를 구하려고 서두르다 보면 스트레스가 심해질 텐데요."

"쉽게 구해지지는 않을 겁니더. 시간이 좀 걸릴 거라고 봅니더. 영
영 잘 안 될 수도 있고예. 그렇게 되는 것도 제 팔자이고 운이니까
맞춰서 살아야 되겠지예. 시간제 아르바이트 같은 거라도 해야지예.
힘쓰는 일 빼고는 뭐든 해야 독립을 하지예."

"그렇죠? 세상일이 쉽지가 않아요. 김은이 씨는 다른 사람들보다
무거운 짐을 하나 더 지고 살아야 하니까 당연히 힘들 것이고 숱한
실망감도 느끼겠죠? 원망하는 마음이 들기 시작하면 분노가 쌓이
고 포기하고 싶은 유혹에 빠질 수도 있어요. 일단 서두르지 않기로
해요. 서울의 의사 선생님 의견으로는 김은이 씨가 자신의 주기를
잘 조절할 것이고 완치가 가능할 것이라고 하셨어요."

의사는 환자들과의 면담을 중시했다. 좋지 못한 환경에서도 병세
를 이겨내고 자신을 잘 조절하려면 자신의 병의 특성과 세상과의 관
계를 명확히 인식할 수 있는 능력이 중요하므로 면담을 통해서 반
복 체크를 했다. 의사는 은이를 믿어 보기로 했다. 서울의 의사처럼.

면담을 하고 사흘 뒤에 은이는 퇴원해서 친정집으로 왔다. 결혼을

한 후 떠났던 친정으로 돌아오게 된 것이다. 결혼 전에 부모의 자랑이었던 그녀가 많은 세월이 흐른 지금 정신병자라는 멍에를 지고 돌아온 것이다. 동생네 가족은 살던 아파트까지 홀랑 다 날리고 친정집에 들어와서 살고 있었다. 친정집은 군데군데 수리를 했으나 옛 모습 그대로였고, 세를 주었던 이층에는 동생네 가족이 들어왔다.

은이의 아버지는 제법 넉넉한 노후자금으로 걱정 없는 노후를 계획하고 있었지만 자식들로 인해 차질이 생기게 되었다. 그러나 노인은 가족들에게 씩씩한 모습을 보이려고 애썼다. 무엇보다 은이가 완치가 될 수도 있다는 희망이 생겼기에 노인은 잘 버틸 수 있었다. 천진난만한 어린 손자들의 재롱도 위안이 되었다. 퇴원하는 날 저녁식사는 마치 잔칫상 같았다. 은이의 동생과 올케는 착한 심성을 지녔어도 정신 병력의 누나 앞에서 마냥 편할 수는 없었다. 올케의 불안함을 눈치챈 은이는 식사 후에 그녀와 따로 차를 마시며 대화를 했다.

"올케, 오늘 음식 준비한다고 수고했제? 무슨 벼슬하고 온 것도 아닌데 잔칫상이라서 민망하더라. 오랜만에 가족들이 모이니까 엄마가 마음을 많이 쓰신 것 같네. 올케 니도 사업 때문에 돈고생을 많이 했을긴데……. 돈은 운이 있으면 또 벌 수 있을끼다. 마음을 크게 묵어라. 그라고 나를 너무 무서워 안 해도 된다. 약을 잘 먹고 있기도 하고 조만간에 내 앞가림은 내가 할 수 있을끼다. 혹시 주변에 과외할 만한 중고등학생이나 있나 좀 알아봐 주라."

"네, 고맙습니다. 애들 아빠가 용기를 잃지 않았으니까 곧 저희도 잘 될 낍니더."

은이의 올케는 형님이 무섭지 않다는 말은 형식적으로라도 차마

할 수가 없었다. 그녀는 시누이가 무섭고 찜찜했다. 자신들의 어린 자식들도 차마 맡길 수가 없을 것 같았다. 게다가 시누이는 자신의 처지도 못 헤아리고 과외를 하겠다는 어처구니없는 생각을 하고 있다니 아직 아픈 것이 틀림없다고 생각되었고 남편의 일이 빨리 잘 되어서 이 집을 떠나야만 한다고 생각했다.

"나도 내 인생이 이렇게 풀린 게 믿기지가 않는데이. 여태까지 맨날 병원에 입원을 안 할라꼬 발버둥을 쳤고, 입원을 하고 나면 퇴원만 하면 끝난다는 생각으로 살았다 아니가. 사람들이 못 미더워서 약도 안 먹고 엄청시리 버리고 그랬거던. 올케가 시집 올 때 내 모습 생각 나제? 올케 결혼하고 그 다음 해에 우리 둘째 낳고 내가 병원에 갔다 아니가. 나는 결혼하기 전으로 돌아가고 싶다. 진짜로 내 인생을 다시 시작할 수 있으면 좋겠다."

"형님, 과외보다는 다른 일을 해보는 기 안 낫겠어예?"

"안 그래도 정신병동에 있다가 온 사람한테 누가 자식을 맡기겠노 싶다."

올케는 시누이가 완전한 정상 같기도 하고 의심스럽기도 해서 헷갈렸다. 마치 폭탄이라 이름 지어진 물건을 들고 있는데, 진짜인지 가짜인지 알 수 없어서 어쩌지 못하는 것과도 같은 마음이었다.

"해보기도 전에 포기부터 할 수는 없으니 좀 기다려 보고 안 되면, 다른 일을 하면 된다. 세상이 어디 그리 내 맘같이 쉬울꼬. 그래도 학생들만 맡겨 주면, 나는 잘 가르칠 자신이 있는데……."

"형님 머리 좋고 공부 잘하는 것은 다들 잘 알지예. 집안이 머리가 다 좋다 아입니꺼. 지도 애들 아빠가 머리가 좋아서 얼른 결혼했지예. 우리 애들도 공부를 잘했으면 좋겠어예.”

“잘할끼다. 유전이라는 게 있다 아이가.”

은이는 자신의 입에서 유전이라는 말을 뱉고는 잠시 멈칫했다. 정신질환은 유전인자가 없을까? 하고 의문이 생겼다. 자신의 아이들과 조카들이 갑자기 염려가 되었고, 집안의 조상들을 거슬러 올라가 생각해 보았다. 은이의 올케도 동시에 똑같은 생각을 하고 있었다. 정신질환은 누구에게나 ‘두려움’ 그 자체인 것이다.

“올케야, 내 병명이 뭔지 아나?”

“정신분열증 아닙니꺼?”

은이의 올케는 정신질환이 곧 정신분열이란 것으로 인식하고 있었다. 그냥 미친 사람, 이상한 사람으로 분류된 이들을 ‘정신분열’ 또는 ‘사이코’라고 총칭했다.

“아이다. 그라고 요새는 정신분열이라 안 하고 조현병이라 칸다. 나는 조현병이 아니고 조울증, 양극성 장애라고 한다. 비교하면 좀 우스울란가 모르겠다만 조울증은 약으로 잘 다스리지기 때문에 조현병보다는 예측이 잘되고 주기만 잘 맞추면 별 문제없이 살 수 있다. 의사 말로는 호르몬 불균형이 원인일 가능성이 많다고 하더라. 요새는 초기에 치료하고 관리하면 완치가 된다고 하더라. 내가 그동안 고생했던 것은 내가 교만해서 약을 제대로 안 챙겨 묵었고, 정확한 지식이 부족하니까 세상에 대해서 분노가 너무 많았기 때문인기라. 그라니까 유전이 될까 봐 걱정은 안 해도 된다. 내를 너무 무섭게 생각하지 말거라. 내는 요즘 내 몸에서 독이 빠져나가는 것 같은 그런 기분이다.”

"형님, 사실은 형님이 걱정이 됩니다. 전보다 많이 좋아지셔서 우리가 지금 이래 대화도 하고 있으니까 앞으로 완치가 되실 꺼라고 믿을게예. 앞으로 무서워하지 않도록 할게예. 약도 잘 드시고 몸도 건강하시야 됩니더."

올케는 심성이 여리고 착했기에 은이가 불쌍해졌다. 은이가 남편과 자식들과의 생이별을 한 것도 불쌍했고, 시누이의 가녀린 어깨와 움푹 들어간 뺨과 푹 꺼진 눈도 애처로웠다. 시누이를 꺼림칙해했던 것이 미안해서 자신이 친정엄마라도 되는 듯이 보약이라도 좀 해먹여야겠다고 생각했다. 은이와 올케는 오늘 두 사람이 서로 터놓고 얘기를 나눌 수 있게 되어서 다행이라고 똑같은 생각을 했다.

그날 밤, 은이는 7년간 정신병동을 드나들던 조울증 환자가 아닌, 남편을 잃고 애 둘이 딸린 과부도 아닌, 그냥 김은이라는 한 명의 여자가 세상에 새로 나서는 것 같았다. 세상의 거대한 시스템 속에 새롭게 적응해 갈 자신이 생기고 있었다. 자신의 가족들이 너무도 고맙고 소중했다. 이부자리를 펴고 엄마의 옆에 누웠는데, 믿기지 않는 편안함과 고요함이 어색했다. 저녁에 보았던 조카들의 귀여운 모습이 떠오르고 이내 자신의 아이들의 모습이 가물거렸다. 지금 이대로의 모습으로 아이들을 만나지는 않으리라고, 좀 더 안정되고 떳떳한 모습으로 만나서 아이들에게 부끄럽지 않은 엄마의 모습을 보여줄 것이라고 다짐했다. 은이는 조용히 되뇌었다. '호르몬을 이기고 내 꿈을 이루자.' 은이는 몇 년 만에 안락하고 평화로운 잠자리에 누워서 선풍기의 규칙적인 소음마저 정답게 느끼며 오랫동안 많은 생각을 하다 잠들었다.

민낯으로 만나는 세상

7월 중순의 이른 아침, 은이는 더운 공기를 느끼면서 땀을 닦으며 부산 앞바다를 내려다보았다. 멀리 바다에도 여름이 이글거리고 있었다. 언제나 익숙하고 변함없는 바다 풍경이지만, 바다가 고향인 사람들은 삶의 시원과도 같은 그 바다의 물빛으로부터 시시각각 다른 신비와 의미를 캐낼 수가 있다. 오랜만에 고향의 바다를 바라보며 새로운 꿈에 대한 설렘이 잔잔한 물결 위로 밀려오는 것을 보았다.

어젯밤 오랜만에 깊은 잠을 잤고 아침에 일찍 일어나서 아버지를 따라 가벼운 등산을 나섰다. 나지막한 야산이라 가볍게 오를 거라 생각했지만 숨이 몹시 찼고 땀으로 흠뻑 젖었다. 동네 뒷산에는 아침 등산객이 많았다. 낯익은 어르신들도 뵈었는데, 세월의 흐름이 놀라울 정도로 느껴졌다. 은이가 이 동네를 떠난 지가 11년이나 되었으니 그동안 은이도 중년이 되었고 어르신들도 노년이 된 것이다. 모르기는 해도 세상을 떠난 분들도 제법 있을 터였다.

"아이구, 은이야! 오래만이데이. 친정에 왔나. 건강은 어떻노?"

"예, 아저씨. 오랜만입니더. 여전하시네예. 아지매도 잘 계시지예?"

"야야, 내도 많이 늙었지머. 내가 올해 일흔네살이나 되었다. 우리 집사람은 작년 봄에 갔다. 겨울 내내 감기로 고생하다가 봄 되니 그냥 일어나지를 못하고 그 길로 가버릿다. 우리 딸내미가 니보다 두 살 밑이던가? 은이야. 니가 올해 몇이고?"

"제가 마흔두 살 되었습니더. 아저씨 딸은 저보다 한 살 밑이고예. 학교는 2년이 차이나지예. 갸는 잘 삽니꺼? 이뿌장했는데……."

"하모, 그렇네. 우리 사위는 판사다. 부산지법에 있다 아이가. 우리 큰아들은 서울에서 치과하고 작은아들은 미국 대학에서 교수하고 있다."

"아이구, 아저씨는 식사 안 하셔도 배부르시겠습니다. 자식들이 덩실덩실 잘되어 있으니 참 좋겠네예."

"허허허, 야야. 그런데 지금 딱 배고푸다. 은이야, 니도 오랜만에 만났는데 아저씨하고 아침 먹으러 가자."

"은이야. 저 영감이 자식자랑 많이 했으니 밥 얻어 묵자."

7월 중순의 날씨는 아침부터 만만찮게 더웠지만 마음은 마냥 즐거웠다. 은이의 사정을 뻔히 잘 알 텐데도 거리낌 없이 대해 주는 이웃의 배려에 용기가 생겼다. 아저씨는 아버지의 오랜 이웃이며 가끔 술친구가 되기도 했다.

"여름이라 복국은 맛도 없으니 그냥 매운탕하고 해장술 한잔 함세. 은이는 어떻노. 아저씨가 앞으로 맛난 거 종종 사 줄 거마. 허허."

등산로를 내려와 동네 어귀에 들어서니 식당들에서 맛있는 음식 냄새가 풍기고 있었다. 어제 아침까지 몇 달 동안 병원의 식판에 익숙해진 터라 식당의 수많은 그릇들에 정신이 다 없을 지경이었다. 어젯밤 집에서도 커다란 밥상이 부담스러웠다. 아저씨가 사주신 아침은 맛있었다.

"은이야, 많이 묵어라. 니가 서울에 가 있는 동안에 너거 아버지가 얼마나 마음을 쓰고 살았는지 모른데이. 인자 너거 동생도 세상 매운맛을 알았으니 야무지게 잘할끼다. 앞으로 아버지하고 같이 댕기면서 좋은 것 구경도 많이 하고 맛있는 것도 사 묵고 그래라. 우리 영감들이 살면 얼마나 더 살것노."

"아저씨, 우리 아버지 옆에 계셔 주시니 고맙습니더. 오래오래 사셔야지예. 제가 이제 병원 안 가도 될 것 같습니더. 우리 아버지가 저 땜시 힘드셨는데 이제 걱정 그만 시켜 드려야지예."

"하모, 그래야지. 니가 얼매나 총명한 딸인데."

"수학 과외를 해볼까 하는데 사람들이 저를 못 믿어서 학생을 못 보내겠지예? 아저씨, 기억하고 계시다가 말도 좀 잘해 주시고 소개도 좀 해주이소. 제가 일을 하고 돈이라도 좀 벌어야 사람 구실을 하고 살지예."

"그래, 야야. 서둘지 말 거래이. 살아 보니 시간이 약이라는 말이 맞더라. 너거 아버지 아직 니 먹여 살릴 힘은 있다. 안 그렇나? 친구야."

"허허허, 하모 우리 은이 이뿌게 살아갈 정도는 된다. 우리 은이가 좋아져서 내는 더 바랄 것도 없다마. 서울의 그 의사한테 연락이나 좀 해봐야겠다. 살다가 참 고마운 인연도 있는기라."

아침부터 반주를 드신 노인들은 기분이 좋아 보였다. 은이는 그들을 바라보며 쓸쓸한 정서가 밀려 왔다. '어느새 저분들이 저렇게 노인이 되었을까? 나는 지난 세월 동안 우리 아버지의 짐이었고 아픔이었으니 어떻게 다 갚아드려야 하나?'

"아저씨하고 아버지, 날씨도 더운데 약주 그만 드시지예. 집에 가서 좀 쉬셔야지예. 아버지, 엄마하고 올케가 기다릴 것 같아예."

"은이야, 나중에 저녁때 시내로 나온나. 아저씨가 퇴원 기념으로 새 핸드폰 사 줄 거마. 요새 새로 나온 거 있다더라. 내가 여태까지 니한테 해준 게 없다. 그래. 인자 일어서자. 자꾸 더워지면 걷기 힘들다."

"아저씨, 아닙니다. 이렇게 저한테 마음을 써 주시니 고맙습니다. 제가 열심히 사람 구실을 하고 살게예."

"그래, 야야, 힘을 내라. 얼마 전에 텔레비전에서 정신질환에 대해서 방송하더라. 우리가 생각하는 것하고는 많이 다르데. 어쨌든 세상이 니 마음하고 다르더라도 잘 참고 서두르지 말거라. 은이야."

뭉클뭉클 뜨거운 것이 가슴 밑바닥에서부터 올라왔다. 아저씨로부터 받는 인간다운 대접이 너무나 고마워서 울음이 나올 뻔했지만 꾹 참아냈다. 그리고 빨리 집에 가서 약을 먹어야 한다는 걸 떠올렸다. 아저씨와 헤어져서 아버지와 손을 잡고 집으로 향했다. 동네의 겉모습은 세월따라 많이 변했지만, 도로는 변함없이 굳건히 옛 자리를 지키고 있었다.

"아버지, 저 땜시 사람들한테 떳떳하지도 못하고…… 남의 눈치를 많이 보고 사시게 해서 죄송합니더. 다른 사람들은 자식자랑도 하고 사는데."

"은이야, 그런 생각들을 자꾸 하면 니 스스로가 힘들다. 아버지는 그런 거 신경도 안 쓴다. 진짜다. 고마 사람이 자기 사는 것만 열심히 하면 된다. 남들하고 비교하고 욕심내고 살면 끝도 없고 바보 같은 짓인기라. 좀 기다려 봐라. 요기조기 부탁을 해두었으니 과외가 생기면 그래 소일을 하면서 살면 되는기라."

집 근처까지 오니 대중목욕탕이 예전 그 자리에 있었다.

"아버지는 술을 드셨으니 그냥 집으로 가이소, 저는 땀을 너무 많이 흘려서 목욕을 좀 하고 갈게예. 목욕탕에 가본 지도 억수로 오래 되었네예."

"그라고 싶나? 그라모 너무 오래 있지 말고 빨리 오거라. 내는 먼저 집에 갈 거마."

아버지는 은이를 완전히 믿어 보기로 하고 혼자 집으로 왔다.

"아이구, 은이 아버지요. 은이는 어째 버리고 혼자 오는교? 아침부터 술도 한잔 한 거 보니 아침밥도 묵었나 보네. 애는 도대체 어쨌는교? 성하지도 않은 애를…… 쯧."

"은이가 왜 성치를 않노? 갸는 이제 정상이다. 김영감 만나서 아침 묵었다. 은이가 땀을 많이 흘릿다꼬 오랜만에 목욕탕 가고 싶다 캐서……."

"그래도 아직 혼자 어디 보내기는 불안커마는, 참."

"아이구, 안 그래도 은이가 약 묵을 시간이다. 당신이 약도 좀 챙기고 목욕탕에 한 번 가 보소."

은이의 엄마는 마음이 불안해져 약을 챙겨서 급히 목욕탕으로 향했다.

은이는 몇 년 만에 대중목욕탕에 오게 되어 어색했다. 몇 년 동안에 목욕탕의 풍경이 참 많이도 변해 있었다. 목욕탕 안에는 온갖 생필품과 식사를 비롯한 먹을거리를 파는 가게가 있고, 마사지샵, 네일샵도 있었다. 비치된 화장품과 드라이어 등도 예전 대중목욕탕에서는 볼 수 없었던 물건들이다. 몇 년 새 목욕탕은 참 편해 보이고 여유가 있어 보이게 변했다.

여름 아침 시간인데도 제법 많은 아줌마들이 모여서 수다를 떨고 있었다. 사우나실에도 욕조에도 마치 온동네 아줌마들이 반상회를 하는 듯 삼삼오오 짝을 지어 있었다. 이상하게도 한결같이 분홍색 랩 같은 비닐을 허리에 감고 있었다. 자기의 배를 마구 두드리고 꼬집어 가며 수다 꽃을 피우는 풍경이 낯설고 우습기도 했다.

욕조를 향해 걸어가자 은이를 알아본 몇 명의 아줌마들이 알은체를 하고는 은이가 눈치를 챌 정도로 피하는 모습들이었다. 슬금슬금 곁눈질을 하며 수군대기까지 했다. 목욕탕에 온 것이 후회가 되었다. 그냥 다시 나가 버리기도 어색했고 따가운 시선을 받으며 들어서기도 힘겨웠다. 그들에게 관심의 대상이 되는 것에 대해 예전과는 다르게 분노보다는 차라리 슬픔이 차올랐다. 자신이 편히 있을 곳은 정신병동의 입원실밖에 없는 것인가 하는 생각마저 들었다. 자신에게 잘 참자고 다짐하고 무심한 척 아줌마들 앞을 지나면서 목례를 하고 온탕에 몸을 담갔다. 물은 매우 따뜻했지만, 마음은 쳐다보고 있는 아줌마들의 차가운 눈초리만큼이나 서늘해지고 있었다.

은이는 아줌마들을 바라보며 생각했다. 엄청난 부피의 몸집들을 적나라하게 드러내놓고, 오전 한때를 목욕탕에서 수다로 시간을 보내는 저 여인네들은 정신적으로 정상인으로 분류된 자들이다. 차별하는 시선을 보내며 숙덕거리는 저 여인들과 은이 자신은 마치 다른 인류이기라도 한 것 같은 느낌이다.

이제까지 정신병동에서 만났던 수많은 환자들이 생각났다. 대부분의 환자들은 사람들에게 끊임없이 배척을 당한 경험이 있기에 인간 관계라는 것을 고통 그 자체로 느끼는 듯했다. 정신병동의 그들은 삼삼오오 무리를 짓지 않으며 뒷담화를 아예 할 줄 모른다. 그래서 정신병동은 마치 고립된 섬 같기도 했다. 자신만의 세계에 갇혀 있는 모습들은 망망대해에 떠 있는 외로운 섬들과도 같았다. 은이는 탕 속에서 뿜어져 나오는 물방울에 시선을 고정시키고 저들과 정신질환자들의 다른 점은 도대체 무엇일까 의문스럽고 답답한 생각에 잠겨 있었다.

은이의 엄마는 탕 속에서 생각에 잠겨 있는 딸을 보자 반갑고 안심이 되었다. 오랜만에 딸의 등도 밀어 줄 겸 유리문을 열고 들어서니, 이웃 여자들이 알은체를 했다. 은이를 보고 수군대던 여자들은 은이의 엄마를 보자 안도감과 동시에 또 다른 구경거리라도 생긴 듯 모녀에게 시선을 쏟아냈다.

"은이야, 밖에 잠깐 나가서 약을 묵고 들어오자. 아버지가 약 가지고 가 봐라 해서 이리 왔다. 온 김에 같이 때도 좀 밀고 가자. 호호."

"옴마야, 맞다. 내가 약을 깜빡 했네. 어쩨 이리 정신이 없을꼬."

바로 옆에서 모녀의 얘기를 엿듣던 동네 여자는 속으로 정신병자
가 자기 입으로 정신이 없다고 말하는 것이 못내 우스웠고 믿기지
않았다. 은이 모녀가 밖으로 잠깐 나간 사이에 그들은 은이에 대한
각자의 정보를 얘기하느라 떠들썩했다. 그것은 한 떼의 벌이 한 송
이의 꽃을 집중 공략하는 모습과도 같았다. 은이 모녀가 다시 들어
오자 그들은 대놓고 어색한 기류를 만들며 일제히 침묵했다. 그녀
들은 인간에 대한 예의를 잃고 있었다. 정신병자에게는 그리하여도
마땅하다는 듯이 거리낌이 없었다. 은이 모녀는 그 모든 것을 몸과
마음이 모두 알몸인 상태로 온전히 느낄 수 있었다. 자신들과 세상
사람들 사이에는 평생 없어질 수 없는 단단한 장벽이 있다는 것을
다시 깨닫게 되었다.

"은이야, 뒤돌아 앉아 봐라. 등 밀어 줄게."

은이는 엄마까지 동네 사람들에게 눈치를 받는 것이 편치 않았다.
빨리 집으로 돌아가고 싶었다. 오늘 목욕탕에 온 것은 자신의 실수
라고 여겨졌다. 여름날 평일 오전에 이렇게 많은 사람이 목욕탕에
있으리라고는 예상을 못 했던 것이다.

"엄마, 저 여자들은 맨날 저렇게 삽니꺼? 어지간히도 시끄럽네.
할 일도 별로 없고 시간이 억수로 많은 팔자가 좋은 여자들인갑네.
배에 감고 있는 비니루는 또 뭔고? 목욕탕에 온갖 것이 다 있고, 저
여자들 놀이터 같네예."

"그래, 팔자 좋은 여자들이제. 저리 살면 스트레스가 없을란가?

낮에 식당에도 가 봐라. 온데에 여자들뿐이다. 저 봐라, 뱃살 뺀다고 비니루를 감고 사우나하고 난리제."

"엄마, 그냥 집에 가입시더. 여자들이 아까부터 쳐다보며 쑥덕거리는데 동물원의 원숭이가 된 것맨치로 기분이 별로네예."

"야야, 무슨 소리고. 그냥 씻고 가자. 저거들도 잠깐 저러다가 시들해질끼다. 신경 쓰지 말고 살자. 일일이 신경 쓰고 눈치 보면 살수가 없다. 내 보기에는 배를 두드리는 꼴이 제정신이 아닌 거 같구면. 배를 저리 두들겨서, 쯧쯧."

모녀는 참으로 오랜만에 서로의 등을 밀어 주며 피붙이의 맨살에서 애잔한 정을 느꼈다. 목욕을 마치고 간식도 먹고 마시며 앉아서 텔레비전도 보았다. 엄마의 말대로 동네 여자들은 처음과 달리 무심해진 듯 잔잔해 보였다. 곧바로 집에 가지 않고 엄마와 목욕을 하기를 잘했다고 생각했다.

"은이야, 니도 저거 한번 해볼래?"

네일샵을 바라보며 엄마가 말했다. 손님이 없는 틈에 자기 손톱을 다듬고 있는 네일 아티스트를 보며 서울 병원의 그녀, 네일 아티스트가 생각났다. 이어서 그곳의 풍경이 떠올랐고 액자 같던 미술 작업실의 창문도 생각났다. 엄마에게 서울 병원의 네일 아티스트에 대한 얘기를 했다. 엄마는 네일 아티스트의 '재수없는 도둑년'이라는 말에 진심으로 화를 내며 '나쁜 년"이라고 했다. 두 모녀는 서로 바라보며 웃고 말았다. 내친김에 서울 병원에서의 생활을 기억나는 대로 이것저것 얘기해 주었다. 명수의 얘기를 듣고 엄마는 눈물까지 내비쳤다. 철희의 얘기를 하는 도중에 엄마는 자신의 지인도 의

처증이 있다며 그 집의 사연을 한참 얘기했다. 엄마는 은이의 손을 만지작거리며 얘기에 열중하다가 다시 말했다.

"은이야, 니도 저기서 손톱 한번 꾸미 보자. 내사 늙어서 못 하것다마는 니는 손도 이뿐데 한번 해보자."

"참내 엄마는 무슨 대리만족이라도 할라고예? 내가 갈 곳도 없는데 무슨 손톱에다가 돈을 쓰고 그랄낍니꺼. 됐어예. 인제 집에 가입시더."

"와 갈 곳이 없노? 엄마하고 내일 시내에 나가자. 니 나이가 인제 사십 갓 넘었다. 한창때인데 좀 꾸미고 이쁘게 살아라. 대학 졸업하고 바로 시집 가서 고생만 하다가…… 아이다. 엄마가 주책이제. 좋은 생각만 하고 힘내서 살면 된다. 우리 딸내미 홧팅이다. 알았제?"

엄마는 북받치는 감정을 누르고 딸을 격려했다. 은이는 엄마를 기쁘게 해드리고 싶었다. 네일샵 쪽으로 가서 가격을 물었다. 종류에 대해 하도 복잡하게 설명을 해서 알아들을 수가 없었다. 제일 간단하고 가격도 낮은 것을 물어보고는 해달라고 하였다. 엄마는 신이 나서 은이의 옆에 앉았다. 은이는 손가락이 가늘고 길었고 손톱의 모양도 예뻤다. 엄마는 자신의 쭈글쭈글한 야윈 손으로 은이의 손등을 쓰다듬으며 많은 매니큐어들 중에서 예쁜 색을 고르고 또 골랐다.

엄마는 은이를 시집 보낸 후 참 많이 울었고, 딸이 아까워서 분노했던 적이 많았다. 많은 시간이 지났지만 아직도 딸이 결혼을 하지 않았다면 발병을 하지 않았을 것이라고 믿고 있다. 처음 발작 후에 정신병원으로 보내자고 한 사돈집에 대해서도 수없이 많은 원망을

했었다. 맨 처음 정신병원으로 면회 갔을 때의 충격은 아직도 생생하다.

은이는 그때 야생의 짐승과 다를 바 없이 날뛰고 있었다. 결혼 후 끊임없이 받아온 스트레스와 조산으로 인한 충격으로 힘겨웠던 딸은 한계지점에서 발작으로 자신을 보호하고자 했으리라. 병원 입원 이후에 은이는 격한 감정 상태가 되어 분노하기도 하고 에너지가 넘쳐 잠도 자지 않고 수많은 일을 계속하기도 했다. 그러다 어느 날엔가는 잠만 자고 잘 먹지도 않으며 울기 시작했다. 마치 기억상실증에라도 걸린 듯 매사에 무심하고 생의 끈을 놓아 버린 듯 위태로워 보이기도 했다.

몇 년 전, 잦은 입원과 퇴원을 해대던 그때에 비하면 은이는 지금 놀라울 정도로 안정적이다. 과거를 지우고 은이를 대한다면, 지금은 정상인과 다를 것이 없을 정도이다. 아니, 정상인 중에서도 지극히 사려 깊고 온정적인 편에 속한다고 볼 수 있을 것이다.

은이의 손톱은 연한 핑크색과 서비스로 붙여 준 몇 개의 반짝이로 빛나고 있었다. 은이도 손톱이 마음에 들어했다. 은이의 엄마는 흐뭇했다. 딸의 구겨지고 짓이겨진 지난 시간을 이제부터라도 복원시켜 줄 수 있을 것 같았다. 사위와 이혼 상태가 되어 친정으로 데려오게 된 것이 수렁에서 건져낸 것 같이 다행스럽게 느껴졌다.

모녀는 목욕탕에서의 휴식을 마치고 바깥세상의 더운 공기 속으로 나왔다. 반짝이는 손톱만큼이나 은이 모녀의 가슴속엔 희망과 사소한 행복에 감사하는 마음이 일렁거리고 있었다. 두 사람은 손을 잡고 꿈결같이, 깃털같이 가벼운 걸음으로 집을 향했다.

세상의 모든 정신병자

자동차 앞 유리창으로 가을 햇살이 내리고 있었다. 지난여름 동안 해는 저 유리창을 녹일 기세였다. 가을이 되면서 햇살은 팬케이크를 굽는 프라이팬을 데우듯이 은근해져서 유리창에 내려앉고 있었다. 켜놓은 FM에서는 가을을 알리는 노래들, 오직 가을 노래들만이 흘러나오고 있었다. 누구라도 가을의 서정에 동참하지 못한다면 방송은 청취불가라도 선언해야 할 듯, 세상에는 오직 가을 노래만이 있는 듯 그렇게 가을을 불러댔다. 오늘도 금요일의 복잡한 도로를 긴 시간에 걸쳐 통과해야만 했다.

영이는 집 근처의 한강변으로 차를 향했다. 점심때가 훨씬 지나 있었지만 배가 고픈 것도 잊었다. 머릿속과 마음속이 복잡했고 지금 간절히 필요한 건 '고요함'이었다. 차를 세우고 그늘진 벤치에 앉아 강의 풍경을 바라보았다. 건너편 강변도로에는 차량이 매우 많았고 속도도 더뎌 보였다. 강물은 햇살이 좋은 날이면 언제나 보이는 수많은 물비늘들로 반짝이고 있었고, 수상 스포츠를 즐기는 사람들도 있었다. 둔치에는 간간히 산보를 하는 사람들과 씽씽거리며 자전거를 달리는 사람들이 있었다. 큰 소리로 음악을 틀고 자전거를 타며 지나가는, 젊어 보이지만 할아버지가 틀림없을 사람이 듣고 있는 노래는 '가을을 남기고 떠난 사랑'이었다. 휙 하고 앞을 스쳐 가며 그 자전거가 남기고 간 몇 음절은 그 유명한 여가수가 부르지 않고 누군지 모를 남자 가수가 구성지게 부르고 있었다. 자전거를 타고 지나는 그 남자도 가을에 동참하고 있는 것이다.

오늘도 변함없이 금요일의 시간을 병동의 환자들과 함께 했는데, 그동안 한 번도 참석하지 않았던, 매번 복도를 끊임없이 왔다갔다 걷기만 하던 남자 환자 E가 참석을 했다. 영이가 처음 이 병동에 왔을 때부터 계속 보아 온 환자였다. 퇴원을 하지 않고 장기간 입원을 하고 있는 것과 쉬지 않고 기계처럼 복도를 왕복하는 그가 의문스러워 보였는데 어쩐 일인지 미술 시간에 들어온 것이다.

E는 체격이 워낙 커서 작업실이 가득 찬 것 같은 느낌이었다. E가 걸터앉은 의자가 매우 작아 보일 지경이었다. 그는 말을 하지 않았다. 상대방의 말을 귀담아 듣기는 했으나 대답은 말이 아닌 다른 수단으로 했다. 영이는 그가 언어장애가 있을지도 모른다고 생각했다. 이름을 물어 보니 스케치북에 자신의 이름을 썼다. 작업의 설명을 유심히 듣는 듯했고 부지런히 손을 놀리며 그림을 그리기 시작했다.

오늘의 주제는 '가족'이었다. 사람들과의 관계를 힘들어 하는 환자들에게는 적합하지 않은 주제일 수도 있었지만 환자들의 마음에 따뜻한 추억을 회상해 보는 기회를 만들어 보고 싶은 의욕이 앞서서 정한 주제였다. 일곱 명의 환자가 참석해서 인원도 적당했고 작업의 진행 과정도 좋았다. E도 열심히 작업을 했다. 부모님도 그리고 형제들과 조카들도 그렸다. 크레파스로 아동화같이 표현을 했지만 정성껏 그렸다. E의 옆에서는 고등학생인 소년이 가족을 그렸다 지우기를 반복하고 있었다. 결국 그림을 버리고 다시 그리겠다고 했다.

"가족이라는 제목이 맘에 들지 않는군요? 그냥 그리고 싶은 것을 마음대로 그리세요."

"컴퓨터를 그리는 것이 좋겠어요."

"그렇게 하세요. 재료를 맘대로 선택하세요. 혹시 스티커가 필요하면 드릴게요."

영이는 아직 성년이 되지 않은 고등학생이 청소년 정신병동이 없어서 어른들과 함께 입원해 있는 것이 안타까웠다. 어리니까 컴퓨터를 그리면서 스티커를 이용해 재미있게 작업을 할 수 있게 해주고 싶었다.

소년은 생활보호대상 가정의 자녀였다. 사회경제적 지위가 낮은 가정의 맞벌이 부모로부터 충분한 양육과 관리를 받지 못하는 환경에서 쉽게 컴퓨터 게임 중독에 빠졌던 것이다. 소년은 컴퓨터를 의인화해서 표현했다. 컴퓨터 그림을 그리다가 소년이 스티커를 이용하겠다고 해서 영이가 열쇠 꾸러미를 들고 서랍의 자물쇠 번호와 열쇠 번호를 맞추려는데, E가 소리를 지르며 벌떡 일어섰다. 그리고 의자를 번쩍 들고는 누군가를 공격하려는 듯 흔들어댔다.

공포의 순간이었다. 이 병동에서 처음 당해 보는 일이었다. 영화나 드라마 속에서 위험한 정신병동을 묘사하게 된다면 아마도 이런 장면일 것이었다. 영이는 자기도 모르게 소리를 질렀다. 보호사가 들어왔고 E는 양쪽 팔을 붙잡힌 채 저항하며 거친 숨을 몰아쉬었다. E는 체격이 크다 보니 그의 동작 하나에도 공기의 파장이 느껴질 정도였다. E가 작업실을 나가고 나서 다리가 후들거렸다. 영이만 놀라서 흥분을 했을 뿐 다른 환자들은 그다지 동요하지 않고 이내 자신들의 작업에 몰두를 하고 있었다.

E는 40대로 보였지만 실제 나이는 쉰두 살이었다. 그가 젊었을 때 집에 강도가 들어서 격투를 했었고 E가 강도가 들고 있던 칼로 강도를 죽이게 되었다고 한다. 정당방위를 인정받지 못하고 교도소에서 3년을 지내다가 정신착란을 일으켜서 정신병원으로 오게 되었고 환청에 시달리고 있다고 했다. E가 언제나 복도를 서성이는 것도 환청 때문이었던 것이다. 그는 아마도 영이가 열쇠 꾸러미를 들고 서랍을 여는 것을 보고 자극을 받은 것 같았다. 10년도 넘는 세월을 저렇게 병원에서 격리되어 지내야 하는 인생도 있다는 것이 참 딱했다.

그는 병동 밖의 세상에서는 위험 인물일 수밖에 없다. 이 병동에서 그동안 한 번도 이렇게 직접적인 위협 상황을 겪어본 적이 없었기에 의욕만 가득 넘쳐서 열심히 다녔었는데, 오늘은 많이 무서웠다. E에게 삶은 무슨 의미일까? 다른 모든 정신병동의 입원 환자들에게 삶은 무엇일까? 영이는 삶의 근원적인 것에 대한 생각을 깊이 하는 것을 회피하며 살아왔다.

그녀는 10대 시절에 철학적인 사색에 빠져 지냈고, 어설프게 몇

권의 책들을 읽고 자살을 결심했던 적이 있었다. 늦은 아침 밝은 햇살에 눈부셔 하며 죽음에서 깨어났을 때의 감정은 어떻게 표현해야 할지, 눈앞에 다시 펼쳐진 삶을 어떻게 수습해야 할지 아득하고도 막막했던 그 느낌…… 그때부터 작고 사소한 것이 삶의 진실임을 깨달았고 깊은 생각을 하지 않으려고 노력하며 살았다.

한강에서는 언제나 각양각색의 사람들을 볼 수 있었다. 혼잣말을 끊임없이 하는 사람, 나무와 대화를 하는 사람, 소주병과 더불어 낚싯대를 드리우고 있는 사람, 금관악기를 연습하는 사람, 노래 연습을 하는 사람, 연설인지 웅변인지를 연습하는 사람, 삼삼오오 모여게임을 하는 사람, 책을 읽는 사람, 강아지 산보를 시키는 사람, 아령을 들고 엉덩이를 씰룩거리며 걷는 사람, 하이힐을 신고 파티복차림인 사람, 거의 벗은 것과 다름없는 조깅복을 걸친 사람, 자전거에 태극기를 꽂고 달리는 사람, 그리고 정신이 온전치 못한 사람들도 가끔 있다. 벤치에 누워 있는 행려자도 볼 수 있다. 참으로 많은 사람들이 각자의 모습으로 삶을 살아내고 있다.

영이는 인간 사회라는 커다란 연대에 대해 저항감이 생겼다. 세상의 질서와 규범만이 최선이라는 교육을 끊임없이 받으며, 미처 의심해 볼 틈도 없이, 연대에서 이탈하지 않기 위해 긴 세월의 교육을 받고 대부분의 사람들은 질서와 규범의 순응자가 된다. 자살은 절대로 허용될 수 없는 죄악이라고 치부하는 것도 죽는 자의 권리보다는 살아남은 자들의 고통에만 초점을 맞추기 때문일지도 모른다.

자유 의지가 강하면 배척당하고 그 무엇을 행하거나 평균치를 지키느라 급급해 해야 하는 인생살이. 인간은 자신의 인정 욕구를 충족시키고자 열심히 산다고 해도 과언은 아닐진대, 모두가 빛날 수는 없어서 갈등이 생긴다. 저 가을 강에 햇살이 만들어 내는 수많은 물비늘들같이 함께 빛나며 평화로운 풍경일 수 있다면…… 인간 사회는 거대한 연대이며 또한 모순의 총체라는 생각이 그 옛날 청소년기의 사고와 조금도 달라지지 않았다. 삶의 요령은 좀 늘었을지라도.

강을 바라보며 심란한 마음으로 핸드폰을 꺼냈다. ○○대학원 홈페이지를 열었고 합격자 발표를 클릭했다. 예상했던 대로 합격이었다. 큰딸의 권유로 쟁쟁한 대학원의 입학 희망을 포기하고 전공의 성격이 좀 달랐지만 붙을 만한 학교에 응시를 했던 것이다. 확인을 하고 전화기를 백에 넣으려는데 합격 여부를 묻는 남편의 문자가 때맞추어 왔다. 남편은 워낙 가족들의 사소한 것까지 꼼꼼히 챙기는 스타일이기는 하지만 막상 남편의 문자를 보고 자존심이 상했다. 폼이 나게 원하는 학교에 합격하지 못한 것은 전업주부 영이의 지적 열등감과 성취 욕구의 좌절을 불러 일으켰다. 앞으로 어떻게 해야 할지 대학원의 등록 여부를 결정해야 했고, 오늘은 병동에서의 사건으로 마음이 어수선했고 매우 피곤했다.

영이는 지나치게 예민했고, 소심했으며 삶을 수용하는 그릇이 큰 편이 아니었다. 형제라고는 남동생이 한 명 있었지만 성장기 내내 누나답지 못했고 형제가 적다 보니 가족 내에서 작은 사회를 제대로 경험하지 못한 편이었다. 게다가 대학을 졸업하고 곧바로 결혼을 하게 되어 사회생활 경험도 없었던지라 지금의 가정만이 그녀의

모든 세계였다. 그런 그녀가 정신과 폐쇄 병동에서 자원봉사를 하게 된 것은 믿기지 않는 일이었지만 15개월이라는 제법 긴 시간 동안 영이는 나름대로 열심히 그 일을 해내고 있었다. 그러나 오늘은 병동에서의 사건으로 덮어 두었던 인생의 의미에 대한 의문들이 다시 살아나고 자신이 하고 있는 일들에 대해서도 회의가 밀려왔다.

어수선한 마음으로 앉아 있는 영이의 곁으로 한 사람이 강아지와 함께 다가왔다. 수건이 달린 모자 밑에 얼굴을 거의 가린 마스크를 쓰고 남색 트레이닝복도 남자의 것 같았다. 마치 복면 강도와도 같은 모습이었다. 그 사람이 여자인 것은 뚱뚱한 허리 위로 더 불룩한 가슴이 있으니 알 수 있었다.

옆자리에 털썩 앉으며 거친 숨소리를 내는 그녀의 나이를 짐작할 수가 없었다. 그녀가 강아지에게 하는 말투와 음성을 듣고서야 50대쯤일 것으로 짐작했다. 스스럼없이 자신의 강아지에 대해 설명을 하고 자랑까지 하는 여자가 기이하면서도 귀여웠다. 강아지는 주인의 사랑을 듬뿍 받고 사는 티가 역력했다. 귀와 꼬리에 염색이 되어 있고 목걸이에다 머리핀까지 요란스럽게 꾸며져 있었다. 무엇보다도 명랑한 성격이었다. 사람이나 강아지나 자신의 형편은 숨길 수 없이 밖으로 배어나올 수밖에 없는 것인지도 모르겠다.

영이는 작은딸이 개가 사람처럼 말을 하게 된다면 너무 힘들어서 키울 수 없을지도 모른다고 했던 말이 생각나서 혼자 살짝 웃었다. 옆에 앉은 여자는 영이의 웃음을 보고 더욱 힘을 얻었는지 수다를 떨기 시작했다. 처음 만나는 사람에게는 차마 할 수 없는 얘기들을 마치 오랜 이웃에게 하듯이 온갖 얘기들을 쏟아냈다. 듣기만 할 수는 없으니 추임새라도 하면서 응대를 해야 하는 성가신 이 상황을 벗어날 궁리를 하며 강아지를 쓰다듬었다.

강아지는 영이에게서 강아지를 키우는 사람의 낌새를 채고 귀염을 떨면서 연신 꼬리를 흔들었다. 영이는 6년 전까지 강아지라면 기겁을 했다. 무서워서 제대로 쳐다보지도 못했고 더럽고 비위생적이라는 생각뿐이었다. 집에 강아지가 가족 구성원으로 들어오고 난 뒤부터 영이는 온 동네 개를 다 포용할 수 있게 되고 말았다. 개는 말을 하지 않는다는 치명적인 매력이 있기에 점점 세상의 모든 개들이 사랑스러워졌고 애잔했다.

지금 옆에서 열심히 수다를 떠는 이 여자는 외로운 것이다. 강아지에게 온갖 정성을 다 쏟고도 마음에 남아도는 외로움과 간절함을 누군가에게 말로서 표현하고 인정받고 싶은 것이다. 외로움을 견디는 방법은 사람마다 다르다. 영이는 외로울수록 혼자이고 싶지만 이 아줌마는 사람이 대상인 것이다. 평균치를 넘을 듯 말 듯한 경계, 정신병자와 정상인의 구분이 모호한 그 지점에서 두 여자는 한강변에 같이 앉아 있다.

아줌마는 자신에 관한 얘기들을 실컷 했는지 영이에게로 관심을 돌릴 참이었다. 누군가에게서 들었던 말인데, 세상 사람들이 서로 여섯 번의 관계고리를 하게 되면 반드시 지인을 만나게 된다고 했다. 아니, 네 번이라고 했던 것 같기도 했다. 이 아줌마는 트레이닝 복차림으로 강아지와 산보를 나왔으니 동네 사람일 확률이 높고 어쩌면 1번이나 2번으로도 충분할 수 있을 것이었다.

영이는 얼굴을 가리지 않았고 이 아줌마는 그늘에서도 마스크가 얼굴의 일부라고 착각이라도 한 듯 꿋꿋이 얼굴을 가리고 있었다. 머릿속을 더 복잡하게 만들고 싶지 않아서 좀 매정하더라도 아줌마를 떨치고 가야겠다고 생각하며 일어섰다. 아줌마도 같이 일어서서 어느 쪽으로 가느냐며 같이 가자고 했다. 영이가 어느 방향을 정하더라도 같이 하겠다는 의지가 결연해 보였다. 영이는 자신의 마음을 솔직하게 전달하지 못해 빌미를 제공했고 아줌마는 쓸쓸해 보이는 여자를 혼자 가게 할 수 없다는 막연한 인정으로 서로 배려 아닌 배려를 했다. 세상의 어긋남이란 어찌 이뿐이랴.

"제가 지금 좀 복잡한 일이 있어서요. 오늘 반가웠어요. 강아지도 너무 예뻐요. 멍멍아, 안녕."

"어머나, 너무 괴로워 마세요. 시간이 약이에요. 죽을 것같이 힘들어도 그 순간만 지나면 다 해결이 되게 되어 있어요. 힘을 내고 잘 견뎌내세요. 파이팅."

저 여자는 정신병원의 입원 환자보다 더 이웃에게 폐를 끼치고 상처를 주는 사람일 수도 있다. 기가 막히게도 엉뚱한 위로를 들으며 저 여자도 확실히 치료가 필요해 보이지만, 운이 좋으니 정신병원에는 가지 않을 것이라고 생각했다. 복잡한 일이 있다고 말하는 것을 죽을 만큼 힘든 상황으로 몰아가는 그녀의 상상력은 도대체 어떤 사고 과정을 거쳐 생겨나는 것일까? 그녀와 헤어져 좋지 못한 기분으로 걷다가 문득 그 아줌마가 오버인지 영이 자신이 과민한 것인지 모호해졌다. 어쩌면 둘 다 정상인의 범주를 벗어난 것인지도 몰랐다.

마음은 변덕이 심하다

'시간이 쏜살같다'

'함부로 쏜 화살을 찾으러⋯⋯.'

화살과도 같이 빠른 속도로 시간은 흐르고 있다. 지나간 시간은 돌이킬 수도 찾을 수도 없으니 회한은 깊어지고 성취의 기억에서조차 아쉬움이 남기도 한다. 삶은 유한하지만 자신에게 얼마의 시간이 남아 있는지는 어느 누구도 도무지 알 수가 없다. 통조림에 적힌 유효기간처럼 인간도 자신에게 남겨진 시간을 알 수 있다면 삶의 질이 달라질까?

영이도 나름대로 꽤 많은 회한이 있다. 50년이라는 세월은 평균적인 인생의 길이로 볼 때 긴 시간이지만, 돌이켜보면 지난 모든 시간들은 엊그제 일들만 같다. 얼마나 더 세월이 흘러야 모든 일들이 까마득해지고 출렁거림 없이 잔잔한 감정으로 과거와 마주할 수 있게 되는 것일까 싶었다. 그런 날은 오지 않는 채로 죽음을 맞이하게 될 것인지도 모르겠다.

영이는 결정을 했다. 연말까지, 그러니까 3주 후에 정신병동의 자원봉사를 마무리하고 대학원 공부에 전념하기로 했다. 동시에 여러 가지 일을 해낼 수 있는 역량이 없다는 걸 잘 알고 있었기 때문이다. 정신병동에서의 지난 시간들에 대해 경험과 실력이 부족했음을 자평하고 자인해야 하는 순간이 온 것이다. 모르는 것이 많고 부족했기에 오히려 겸손하게 열심히 노력했다고 위로도 해보았지만, 아쉬움이 많았다. 마지막 남은 3주를 부족했던 것에 대한 속죄의 마음으로 최선을 다해야겠다고 생각했다.

연말이니만큼 분위기를 살려 크리스마스를 준비하는 작업을 해보기로 했다. 재료를 모아 두는 박스를 열어 보니 많은 잡동사니들이 있었다. 가을이 지나면서 낙엽 콜라주를 하기 위해 소중히 말려 두고 잘 간수했던 낙엽들은 미처 써보지도 못한 채 책갈피마다 남아 있었다. 낙엽을 준비해서 갔던 날에 구성원들의 분위기가 마땅치 않아서 다른 프로그램으로 대체를 했기 때문이다. 크리스마스 분위기를 낼 만한 색상과 광택이 있는 오브제들을 챙겨서 가방에 넣었다. 3주 후에 그만두게 될 계획이 있어서인지 병동으로 향하는 길과 병원의 풍경들이 이제까지와는 다른 느낌으로 다가왔다.

마음은 힘이 참 세다.

마음먹기에 따라 거대한 세상도 바꿀 수 있고 행복과 불행마저도 결정된다. 영이는 세상사가 주관과 객관의 차이가 빚어내는 조화라고 생각되었다. 세상의 모든 일들은 누구에게라도 일어날 수 있는

244

일들이며, 타인의 행동 양상에는 그럴 수밖에 없는 원인이 반드시 있다. 과연 자신은 얼마나 이해받으며 살고 있을까를 생각해 보니, 전 인류를 껴안고도 남을 넉넉한 품이 생기는 듯했다. 만물에 대한 사랑이 샘솟고 있었다. 선한 마음과 좋은 의지를 가지고 병동으로 들어서니 복도가 매우 조용했다. 간호사들도 보이지 않고 보호사들이 회진 중이니 작업실에서 기다려야 할 것 같다고 했다. 썰렁한 병동의 분위기가 마음에 걸렸다. 혹시 무슨 사고라도 났을까 싶기도 하고 자기 기분에 도취되어 한껏 들떠서 왔는데 맥이 빠졌다.

마음은 참 약하다.

병동에 들어서기 전까지와는 완전히 달라진 석연찮고 불안해진 마음으로 창문을 바라보았다. 은이가 보던 20센티미터와 50센티미터의 액자 같은 창으로 하늘이 보였다. 하늘색이다. 아무런 표정이 없는, 어떤 공기의 흐름도 감지할 수 없는, 오로지 파랑과 흰색이 섞여 빚어낸 그냥 하늘색뿐이었다. 저 답답하고 맹한 하늘에 무엇이라도 있는 양 사람들은 그렇게도 수많은 상징을 부여하고 찬양을 했던가? 멀리 있어 손에 닿을 수 없으니 상상하고 동경하는 것만이 가능했으리라.

40분이 훌쩍 지났다. 화가 나려고 했다. 오늘의 미술 시간은 취소가 되었다고 미리 알려 주든가 했으면 좋았을 것을, 이 상황은 좀 너무하다 싶었다. 가방을 챙겨서 섭섭함으로 부대끼는 속을 억누르고 감추며 복도로 나왔다. 보호사가 당황해 하며 오늘 과장님이 환자들의 질서를 좀 잡으시는 것 같다고 곧 끝날 것 같으니 조금만 더 기다리라고 말하며 음료수라도 좀 마시겠느냐고 덧붙였다. '이미 늦

었으니 물어보지 말라'고 속으로 톡 쏘아붙였다. 병원의 과장이 턱
없이 미운 생각까지 들었다.

영이는 병동 밖에선 사모님이었다. 남편의 직위에 따라 영이도 제
법 높아졌고 경제력과 나이를 인정받는 축이 되어 어딜 가나 사모
님으로 대접받았다. 지금, 이 병동에서는 마치 하잘것없는 자원봉
사자에다 실습자의 신분으로 홀대를 당하는 것 같은 기분이 들어서
싫었다. 자신의 내면에서 이성과 감정이 치열하게 겨루는 것을 감
지했다. 이성이 이겨야 품위를 유지하고 쌓아온 공든 탑을 유지할
수 있을 것이다. 자칫 감정이 우세해지면 보잘것없는 사람으로 추
락할 수 있다.

작업실에 다시 들어가서 1, 2분쯤을 더 기다리니 간호사가 와서
기다리게 해서 미안하다며 곧 환자들이 들어올 것이라고 했다. 이
성의 우세로 영이는 작업실의 셋팅을 다시 했다. 준비해 온 작업 재
료들은 지금 기분과는 달리 참으로 반짝이고 화려한 것들이었다.

네 명의 환자가 그다지 밝지 못한 표정으로 들어왔다. 20대 초반
의 심각한 표정을 한 여자와 조용하고 편안해 보이는 표정을 지닌
30대의 여자, 영이의 엉덩이를 툭 쳤었고 '연애'라는 말을 자주하던
오래된 남자 환자 G가 평소의 그답지 않게 잔뜩 굳어서 들어왔다.
또 한 명의 젊은 남자 H는 의심과 불안의 기색이 머리끝부터 발끝
까지 가득 차 있었는데, 가끔 미술 작업에 참여를 했으나 자신을 끝
내 한 오라기도 풀어 놓지 않았다. 심지어 영이를 경계하느라 자신
의 그림을 감추어 가며 그리는 경우가 대부분이었다.

오늘은 참여자들이 자신의 의지가 아니라 권유에 밀려서 들어온 듯해 보였다. 이런 상황으로는 크리스마스 분위기의 흥을 돋울 수가 없다고 판단되었다. 대안으로 활용하는 프로그램 중에서 도입부에 노래를 다 같이 한 곡 부르거나 스트레칭을 한 다음 한 장의 종이에 순서대로 돌려 그리기를 하는 것이 있다. 치료자도 함께 순서에 참여해서 리더가 없이 편안한 분위기로 집중도를 높일 수가 있고 완성이나 표현에 대한 부담을 줄여줄 수 있었다. 어차피 오늘은 시간도 넉넉지 못했다. G는 미술 선생이 무섭다며 눈치를 보았다.

"G씨는 왜 제가 무서워졌어요?"

"선생님이 병원에 고자질을 하니까요."

G는 며칠 전에 강박실에 갔다고 한다. 여자 환자들에게 신체 접촉을 했고, 전에 미술 선생 영이의 엉덩이를 툭 친 것에 대해서도 누군가 일러바쳤다고 한다. 나이가 쉰 살이 넘었어도 남자의 성적 욕망은 감소되지 않는가 보다. 그는 여느 세상의 중년 남자들과 달리 세상살이의 스트레스가 없으니 더욱 그럴 수도 있을 것이다.

영이가 노래를 하나 부르자고 제안했다. 20대의 여자가 노사연의 '만남'을 부르자고 했다. 놀라웠다. 네 명의 환자들은 노래를 열심히 불렀고 아주 잘 불렀다. 살아난 그룹의 분위기를 종이로 옮기면서 음악의 위력에 대해서 실감을 하게 되었다. 4절 켄트지를 돌려가며 영이를 포함한 다섯 명이 순서대로 그림을 그렸다.

의심이 많은 젊은 남자 H도 평소와 달리 작업에 몰입했다. 경계가 느슨해진 것이 확연했다. 질문까지 했고 다른 사람, 20대 여자의 그림에 관심을 보였다. 20대의 여자가 먼저 고향집이라며 집과 강아지들을 그린 다음 집 옆에 큰 나무를 그리고 톱을 들고 나무를 자르는 남자를 그린 후 '아버지'라고 썼다. H는 20대 여자의 그림을 보고 한참 생각하더니 아버지가 밉냐고 물어 보았다. 자기도 아버지를 죽일지도 모르지만 잘 참아야 한다고 했다.

그들의 대화는 흥흥했다. H는 여자가 그린 나무에 색칠을 하고 열매도 그렸다. 그녀의 아버지 옷도 색칠을 했는데, 검정색이었다. 톱은 칠하고 싶지 않다고 했다. G가 톱을 까만색으로 칠했다. 그녀의 아버지는 까만 사람이 되었고 그림 속에서 확실하게 나쁜 사람으로 표현되었다.

G는 탱크를 그리고 '순찰동차'라는 글을 썼다. 아마도 '순찰자동차'를 쓴 것인 듯했다. 호루라기 소리가 너무 시끄럽다고 하며 불빛에 눈이 부셔서 안 보인다고 했다. 과거의 기억을 말하는 것 같았다. 그리고 여느 때와 같이 빨간 점을 화면 한가운데에 그렸다. G는 매번 화면의 어디엔가 빨간 점을 넣었다. 은이도 언제나 그렇게 했었고, '우리의 내면'이라고 대답했었다. 병동의 환자들은 빨간 점을 표현하거나 빨간 점이 아니더라도 중심부에 포인트가 되는 상징물을 그려 넣는 경우가 많았다.

G의 그림에는 고흐의 그림처럼 달팽이 같은 곡선과 긴 끈이 많이 등장했고 그림의 구도나 색감이 좋았다. G의 그림은 정신병동 환자의 그림이라는 선입견 없이 본다면 감각적이고 멋진 추상화였다. 굳어서 들어왔던 G가 어느새 연신 웃으면서 옛날 이야기를 풀어냈다. 옛날 명동의 다방 이름과 다방 아가씨 미스 김과의 추억, 용산의 맛집에서 먹었던 홍탁 등의 얘기를 했는데, 마치 시골동네 가게 앞 평

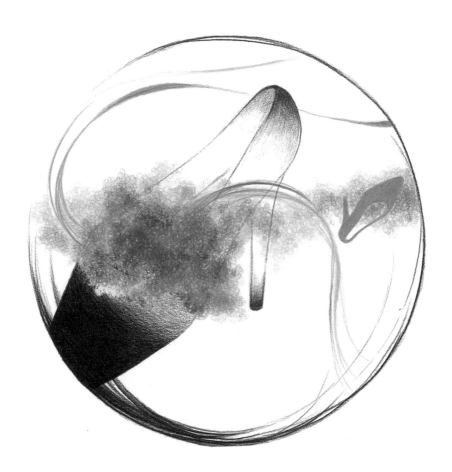

상에서 평범한 아저씨가 추억을 말하고 있는 것 같았다. 하얀 서리가 내린 듯한 G의 짧게 자른 흰 머리카락을 보며, 그에게도 빛나는 소년과 청년 시절이 있었겠지만 앞으로 그의 노후는 어떻게 흘러갈 것인가를 생각하니 서글펐다.

의심의 청년 H는 오늘 다른 사람이 된 듯 느껴졌다. 맞은편의 20대 여자에게 우호적이었고 자신의 그림을 그리기보다는 그녀의 그림에 뭔가를 더하는 표현을 했다. 그녀는 다시 아버지의 머리 위에 벼락이 떨어지는 것을 그리고 옆에 큰 나무를 한 그루 더 그린 뒤에 '꿋꿋이 자라나 훌륭한 거목이 되리라'라고 썼다. H는 그녀의 아버지 머리 위의 벼락을 노란색으로 칠하고 그녀가 새로 그린 나무를 공들여서 칠했다. 그 모습은 그녀를 지지하고 공감한다는 의미로 보였지만, 그림은 너무 강렬하고 끔직해 보였다. 20대 여자는 아버지에게 엄청난 저주를 하고 있지만 고향집과 아버지를 그림으로 표현한 것은 집에 가고 싶은 간절한 마음의 반영일 것으로 짐작되었다.

영이는 자신의 순서가 되었을 때 주제가 될 만한 사물을 그리지 않고 모티프가 될 만한 타원형을 몇 개 그렸는데 30대의 여자가 타원형을 응용해서 꽃바구니를 그렸다. 30대 여자는 꽃바구니와 꽃을 세밀하고 예쁘게 그렸고 채색도 곱고 밝은 색으로 했다. 그녀는 온화해 보였지만 다른 구성원들의 그림에 대해서는 관심이 없었다. '꽃을 좋아하시나 봐요'라고 물었으나 그녀는 영이를 빤히 쳐다보며 부드럽게 웃기만 했다. 순간 예쁘장하고 고운 미소의 얼굴이 마네킹같이 느껴졌고 묘한 기분이 들었다. 솔직히 말하면 섬뜩하고 기괴한 느낌이 들었다.

그녀는 기억을 잃었고 사람들과의 소통하는 법도 거의 잊어버린 것이다. 영혼이 이탈한 것 같은 모습의 그녀가 노래를 부를 수 있었던 것이 믿기지 않았다. 밝고 고운 얼굴을 가진 그녀가 노래를 부르고 있을 땐 기억상실증이 있으리라곤 상상조차 할 수 없었다. 가사를 기억하고 노래를 부를 수 있었다는 것은 마음에 거리낌이 없었기 때문에 가능했을 것이다. 그녀가 사람들과 소통을 하지 못하는 것은 힘겹고 고통스럽기 때문이 아닐까. 그녀는 마치 장난감통 속에서 나온 커다란 인형처럼 능동적이지 못하고 자신의 존재를 인정받으려는 의지가 전혀 없어 보였다. 그녀가 노래를 기억하고 부를 수 있었다는 것에 초점을 맞추어 그녀와 대화를 유도해 보았다.

"이렇게 꽃을 자세하고 예쁘게 잘 그린 것을 보니 꽃을 참 좋아하시나 봐요?"

"……."

"혹시 파란색 카네이션을 보신 적 있으세요? 장미도 온갖 색상이 다 있다고 하더라구요. 염색체를 조작해서 꽃들의 색상도 다양하게 만드나 봐요. 어떤 꽃을 제일 좋아하셔요?"

"마가레뜨……."

"어머나, 저도 어릴 때부터 마가레뜨를 참 좋아했어요."

"마가레뜨는 정말 좋아요. 거베라도 좋아요."

"저하고 취향이 같네요. 저도 거베라를 좋아해요."

영이는 그녀의 대답에 가슴이 뛰었다. 그녀가 대답을, 말을 했다. 영이는 정말로 마가레뜨와 거베라의 동그랗게 균형 잡힌 형태와 꽃

잎의 규칙적인 배열을 좋아했다.

어느새 30대의 기억상실증 여자는 거베라를 정성껏 그리고 있었다. G는 그녀가 그리고 있는 동안을 참지 못하고 손을 뻗어 긴 줄을 그리고 있었다. 영이는 G의 위축이 염려되어 제지를 하지 않았다. 20대 여자가 G에게 순서를 지켜야 한다고 말했다. H가 손가락으로 총의 방아쇠를 당기는 시늉을 하며 G를 향해 쏘았다. G는 장난스럽게 아악 소리를 내며 쓰러지는 시늉을 했다. 그들의 얼굴에 어리는 장난기를 바라보니 훈훈한 인간미가 느껴졌다. H의 변화도 놀라웠고 기억상실증 여자의 대답도 놀라웠다. 영이는 이런 사소하고 작은 변화들에서부터 기적은 시작될 수 있다고 믿고 싶었다.

"다음 주에는 크리스마스 카드와 트리를 꾸밀 수 있는 장식을 만들 거예요. 일주일 동안 잘 지내시고 다음 주에 만나요."

크리스마스라는 말에 20대 여자와 H는 젊은이들답게 반가워하며 반응했다. G도 징글벨을 흥얼거렸다. 30대 여자는 다시 마네킹이 되어 있었다. 오늘의 어긋날 뻔했던 스케줄이 무사히 진행되었고 나름대로 성과도 있게 되어 다행스러웠고 아주 조금 뿌듯했다.

좋은 마음으로 작업을 마치고 나오다가 복도에서 오랜만에 산발녀를 보았다. 은이가 미워했고 마지막엔 가여워하며 돌보아 주던 그녀, 은이와 같은 방을 쓰던 산발녀였다. 오랫동안 작업에 참여하지 않아서 그녀를 볼 기회가 없었다. 그녀는 놀랍게도 머리를 싹둑 잘랐고 살이 엄청 쪄 있었는데 배가 유난히도 불러 보였다. 누가 보아도 임산부의 모습이었다. 여전히 단정치 못한 매무새였고 눈은 충혈되어 있었다.

영이는 그녀의 사연을 듣고 충격을 받았다. 그녀는 소녀일 때부터 유흥가의 여인이었고 정신질환으로 정신병동을 드나들면서 행려자가 되었다. 수없이 많은 임신과 출산의 경력이 있었다고 했다. 그녀의 이번 임신도 범죄의 결과였다. 두 명의 남자가 산발녀의 친척이라며 찾아와 그녀의 외출 요청이 있었고 열흘쯤 뒤에 그녀가 병동으로 돌아왔다고 한다. 그녀의 임신 진단이 내려진 뒤 그 남자들은 검찰 조사에서 혐의를 부인했으나, 그녀가 출산을 하고 나면 조사가 더 이루어질 것이라고 했다. 여러 사람의 책임이 얽힌 복잡한 사건이었고 범죄였다. 참 충격적이고 자극적인 사건 앞에서 인간에 대한 회의가 밀려왔다. 불임 시술이나 임신 중절에 대한 견해 차이나 논란마저도 무의미하게 생각되었다. 세상에는 실제로 극악무도한 일들이 도처에서 일어나고 있고 범죄자나 희생자는 모두 우리의 지인이거나 이웃으로 공존하고 있는 것이다.

그녀가 출산하게 될 또 한 명의 생명은 슬픈 상처의 아이로 태어날 수밖에 없다. 그녀는 정신병동이라는 곳에서 남은 생을 보호받으며 머물 수 있겠지만, 그녀가 낳은 자식의 미래는 어떻게 펼쳐질 것인가? 출생부터 불행할 수밖에 없는 그녀 뱃속의 어린 생명이 좋은 양육자를 만날 수 있기를 참담한 마음으로 빌었다. 세상의 모든 범죄 중에서 가장 추악하고 비열한 범죄가 성범죄라고 생각되었다.

운전을 해서 집으로 돌아오는 길에도, 다른 일을 하면서도 계속 산발녀의 불룩하던 배가 생각났고 치가 떨렸다. '잔인함'이라는 단어가 머릿속에서 떠나지 않았다.

겨울은 추억의 계절이었음을

은이는 조카들과 올케, 친정엄마와 함께 백화점 나들이를 했다. 시내는 온통 크리스마스 분위기 일색이었다. 은이의 올케는 남편의 사업 실패로 한동안 위축되어 지내다 보니 오랜만에 하게 된 시내 외출이었다. 시아버지인 은이의 친정아버지는 며느리에게 몰래 봉투를 건네 주며 백화점에 나가서 이 돈을 남김 없이 다 쓰고 와야 한다는 다짐까지 했다. 인정 많은 노인은 며느리가 안쓰러웠던 것이다. 은이와 은이의 엄마도 돈 봉투를 받았고 각자 자신의 몫이 두둑한 채로 외출을 하게 된 가족들은 마냥 즐거웠다.

은이는 조카들의 선물을 사며, 백화점에 진열된 아이들의 물건을 보며, 부모와 함께 즐거워하며 지나가는 아이들을 보면서 자신의 아이들이 너무 그리웠다. 조금만 더 기다려 달라는 마음의 메시지를 띄우며 그리움과 슬픔을 달랬다.

은이네 세 여인은 모두 누군가를 위한 선물만을 샀고 자신들의 물건은 정작 하나도 사지 못했다. 그렇게 따뜻한 배려와 함께 크리스마스 시즌은 추위마저 녹이며 겨울의 한가운데로 들어오고 있었다. 가족들은 쇼핑을 마치고 외식을 하면서 각자의 가슴속에 담긴 애정을 나누고 확인하며 삶에 대해 감사를 했다. 지금 이 백화점이라는 공간 안에 가득 찬 저 사람들도 은이의 가족들과 그리 다르지 않을 것이었다. 은이는 사람들 속에서 행복했다.

은이는 요즈음 타인에게 인정받는 기쁨을 충분히, 어쩌면 과분할 정도로 누리고 있었다. 과외를 시작한 지 두 달쯤 되었고 학원 강의도 하게 되었다.

두 달 전에 병원에 정기 상담을 하러 갔을 때 주치의인 여의사가 자신의 중학생 딸을 부탁했던 것이다. 그날 너무 기뻐서 밤잠을 설칠 정도였다. 자신을 믿어 주는 의사에게 보답을 하기 위해서 정말 자기 자식처럼 정성껏 가르치리라고 다짐하고 다짐했다. 그 아이의 언니와 오빠들은 공부도 빼어나게 잘하고 의젓했지만, 의사의 중학생 딸은 막내여서 그런지 어리광이 심했고 성취 동기가 낮고 끈기가 부족했다. 마냥 해맑고 귀염성이 있는 그 아이가 사랑스러웠다.

은이는 그 아이에게 줄 크리스마스 선물로 다이어리와 예쁘고 작은 사이즈의 캘린더를 사면서 그 아이의 미소가 떠올라 마음이 따뜻해졌다. 수학 과외를 받으며 의사의 막내딸은 안개가 걷히는 느낌이라고 했다. 짧은 시간 동안에 개념의 정리를 너무나 잘해 주어서 수학이 재미있어진다고 하며 자기도 자연계열에 진학해 부모님처럼 의사가 될 것이라고 했다.

의사는 막내딸의 야무진 꿈이 은이의 영향임을 알고 있었기에 고마웠다. 자신의 환자를 보는 역량에 대해서도 자부심이 느껴졌고 정신질환의 치유에 대한 어떤 확신을 다시 하게 되었다.

은이는 의사의 막내딸에게 자신의 꿈을 갖는 것이 소중함을 틈틈이 얘기해 주면서 그때마다 서울의 정신병원 과장을 생각했다. 서울 병원에서의 추억과 지난 세월들이 아득한 꿈이었던 듯 시간은 순조롭게 흐르고 있었다.

의사는 은이의 실력을 과외로만 썩히기에는 아깝다는 생각이 들어 입시학원을 하고 있는 여동생의 남편에게 소개를 했다. 의사의 제부는 부산지역에서 학원 재벌이라고 불릴 정도였고 실력이 좋은 강사를 확보하는 것이 사업의 가장 중요한 포인트였기에 은이와 면담을 해보기로 했다. 처형의 소개이기는 하지만 정신질환자를 강사로 영입하는 것은 위험 부담이 있어서 신중히 결정해야 하는 문제였다.

의사의 제부는 은이를 만나서 면담을 해보고 그날 밤에 인터넷으로 정신질환에 관한 온갖 정보를 검색해 보았다. 그는 DSM이라는 미국의 정신병 진단 기준까지 찾아보았지만 헷갈리고 어렵기만 했다. 심지어 자신도 그 기준으로 미루어 볼 때 정상은 아니라는 생각까지 들었다. 자신의 처형이 그렇게 어려운 공부를 해내고 지금 좋은 의사가 되고 있다는 것이 존경스러웠다. 그는 처형의 판단을 믿어 보기로 했다. 세 달 동안 시범 강의를 하고 몇 차례의 평가를 거친 후에 정식 채용을 하기로 계약을 했다.

은이는 중학 3학년 과정에서 고교 1학년 과정에 걸친 겨울방학 특강 중의 한 반을 맡았다. 예상했던 대로 강의는 반응이 좋았다. 학부모들은 좋은 강사를 발견하면 과외의 줄을 대기 위해서 경쟁이 치열해진다. 벌써 몇 명의 부모에게 관심의 대상이 되고 있었다. 이때가 바로 은이의 인생이 빛나기 전의 여명과도 같은 시절이었다.

오랜만의 가족나들이에서 집으로 돌아오는 길은 각자의 행복에 들떠서 시끌시끌했다. 은이의 아버지는 가족들의 얼굴에 어려 있는 감출 수 없는 즐거움을 보면서 죽어도 여한이 없을 것이라고 생각했다. 노인은 은이의 결혼 기간을 자신의 기억에서 어느샌가 지우고 있었다. 그것은 은이의 엄마도 마찬가지였다. 자기가 많이 돌보며 키웠던 외손자들에 대한 기억마저도 함께 지우고 있었다. 은이도 자신이 독립을 해서 떳떳해지는 날까지 아이들은 만나지 않기로 결심을 했기에 그리움을 잘 이겨내고 있었다.

은이는 그리운 것이 많았다. 남편과의 사별, 자식들과의 헤어짐, 5개월 간의 서울 병원에서의 만남과 이별……. 겨울, 크리스마스를 앞두고 한해의 끝자락에서 그리움들은 끊임없이 가슴 밑바닥에서 올라오고 있었지만, 은이는 자신의 꿈이 있기에 호르몬을 잘 이겨내며 꿋꿋이 지내고 있었다.

서울의 병원에도 크리스마스 시즌의 온기가 흘렀다. 정신과 병동에 크리스마스 트리가 만들어졌고 미술 시간을 비롯한 여러 가지 프로그램들에서도 반복적으로 크리스마스에 초점을 맞추니 자연스레 분위기가 만들어졌다. 계절의 흐름과 온갖 절기들과 기념일들을 행하고 느끼면서 삶에 동참하는 것은 일반적인 인생의 모습들이다. 정상인이라 불리는 사람들의 세계에 동참하지 못하는 정신과 병동의 사람들에게는 인생의 일반적인 것들조차 지극히 제한적이고 타율에 의해 규정된다.

하지만 병동 밖 세상의 사람들이라고 온전히 자율적이라고 할 수가 있을 것인가! 정상인의 범주에 속한 사람들이 거대한 사회의 흐름과 분위기를 따라 살아가는 것도 어찌 보면 타율과 크게 다를 것도 없을 듯하다. 소수와 다수의 힘의 대결, 다수의 압승으로 세상의 모든 것은 결정되어지고 진리가 되고 원칙이 되는 것이다. 병동 안의 환자들에게나 병원 밖의 사람들에게나 모두에게 똑같이 의미 있는 날은 다가오고 있었고 계절은 겨울의 중반을 지나고 있었다.

영이는 지난주에 하지 못했던 크리스마스 장식과 카드 만들기를 하기로 했다. 열세 명이나 되는 환자들이 참석해서 작업실은 부산스럽기까지 했지만 즐거운 분위기를 만들기에는 더할 나위 없었다. 환자들의 만들기 솜씨는 상상을 초월했다. 여러 가지 재료를 활용해 다양한 형태의 장식품들이 만들어졌다. 마치 팬시 가게에서 팔고 있는 상품같이 보일 정도로 잘 만들어진 몇몇 장식품을 보니 감탄이 절로 나왔다. 카드를 만들어 가족들에게 메시지를 적는 사람도 있었고 크리스마스 트리에 걸어 두겠다는 사람들도 있었다.

영이는 작업실의 풍경을 보며 옛 생각이 절로 났다. 서울로 이사오기 전이었고 딸들이 어렸던 그 시절에 유난스럽게도 크리스마스를 준비하고 맞이하던 일들이 떠올랐다. 이어서 그 시절의 다른 추억들도 떠올라 잠깐 가슴이 먹먹해졌다. 겨울 이 무렵은 깊숙이 묻어 둔 지난 시간의 추억을 꺼내 아릿한 가슴으로 음미하게 되는 계절인 듯하다.

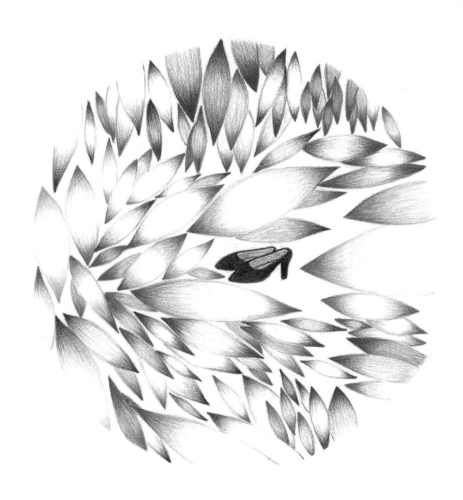

다음 주면 18개월 동안의 봉사를 마무리하고 이 병동에서의 마지막 시간을 가지게 될 것이다. 이곳에서 삶에 대한 경건한 깨달음과 함께 많은 추억이 쌓였다. 자신의 삶에서 이런 특별한 경험을 할 수 있었던 것은 운명이었다고 생각했다. 영이는 이곳의 추억을 가슴 깊숙이 소중하게 간직하고 남은 평생 동안 두고두고 꺼내어 회상하게 될 것이다. 특히 겨울 이즈음이면 더욱 이 시간들이 그리울 듯했다.

낯선 길로 들어서다

"ㅎㅎㅎ, 폼은 박사님 같구먼. 너무 코에 바짝 대면 안 된다고 그랬잖아. 느슨히 쓴 상태에 초점을 맞춘 거라고 했잖아."

영이는 남편과 시내에 나가 안경을 맞추었다. 노안에다 난시가 심해서 돋보기를 새로 맞춘 것이다. 세상에서 제일 가볍다고 광고하는 스위스제 안경테를 골라주는 대로 받았고, 안경을 오랫동안 써 온 경험자가 시키는 대로 책상에 앉아서 연습중이다. 책상 위에는 새로 마련한 노트북도 있다. 영이가 못 미더운 남편은 무조건 가볍고 얇은 제품으로 사 왔고 사용법을 열심히 설명하며 여러 가지 프로그램도 세팅해 주었다. 영이는 기대와 두려움으로 안절부절 못했다.

"이왕 시작했으니 논문은 꼭 써야 해. 논문을 쓰지 않을 거면 아예 시작을 하지 마. 당신의 능력을 썩혀 두었으니 이제라도 한번 멋지게 해보는 거야. 시간을 쪼개서 써야 하니까 생활의 밸런스를 잃지 않도록 각별히 신경을 쓰고."

남편의 잔소리는 끝이 없었다. 그는 언제나 남편이기보다는 큰오빠나 아버지 같았다. 25년도 훨씬 넘는 세월을 주부로만 살아온 아내가 새로 학생이 된다는 것에 기대도 되었지만 좌절하거나 상처를 입을까 봐 못내 염려스럽기도 했던 것이다.

영이는 몇 년 뒤에 논문을 마치고 졸업을 하면서 돋보기 케이스의 알파벳이 희미해진 것과 노트북의 손때를 보며 이날이 생각났고 눈물이 났다. 대학원의 2년 반 세월은 힘겨웠지만 성취감과 더불어 인생의 전환점이라는 중요한 의미가 있었다.

여자중학교, 여자고등학교, 여자대학교를 다녔고 대학교를 졸업하자마자 결혼을 했기에 어찌 보면 세상을 반쪽밖에 경험하지 못했다고도 볼 수 있었다. 여러 상황에서 대처 능력이 미흡한 채로 중년의 나이가 된 것이었다.

늦은 나이에 공부를 시작했지만 논문이라는 하나의 작은 결실과 정신병동에서의 경험은 영이의 삶에 많은 도움이 되었고 소중했다. 눈에 보이는 현시적인 결과물이 있어서 자랑할 수 있는 것은 아니었지만 삶의 지평이 확장되었고 자신감이 생겼다. 타인에게 인정받는 기쁨이 없을지라도 자신의 내면의 강도가 상승되는 것을 느꼈다.

영이는 대학원 졸업을 하고 몇 년간 단절되었던 여러 가지 모임에도 복귀하고 체력도 다지면서 고생 끝의 낙을 여유롭고 달콤하게 즐겼다. 사소하고 작은 성취를 통하여 이전보다 많이 여유로워졌다. 그녀는 지난 시간들은 모두 잊어버린 듯 그렇게 마냥 행복한 시간을 누렸다.

영이는 오랜만에 가족 모임을 위해 고향으로 가는 길에 부산에서 하루를 머물렀다. 가볍고 즐거운 마음으로 바닷가에서 시간을 보낸 후 친척들의 선물을 사기 위해 부산의 백화점에 들렀다. 쇼핑을 마치고 맨 위층의 식당으로 올라갔는데, 그곳에서 놀랍게도 그리웠던 추억 속의 여자를 보았다.

환자복이 아니었고 머리카락도 많이 길어졌지만 확실한 은이였다. 안경을 쓰고 있었고 높은 구두 때문인지 키도 커 보였고 세련된 모습이었다. 옆에 젊어 보이는 남자가 있어서 은이가 아닐지도 몰라 다른 각도로 슬그머니 지나가며 다시 보고 또 보았다.

영이의 남편은 아내의 이상한 행동을 못마땅해 했다.

"당신, 왜 그래? 사이코같이, 쯧."

"아무래도 정신병동에서 보았던 부산 여인 같아서…… 확실한데…… 아유, 어쩌지?"

"세상에 닮은 사람이 어디 한둘이야? 괜히 부산에서 마주칠지도 모른다는 기대가 작용해서 그런 거 아냐?"

"아니야, 확실해."

영이는 확신이 들었다. 몇 년의 세월이 흘렀지만 그렇게도 가까이에서 제법 긴 시간을 보아온 은이의 느낌이 아직도 생생했기 때문이다. 그러나 은이를 알은체할 생각은 없었다. 서로의 추억 속에서 더 소중하고 아름다운 사람들이 있다. 은이가 확실하다면 정말 다행한 일이다. 은이의 외모는 훌륭해 보였고 옆의 남자는 멋있었다. 오늘의 조우가 믿기지 않아서 영이는 한동안 머릿속이 아득할 지경이었다.

건너편 대각선 방향에 있는 테이블의 여자는 영이의 짐작대로 은이가 맞았다. 은이도 짐짓 안 보는 척하면서 유심히 영이를 보고 있었다. 너무나 살이 많이 빠졌고 좀 늙어 보이기는 하지만 서울 병원의 미술 선생 같았다. 고향에 다니러 왔다가 부산에 들렀을 수도 있을 것이다. 게다가 여자는 자신을 관심 있게 지켜보고 안절부절못해 하며 확인을 하려 애쓰는 것이 확연했다. 은이 역시 마찬가지였다. 어느 순간 '맞다'는 확신이 들었다. 보면 볼수록 확실했다. 참으로 놀랍고 반가웠다. 그러나 알은체는 하지 않기로 했다. 영이가 너무 말라 보이고 피곤해 보여서 혹시 병이라도 난 것은 아닐까 하는 염려가 스쳐 갔다.

은이는 옆의 남자, 남편에게 빨리 일어서자고 했다. 은이의 남편은 신혼이기도 했지만, 천성이 순했고 무엇이든 은이가 시키는 대로 하는 편이라 서둘러 식사를 마무리하고 일어섰다.

두 사람은 석달 전에 결혼을 했다. 남편은 은이보다 두 살이 많았지만, 훨씬 젊어 보였고 은이와는 재혼이었다. 첫 결혼을 한 지 2년 만에 이혼을 했고, 이혼 후에 10년을 학원 강사로 바쁘게 혼자 살면서 재혼은 염두에도 없었다.

그는 은이가 시범강의를 할 때 평가를 하러 들어갔다가 실력에 놀랐고 그후부터 관심을 가지게 되었다. 은이가 시간이 지날수록 평판과 인기가 좋아지고 학원에서 비중 있는 스타 강사가 되면서 두 사람은 같은 에이스 그룹이 되었고 미팅의 횟수가 많아졌다. 학원의 원장에게서 은이의 과거사를 듣게 된 그는 거부감이 들기보다는 세상으로부터 보호해 주고 싶었고 그녀의 곁에서 지켜 주고 싶었다. 그는 첫 결혼의 실패를 통해 삶의 관점이 변해 과거가 남은 생의 굴레가 되는 것은 옳지 않다는 생각으로 살아왔다. 은이라는 여자의 슬픈 삶의 그늘과 가냘픈 외모가 그의 연민을 자극했다. 시간이 지나면서 두 사람은 정이 쌓여 갔고 그가 프러포즈를 했다.

은이도 그가 많이 좋았지만, 자신의 아이들에 대한 책임과 도리를 저버릴 수가 없었고 그에게 어떤 굴레도 씌우고 싶지가 않았다. 은이는 자기가 많이 모자람을 강조하며 계속 그의 프러포즈를 거절했다. 그러나 인생에는 거역할 수 없고 계산으로는 설명할 수 없는 운명의 순간이 있다. 은이의 아버지가 돌아가시고 은이가 몹시 힘겨워할 때 그는 은이에게 확실한 위안처가 되어 주었다. 두 사람의 사랑은 힘든 시간을 같이 나누면서 견고해졌다. 이루어져야 하는 인연의 사람들은 어떻게든 만나게 되는 것이다.

결국 두 사람은 주변 사람들의 염려와 축복 속에 결혼식을 했다. 학원 원장의 배려로 보름간의 황금 같은 휴가를 얻어 남태평양의 휴양지에서 신혼 여행을 지내고 왔다. 지금 두 사람은 모두 학원의 스타 강사로 바쁜 시간에 쫓기면서도 참으로 행복했다.

은이는 너무 그립지만, 이제는 가슴속에 깊이 묻어야만 하는 자신의 아이들을 생각하면 지금 이 순간의 삶들이 더욱 소중했다. 아버지가 은이에게 했던 간곡한 유언의 의미를 이해해 가고 있었다.

"은이야, 니가 니 애들을 잊어야 한데이. 니 가슴이 찢어져도 지켜야 하는 것이 있는기라. 은이야, 내 딸내미야, 너거 애들한테 니는 죽은 사람이다. 무슨 말인고 알것나? 애들의 기억에도 니가 아플 때

모습이 그대로 있데이. 애들은 친할매가 잘 키우고 있으니 걱정하지 말거라. 니 마음만 생각하고 애들을 찾으면 혼란이 엄청날끼다. 그냥 이대로 살아야 된데이. 인생에는 절대로 돌릴 수 없는 것이 있다. 아버지 말 잘 명심하고 새 삶을 살면 된다. 무슨 일이 있어도 니 새끼들을 니가 먼저 찾지 않겠다고 아부지한테 약속해 주거라. 그래야만 된데이."

아버지의 그 말을 듣고 은이는 울었다. 아버지가 마지막을 준비하는 것이 너무 슬펐고 자신의 삶의 의지처였고 목표였던 아이들을 버려야 하는 것이 너무 아팠다.

아버지가 돌아가시고 난 후 주민등록지와 여러 가지 기록들의 정리를 위해 주민센터에 갔던 날, 머리가 명석한 은이는 지난 시간의 모든 비밀들을 순식간에 깨닫게 되었다. 주민센터에서 달려와 엄마에게서 사건의 전말을 전해듣고는 마침내 자신의 지난 시간들과의 결별을 담담하게 받아들였다.

은이에게 아버지는 하늘과도 같은 존재였다. 아버지의 죽음에 대한 슬픔이 너무 컸기 때문인지 세상의 모든 일들은 있을 수 있는 일이라고 생각되었고 자신의 운명에 대해서도 순응했다. 그리고 한편으로 자신의 아이들에게 아버지가 있다는 사실, 전 남편이 죽지 않았고 아이들의 보호자로 살아 있다는 것이 오히려 위안이 되었다. 그녀는 아버지의 '인생에는 절대로 돌이킬 수 없는 것이 있다'고 하신 말의 뜻을 헤아릴 수 있었다. 은이는 아버지가 자신의 재혼과 지금의 행복한 모습을 보지 못하고 가신 것이 한이 되었다.

한이 많고 아픈 과거가 있는 여자 은이는 차의 조수석에 앉아서 운전석의 남편을 쳐다보았다. 남편은 언제나 한결같이 온화하고 고요한 표정이었다. 그가 참 멋있다고 생각하며 말했다.

"내가 빨리 나오자고 해서 이상했지예? 사실은 서울의 정신병원에 입원해 있을 때의 미술 선생을 보았으예. 너무 반가웠지만 모른 척하는 게 서로에게 좋을 것 같았으예. 식사를 편하게 할 수 있게 해주고 싶어서, 우리가 좀 서둘러 나오는 것이 좋을 것 같아서."

"그래? 잘했어. 어차피 우리는 식사 끝 무렵이었잖아. 서울 사람이 부산에 웬일이지? 혹시 닮은 사람 아니었을까?"

"아닙니더. 확실했어예. 고향이 이 근처니까 다니러 왔겠지예. 세상에는 이렇게 서로 마주치게 되는 인연도 있네예. 믿기지가 않네예."

남편에게 서울 병원에서의 기억들을 얘기했다. 미술 시간의 기억을 중심으로 얘기들을 펼쳤는데 아주 진지하게 들었다. 미술 선생이 아파 보여서 걱정된다고 하자 연락처가 있냐고 물었다.

은이는 잠깐 생각에 잠겼다. 정신병동의 사람들은 어떤 인연에도 연연해 하지 않는 특징이 있었다. 연락처를 주고받는다는 것은 관계를 중시하는 정상인들의 세상에서 하는 일이었다. 갑자기 자신의 지금 모습이 낯설게 느껴졌다. 은이는 더 이상 자신을 인정받기 위해 발작으로 호소하지 않아도 될 평온한 환경 속에서 새로운 삶을 성공적으로 잘살고 있었고 곁에는 믿음직한 지지자들이 있었다. 정신병동에 입원과 퇴원을 반복하던 과거를 편안하게 회상할 수 있게 된 것이다. 은이는 어느덧 그렇게 정상인의 대열에 합류하고 있었다.

영이는 은이를 만난 일 때문에 마음을 가라앉힐 수가 없었다. 정신병동에 자원봉사를 다니던 시간들이 새삼 꿈만 같이 느껴졌고 옛 기억들이 떠올랐다. 그렇게 열정적으로, 여러 가지 어려움을 감수하며 다닐 수 있었던 원동력은 무엇이었을까? 영이는 은이가 퇴원을 하고 나서 한동안 힘겨웠던 시간이 있었던 것을 생각해냈다. 자신에게 큰 힘이 되어 주었던 은이, 그리워했던 그녀를 만났지만 아는 척하지는 않았다. 은이가 초라하고 힘겨워 보였다면 가슴이 너무 아팠을 테고 삶에 대하여 회의를 느꼈을지도 모른다. 그러나 은이는 참 편안해 보였고 잘 갖추어진 외양도 여유롭고 멋져 보였다. 은이의 변한 모습처럼 영이도 지난 시절의 자신과 지금 자신의 삶의 모습이 많이 달라져 있음을 새삼 생각해 보았다. 시간이 흐르면 사람도 그렇게 변해 가는 것일까. 인생의 숙연한 깨달음은 분열된 삶을 정렬시키는 힘이 있다. 정신질환자들을 대상으로 하는 미술치료실을 만들어 보고 싶었던 꿈, 깊숙이 묻어 두었던 그 꿈을 힘겹게 꺼내 보며 치열했던 지난 시간을 회상했다.

은이를 보게 된 얼마 후, 영이는 몇 년 만에 책상 앞에 앉았다. 수년 동안 힘겨운 과제처럼, 무거운 마음의 짐이었던 책 쓰기와 소박한 그림 그리기를 시작했다. 낯선 길로 들어서는 마음은 떨림과 두려움으로 가득했지만, 그 길 위에는 또 하나의 깨달음이 기다리고 있을 것임을 영이는 알고 있었다.

깊은 밤에 글을 쓰고 그림을 그리며 때로 너무 힘겨워서 목 놓아 울 때마다 수호자 명수가 찾아왔다.

'용기를 잃지 마세요……'

답게 살아야 한다는 건 굴레일까요? 무엇답기 위해서 역할이나 입장의 구분이 되어 있고 그것을 지켜야 사람답다고 합니다. 때로는 그 역할에 걸맞는 모습으로 살다 보면 내 속의 또 다른 나는 불편할 때도 있고 슬며시 억울해지기도 합니다.

진정으로 나답게 산다는 것의 의미는 무엇일까요? 나를 버리는 것일까요? 나를 찾는 것일까요? 대부분의 사람들은 이런 갈등을 하면서도 사회적 가면의 뒤에서 내면의 또 다른 나와 타협을 하고 타인들과 조율을 하며 살아갑니다. 평화롭게 어울려 살기 위해서 역할에 맞게 사는 것은 너무나 소중한 덕목이기 때문입니다.

어느 날 이런 고민을 하지 않는 듯, 사회적 가면도 없어 보이는 사람들을 만났습니다. 어쩌면 그들의 가면은 투명한 것이어서 없는 듯이 느꼈을 수도 있겠지요. 그래서 우리는 그들을 차별하고 배척하는지도 모릅니다. 우리는 그것을 가졌지만 그들은 가지지 않았기에 성가신 골칫거리로만 여기는 것은 아닐까요?

그들은 우리들의 가까운 이웃이거나 친척일 수 있고 나의 또 다른 모습일 수도 있을 것입니다. 누구나 살아가기 위해 자신만의 방법이 있듯이 정신병동의 환자들도 방법이 좀 다르다고 생각해 보면 격리와 배척만이 바람직한 해결책은 아닙니다. 애정 어린 관심과 따뜻한 배려로 그들과 함께 했으면 하는 바람을 가지고 이야기를 엮어 보았습니다.

2016년 가을
김은령